GRöLS Verlage

„Bücher sind wie Fallschirme. Sie nützen uns nichts, wenn wir sie nicht öffnen.“

Gröls Verlag

Redaktionelle Hinweise und Impressum

Das vorliegende Werk wurde zugunsten der Authentizität sehr zurückhaltend bearbeitet. So wurden etwa ursprüngliche Rechtschreibfehler *nicht* systematisch behoben, denn kleine Unvollkommenheiten machen das Buch – wie im Übrigen den Menschen – erst authentisch. Mitunter wurden jedoch zum Beispiel Absätze behutsam neu getrennt, um den Lesefluss zu erleichtern.

Um die Texte zu rekonstruieren, werden antiquarische Bücher von Lesegeräten gescannt und dann durch eine Software lesbar gemacht. Der so entstandene Text wird von Menschen gegengelesen und korrigiert – hierbei treten auch Fehler auf. Wenn Sie ebenfalls antiquarische Texte einreichen möchten, finden Sie weitere Informationen auf www.groels.de

Viel Freude bei der Lektüre wünscht Ihnen das Team des Gröls-Verlags.

Adressen

Verleger: Sophia Gröls, Im Borngrund 26, 61440 Oberursel

Externer Dienstleister für Distribution & Herstellung: BoD, In de Tarpen 42, 22848 Norderstedt

Unsere „Edition | Werke der Weltliteratur“ hat den Anspruch, eine der größten und vollständigsten Sammlungen klassischer Literatur in deutscher Sprache zu sein. Nach und nach versammeln wir hier nicht nur die „üblichen Verdächtigen“ von Goethe bis Schiller, sondern auch Kleinode der vergangenen Jahrhunderte, die – zu Unrecht – drohen, in Vergessenheit zu geraten. Wir kultivieren und kuratieren damit einen der wertvollsten Bereiche der abendländischen Kultur. Kleine Auswahl:

Francis Bacon • Neues Organon • **Balzac** • Glanz und Elend der Kurtisanen • **Joachim H. Campe** • Robinson der Jüngere • **Dante Alighieri** • Die Göttliche Komödie • **Daniel Defoe** • Robinson Crusoe • **Charles Dickens** • Oliver Twist • **Denis Diderot** • Jacques der Fatalist • **Fjodor Dostojewski** • Schuld und Sühne • **Arthur Conan Doyle** • Der Hund von Baskerville • **Marie von Ebner-Eschenbach** • Das Gemeindekind • **Elisabeth von Österreich** • Das Poetische Tagebuch • **Friedrich Engels** • Die Lage der arbeitenden Klasse • **Ludwig Feuerbach** • Das Wesen des Christentums • **Johann G. Fichte** • Reden an die deutsche Nation • **Fitzgerald** • Zärtlich ist die Nacht • **Flaubert** • Madame Bovary • **Gorch Fock** • Seefahrt ist not! • **Theodor Fontane** • Effi Briest • **Robert Musil** • Über die Dummheit • **Edgar Wallace** • Der Frosch mit der Maske • **Jakob Wassermann** • Der Fall Maurizius • **Oscar Wilde** • Das Bildnis des Dorian Grey • **Émile Zola** • Germinal • **Stefan Zweig** • Schachnovelle • **Hugo von Hofmannsthal** • Der Tor und der Tod • **Anton Tschechow** • Ein Heiratsantrag • **Arthur Schnitzler** • Reigen • **Friedrich Schiller** • Kabale und Liebe • **Nicolo Machiavelli** • Der Fürst • **Gotthold E. Lessing** • Nathan der Weise • **Augustinus** • Die Bekenntnisse des heiligen Augustinus • **Marcus Aurelius** • Selbstbetrachtungen • **Charles Baudelaire** • Die Blumen des Bösen • **Harriett Stowe** • Onkel Toms Hütte • **Walter Benjamin** • Deutsche Menschen • **Hugo Bettauer** • Die Stadt ohne Juden *und viele mehr….*

Julius Stinde

Hôtel Buchholz

Inhalt

Große Erwartungen ... 7
Sommer-Aussichten ... 15
Angriffspläne ... 23
Ein Damen-Ausflug ... 29
Der Hausbesuch regt sich ... 38
Ein Blick über das Ganze ... 48
Das erste Lichtfest ... 55
Bei den Maschinen ... 64
Ueber Architektur und einiges Andere ... 72
Ein freier Tag ... 82
Kindervergnügen ... 91
Verwickelungen ... 100
Meine Einquartierung ... 109
Täuschungen ... 117
Eingeregnet ... 128
Nebenbuhlerei ... 137
In den Kunstalpen ... 146
Auswärtige und innere Angelegenheiten ... 155
Provinz-Erlebnisse ... 163
Es kommt zum Klappen ... 174

Alt-Berlin 185
Spree-Afrika 196
Glückliche Leute 206

Große Erwartungen

Ich ging lange mit mir zu Rath. Sollte ich oder sollte ich nicht? Aber es war zu verlockend, der Antrag, für die offiziellen Ausstellungsnachrichten auf mittlere Familien berechnete Berichte aus meiner Feder abzulassen über das große Unternehmen im Osten Berlins, die Gewerbeausstellung. Endlich, um sicher zu gehen, überlegte ich dies Anerbieten mit meinem Mann, der ging auch nun längere Weile mit sich zu Rath und sagte:

„Wilhelmine, ich fürchte, die Arbeit wird zu anstrengend für Dich, Du mußt doch Studien machen, und wenn's regnet ..."

„Dann gehe ich in die Baulichkeiten. Karl, es ist ja eine ganze Stadt im Treptower Park entstanden, so daß die Ausstellung in Inneres und Aeußeres, sowie in Altes, Neuestes und Fremdländisches zerfällt. Und daran hängend der Vergnügungstheil und zwischendurch Erfrischungsanstalten. Wo ist da Arbeit?

„Das Betrachten und genaue Ansehen greift an."

„In einem weg besehen, darin gebe ich Dir Beifall. – Aber es ist von einer wissenschaftlichen Commission genau abgezirkelt, wohin immer Getränkeunternehmen zu legen waren, den Nerven Beruhigungspunkte zu bieten, und die sind auf den Zentimeter genau von beeidigten Landmessern ausgerechnet."

„Wer hat Dir das erzählt, Wilhelmine?"

„Karl, nichts beleidigt mehr als unangebrachter Unglaube. Wenn die Krausen Dir etwas beschwört, ist es allerdings Deine Pflicht, mit dem Gegentheil zu dividiren, und was dann herauskommt, damit sei auch noch vorsichtig, es weiter zu verbreiten. Uebrigens brauchst Du ja nur hinauszugehen und nachzumessen."

„Wilhelmine, ich bitte Dich, schreibe nicht," bat mein Karl mit Nachdruck, „wenn Du treuherzig bringst, was Hinz und Kunz Dir aufbinden, fällst Du mit Glanz hinein."

„Karl," entgegnete ich, „Du redest wie das blinde Huhn von Anilin. Herr Kriehberg ist nicht Hinz und Kunz."

„Was ist das für 'n Fremdling?"

„Er ist ein höchst talentbegabter Architekt, dessen Bekanntschaft ich auf dem Ausstellungsgelände machte, als ich mir das Ganze vorläufig darauf ansah, ob es sich zum Ausschlachten für mich eignete. Gerade so wie draußen in Treptow denke ich mir die Schöpfung beim Beginn: noch keine Wege, keine Schutzleute zu fragen, wo's lang geht, kein gedruckter Führer, Alles wüst durcheinander, so zu sagen: erst in der sich gestaltenden Idee."

„Hübscher Ausdruck, sich gestaltende Idee," sagte mein Karl mit verdächtiger Anerkennung. „Hast Du den aus Dir selbst?"

„Nein, von Herrn Kriehberg. Der war nämlich so liebenswürdig, als ich mich verlaufen hatte, sich meiner anzunehmen und mir nützliche Winke zu geben, weil man sich mit dem bloßen Augenmaße zurechtfinden mußte und dabei immer in die entgegengesetzten Anlagen gerieth. Er wußte von Allem Bescheid, was er als geaichter Architekt ja auch muß, und später, wenn ich über die

Baulichkeiten schreibe, hat er mir versprochen, das Technische von den Stilarten zu liefern."

„Das kann ja recht heiter werden."

„Karl, er ist ein hochbedeutender junger Mann. Wenn es nach ihm gegangen wäre, hätte die Ausstellung eine ganz andere Physiognomie gewonnen, mehr an das zwanzigste Jahrhundert tippend. Aber sie hörten nicht auf ihn und deshalb hat Manches nicht seine unbedingte Billigung. Es ist ihm schon oft so ergangen. Weißt Du, es giebt Menschen, die ausgezeichnete Pläne entwerfen und hoch erfinderisch sind, bei der Konkurrenz nachher aber haben sie jedesmal die falsche Katze beim Schwanz."

„Hm. Und was stellt er jetzt vor?"

„Er ist Inspectorist."

„Was inspectorirt er denn?"

„So beim Kalchlöschen und was sonst beim Bauen verknippert ist. Ohne ihn würde das Meiste falsch ausfallen oder doch sehr aus dem Loth."

„Auch nicht bitter. Wilhelmine, wenn Du besser nicht schriebest ..."

Ich warf meinem Karl einen Blick zu von der Sorte, bei der man auf Nachbestellung verzichtet.

„... ich meine nicht über Architektur."

„Die gehört wesentlich dazu. Und sieh', Karl, selbst, wenn ich wollte – ich kann nicht mehr zurück. Ich habe schon drei Toiletten für die Ausstellung in die Mache gegeben, die ich Dir nicht zuwälze. Nein, mein Karl, die schreibe ich mir zusammen, namentlich die eine mattstrohgelbe mit geklöppeltem Fichu, traumhaft gediegen, der Hut mit gelblichem Kräuselwerk und weiße Handschuhe mit schwarzen Raupen. Du sollst sehen, es wird verblüffend."

Er war besiegt, der gute Karl, besiegt durch die unumstößliche Gewalt der Thatsachen, ohne Widerspruch und Ränke, wie so viele Frauen anwenden, um ihren Willen durchzusetzen. Meine Seele war sauber wie ein Dutzend unangebrochener Taschentücher direct aus dem Laden.

Gebäude sind allerdings nicht leicht zu knacken, jedoch mit Kriehberg überwinde ich sie. Er hat allerdings über vieles ein geradezu vernichtendes Urtheil und merkwürdiger Weise meistens über das, was mir so gut gefällt, wogegen er furchtbar lobt, was meine Anschauung unberührt läßt. Aber ich nehme wie aus zwei Kochrezepten von uns beiden das Beste. Männer allein sind stets einseitig.

Mit Onkel Fritz hatte ich leichten Kampf.

„Schreib, Minchen," sagte er. – Darauf sollte ich „Nein" antworten, aber ich that ihm den Gefallen nicht. Haben wir Frauen erst mal Prinzipien, sind wir auch nicht wieder herunter zu bringen, und mein Prinzip lautet: Widerspruch giebts nicht mehr. Das heißt nur, wenn er nöthig ist. Dann aber feste!

Nun hat Onkel Fritz es an sich, seine Nebenmenschen mit Spitzfindigkeiten so lange zu triezen, bis er Recht kriegt, immer mit Vergnügtheit, aber mit Absicht. Um dies Spielwerk von vorne herein aus dem Gang zu bringen, sagte ich: „Ihr habt ja ausgestellt, Du und mein Karl, und ich – ich schreibe. Aber was ich von Euren Gegenständen in die Blätter setze, hängt von Eurem Betragen gegen mich ab."

„Das ist Erpressung," rief Onkel Fritz.

„Nothwehr!" entgegnete ich. „Du kannst mir dreist Zucker versprechen, ehe meine Entschlüsse wanken. Schlecht machen werde ich Euch nicht ..."

„Das könnte Dir eklig in die Blusen regnen," warf Onkel Fritz ein, jedoch nicht mit gewohnter Sicherheit. Er wurde schon klein.

„Weiß ich," fuhr ich unbeirrt fort. „Wer sich Geschäftsschädigung zu Schulden kommen läßt, kann mit mehr oder weniger Erfolg in Anklagezustand erhoben werden. Aber was viel schlimmer ist und wogegen keine Abhilfe möglich: ich kann Euch todtschweigen."

„Hu," rief Onkel Fritz, aber es war ein ziemlich benautes Hu, ohne jegliche komische Wirkung. Er fühlte, daß die Druckerschwärze mir Gewalt über ihn gab. Kein Zeugnißzwang vermag auch nur eine einzige anerkennende Zeile aus mir herauszupressen oder selbst nur den bloßen Namen. Und das weiß sowohl Fritz wie mein Mann. Und genannt wollen sie sein. Es ist freilich viel Einbildung dabei, denn was nützt das Genanntwerden, wenn das Publikum kurz von Gedächtniß ist, aber ich ließ sie dabei. Es puckerte ordentlich in mir, wie ich so das Herrschergefühl verspürte und Onkel Fritz an der Strippe hatte.

Natürlich werde ich mich nie zu solcher Gewaltthätigkeit entschließen. Eine wie die Maria Stuart'sche Elisabeth unterhaut Todesurtheile in der eigenen Familie; in unserem Jahrhundert grassirt dagegen die Humanität. Nein, ich werde meines Karls Sachen gehörig herausstreichen und ebenso Onkel Fritzens, wenn auch erst gegen Schluß der Ausstellung, damit sie nicht zu früh wieder üppig werden. Drohen kostet nichts. Allerdings hält es auch nicht vor.

Mein Schwiegersohn, der Sanitätsrath, ist Feuer und Flamme für die Ausstellung, soweit er brennbar ist. Er spitzt unbändig auf die elektrischen Verkehrsverbindemittel zwischen Berlin und Treptow, wohin er jedes Jahr einmal mit seinen medicinischen Vereinsbrüdern zum Krebsbundes-Essen reist: auf dem Schiff hin und in einem eigens bestellten Nachtkremser zurück. Sie sind immer in vorwurfsfreiem Zustande wieder in Berlin abgeliefert, weil der Weg so lang ist, daß sie sich ausheitern, bevor sie versuchen, ob die Hausschlüssel passen. Ob die raschere elektrische Beförderung mehr von ihrer Vereinsthätigkeit verrathen wird, bleibt dahingestellt; aber da sie diesmal ihr Krebsgelage auf der Ausstellung feiern wollen, wird hoffentlich mehr Licht in die Sache kommen.

Er ist noch nie elektrisch gefahren und verspricht sich besonderen Genuß davon, worauf ich mir zu bemerken erlaubte: „Wagen ist Wagen, Herr Schwiegersohn."

„Damit ist nichts gesagt," erwiderte er.

„O doch. Es ist mit den elektrischen Wagen wie mit den Klößen aus Mahlmühlen-Mehl oder aus Dampfmehl: mehr als glitschen können sie nicht." – Er lachte beifällig, worüber ich stutzte und die nachfolgende Erläuterung erwartete, die jedoch nicht von ihm ausging, sondern von seiner Gattin.

„Mama," fing Emmi verlegen an, „Mama, Franz meint, namentlich sei es überaus angenehm, daß wir die elektrische Bahn nahe vor der Thür haben und deshalb öfter hinausfahren können."

„So ist es recht," pflichtete ich bei. „Die Ausstellung ist eine Veranstaltung des Gemeinwesens, die man durch persönliches Erscheinen nicht genug unterstützen kann, wer Bürgersinn hat, lege ihn hier klar; die Gelegenheit ist günstig."

„Ja, Mama, das ist auch unsere Ueberzeugung. Aber siehste, da Du Berichte schreibst, mußt Du doch die Hände voll Freibillete haben, die Du nicht allein absitzen kannst ..."

„Oh, seht einmal," rief ich. „Aus diesem Perspectiv kuckt ihr? Nein, mein Schatz, was Ihr Euch ausgedacht habt, ist nicht. Erstens giebt es keine Freibillets, denn die Ausstellung ist kein klassisches Theaterunternehmen, und zweitens, mit welcher Nothlage wollt Ihr Eure Bedürftigkeit nachweisen? Nee, Kinder, für Nichts ist Nichts. Die Ausstellung liegt in Treptow und nicht in Nassau."

Dieser kalte Strahl verschnupfte. Emmi zog einen Flunsch, und bei ihm, wo er sich schon als Persona gratis geschmeichelt hatte, wurde die Heiterkeit so alle, als wäre sie auf einem elektrischen Extrawagen abgeblitzt.

„Mama", sagte Emmi patzig, „Du hast oft genug gepredigt, Kinder legten Eltern Sparsamkeit auf, damit sie nicht als junge Armuthsraben in das Leben flattern und nun wir für unsere Kleinen nach Deinen Worten thun, willst Du's nicht wahr haben."

„An Euch sollt Ihr schinden, aber nicht an mir. Außerdem ist die Ausstellung ein Bildungsmittel und wer seine Bildung vernachlässigt, schädigt sich selbst."

„Vergnügen ist wohl nicht draußen?" fragte Er maliziös.

„Gewiß, zur Belohnung für die Bemühungen, die industrielle Entwicklung der Kultur zu erfassen. Bewundert, was Menschenhände geschaffen haben und dann dürft Ihr Euch stärken. Wissenschaft als solche ist trocken. Das sieht man an dem Flüssigkeitsverbrauch der Studenten. Und deshalb ist für Alles gesorgt. Kinder, bloß allein die lebensgroßen Schiffe in voller Natürlichkeit und eins inwendig trinkfähig. Und ein chemischer Palast und ein Gebäude für Erziehung und Unterricht, für Eure Knaben wie geboren. Man weiß nicht, wo anfangen und wo aufhören?"

„Ich denke bei Siechen," sagte der Rath.

Aus diesem Scherz merkte ich, daß seine Mucksigkeit nur äußerlich war und er es auf etliche Märker nicht ankommen lassen wird. „Schön," sagte ich, „und damit Ihr seht, daß ich nicht so bin, lade ich Euch sämmtlich zu einer Sitzung in dem Siechen-Ausschank ein mit Anblick der Spree und Blasorchester. Ueberhaupt werden wir gemeinsame Wallfahrten unternehmen, davon verspreche ich mir etwas."

Ich behielt jedoch bei mir, was ich im Sinn habe. Ich denke mir nämlich, wenn wir ein größerer Anhang zusammen sind, die Krausen mit bei und Andere aus der Bekanntschaft und wir gehen so herum, dann deichsle ich die Fortbewegung unmerklich, daß wir ungeahnt an dem Pavillon des Lokal-Anzeigers vorbeikommen, der sie wegen seiner Vornehmheit anhält. Während sie ihn betrachten, löse ich mich von ihnen ab und gehe die Treppe hinauf. Sie fragen dann: „Herrjeh, Frau Buchholz, wo wollen Sie hin?“

Ich wende mich zu ihnen und sage: „Entschuldigen Sie mich einen Momang, ich habe Geschäftliches: ich bin Presse.“

Ich verweile einen Augenblick auf der Treppe, schneide ihnen eine gnädige Verbeugung zu und verschwinde redactionell.

Das Gesicht von der Krausen will ich sehen, wenn ich so dastehe gewissermaßen als Schwiegermutter der siebenten Großmacht – denn das ist und bleibt die Presse – in meinem Strohgelben oder falls der Wetterbericht es räth, in meinem neuen Marineblauen mit Crême. Sie soll merken, daß man Gewicht hat, trotz ihres naslöcherigen Betragens, weil ihr Mann Studirter ist und sie sich in jeder Gesellschaft das Meiste dünkt, wenn ich wieder erscheine, thu ich ganz wie gewöhnlich mit Schlichtheit und Selbstverständlichkeit. Und sie hat den Aerger intus. Den hat sie reichlich an mir verdient mit früheren Pikanterien und Ueberhebung, sogar über meinen Mann, der doch ganz anders einzubrocken hat als ihr Mann mit den dicken griechischen Büchern und dem dünnen Gehalt.

So verspreche ich mir viel Interessantes und Erhebendes von der Ausstellung schon jetzt, wo sie aus dem Gröbsten heraus den letzten Schmuck angelegt kriegt, wie viel tausend Hände sich regen, das muß man sehen, und Alle von dem einen Gedanken beseelt, *daß es schön wird.*

Solcher Anblick erfreut, wo so viel Zerstören in der Welt ist, so viel Hader und Häßliches. Hier soll es schön werden. Und das wird's auch.

Allein blos die Natur. Der Berliner ist ja schon vergnügt, wenn er einen Baum sieht. Desto grüner er ist, desto besser, daß er ihm gefällt, und nun im Park die massenhaften Anlagen mit Bäumen und Gebüschen, Teichen, Kanälen, Rasenflächen und Beeten, wie wird ihm dies Alles zu Herzen sprechen.

Und in dem waldartigen die verschlungenen Pfade und die einzelnen Fachgebäude, freundlich und lustig, bunt bemalt und fröhlich geziert, so im Grünen darin, als hätte der Osterhase sie versteckt, welche Ueberraschung, wenn man immer wieder Neues entdeckt, wenn man beinahe vorbeigetrabt wäre und nach und nach inne wird, wie groß und bedeutend die Ausstellung wirklich ist, und wie riesig mannigfaltig. Man müßte schon vier Beine haben und ein Dutzend Augen.

Bald fängt es an zu blühen, der große Park wird zu einem Garten, zu einem Paradies des Fleißes und der Arbeit. Die Springbrunnen plätschern, die Maschinen wirbeln, Fahnen flattern, Blumen duften, auf dem Gewässer wiegen sich Gondeln, die Wilden lagern in Kairo, Alt-Berlin wird lebendig. Musik erschallt, die Thore öffnen sich und jubelnd ziehen wir ein, wir Alle miteinander aus Nah und Fern.

Und die Vögel sitzen auf den Zweigen und singen dazu.

Mein Karl fing aber noch einmal an: „Wilhelmine, es werden Sachverständige über die Ausstellung schreiben – wo bleibst Du?"

„Darüber beunruhige Dich nicht, viel eher fürchte zu viel Sachkenntniß. Du willst wissen wie und weshalb? Das bleibt vorläufig mein Geheimniß. Ich nenne Dir nur den einen Namen: Ottilie."

Er sah mich ganz perplex an der gute Karl.

„Du wirst es schon erfahren!"

Sommer-Aussichten

Das merkwürdigste von allen Organen des Menschen ist sein Gedächtniß. Ich habe bis vor Kurzem keinen rechten Begriff davon gehabt, aber ich stelle mir es vor wie früher Ballachini's Hut – Nichts ist darin und ohne daß man daraus klug wird, kommt die erstaunungswürdigste Füllung zum Vorschein: Laternen, Bälle, Becher und zuletzt ein Wickelkind, das einen Heiterkeitserfolg erntet. Oeffentliche Wickelkinder sind immer von durchschlagender Wirkung.

Ich muß mich an diesen Vergleich halten, um mir zu erklären, wieso mein Karl und ich mit einem Male in dem Kopfe so sehr Vieler auftauchten, die sich erinnern, daß wir sie gebeten haben, uns zu besuchen, wenn der Weg sie nach Berlin führte, und mit unserem Fremdenstübchen vorlieb zu nehmen.

Da sind Verwandte von meinem Karl, die mit ihm blos durch höchst zweifelhafte Urgroßmütter zusammenhängen und es vor Gott und der Welt unverantwortlich finden, intimere Beziehungen so lange vernachlässigt zu haben und ihre Saumseligkeit nur dadurch tilgen können, daß sie während der

Ausstellung einige Tage bei uns weilen. Ablehnung meinerseits ist nicht angebracht, denn keine Behandlung schmerzt den Mann mehr, als wenn die Gattin seinen Angehörigen und Freunden das Haus zum Eiskeller macht, und außerdem bin ich durch meine Seitenlinien in gleiche Lage gedrängt. Als damals die Tante in Bützow starb, habe ich mitgeerbt, und Erben legt Verpflichtungen auf. Sollen die Leute sagen: „den Draht schluckt die Buchholz, aber trotzdem sind die Familienbande zerrissen." – Nein!

Und dann die Geschäftsfreunde, theils, mit, theils ohne Hälften, die sich bei unserer Silberhochzeit förmlich fürstlich angestrengt haben – die eine Servante ist geradezu ein Schützentempel werthvollster Metallgaben – und Jeder, der sich darin verewigte, ist zum Ehrenmitgliede unseres Hauses ernannt, und die Ruppigkeit, die einmal zuerkannte Ehre hinter, her zu verweigern, haben wir nicht, selbst, wenn sich Einiges auch blos als plattirt herausstellt. Beim Putzen schimmert der Verdacht an den Kanten manchmal durch.

Bei jedem neuen Briefe mit dem Wunsche des Wiedersehens und der jetzt erst möglichen Annahme der überaus liebenswürdigen Einladung vom so und sovielten, Anno so und so, sagen wir „Sehr schätzbar, aber wo unterbringen"? Denn das Femdenzimmer habe ich ursprünglich für Ottilie bestimmt, die mit mir die Ausstellung studiren wird und ihr ungeheures Wissen hineinträufelt, wo ich eine Zuthat nothwendig erachte.

Sie ist die Tochter einer Halbcousins von nur und geprüfte Lehrerin, womit sie sich ziemlich sorgenfrei ernährt, soweit das Leibliche in Betracht kommt. Mit dem Geistigen und den Nerven aber hat sie ihre Molesten, wer versteht sie in dem Nest? Vielleicht Einige, aber mit denen geht sie unglücklicher Weise nicht um. Seit Jahren hat sie unbändige Gelehrtheit in sich aufgespeichert, von der sie nicht erleichtert wird, da sie nur in den Anfangsgründen unterrichtet, weshalb die Nerven unter fortwährendem, wissenschaftlichem Druck leiden. Sie schrieb mir, Berlin wäre der einzige Ort, mit seinen Kapazitäten ihren Nerven aufzuhelfen, sie ginge zu Grunde in der geistigen Einsamkeit und so kam ich auf den Gedanken, sie als Ausstellungsvertraute heranzuziehen.

Mein Karl sagte: „Es ist mir lieb, Dich draußen nicht allein zu wissen, denn ich kann Dich nicht so oft begleiten, als Du wegen Deiner Berichte Dich abstrappeziren mußt. – Aber wenn Ottilie das Fremdenzimmer bezieht, wo bleiben wir mit den anderen Gästen?"

„Karl," sagte ich, „Ottilie schläft bei mir."

„Und ich?“ unterbrach er mich.

„Du wirst in der Fabrik eingerichtet.“

„Danke!“ – –

„Danke nicht eher, als bis Du siehst, wie gemächlich Du es dort haben wirst. Fabrik und Haus sind durch den Zwischengang ein und dasselbe. Wollen wir die Kundschaft vor den Kopf stoßen? Herr Ungermann hat sich angemeldet, einer Deiner besten Abnehmer – er widmete die große silberne Fruchtschale – durch und durch echt – und seine Frau kommt mit. Und alle die Anderen! Wir müssen noch die gute Stube als Logirzimmer hergeben. Wenn das Mädchen auf dem Boden bivuakirt, läßt sich ein einzelnes Wesen in ihrer Kammer beherbergen, wie zum Beispiel Tante Lina. Kleinstädter sind anspruchslos.“

„Das kann ja reizend werden.“

„Karl, es muß sein.“

„Aber bedenke die Menge!“

„Es gehen viele Sardinen in eine Dose, wenn das Oel nur gut ist, ich meine nämlich die Behandlung. Die Hôtels sind bis unter das Dach übervölkert, also muß die Privatmildthätigkeit eingreifen. Freilich die Krausen vermiethet für Geld, ich glaube, sie nächtigt mit ihrem Mann in seinem Schreibsecretair oder sonst, wo es unpassend ist, blos um Beute zu machen. Kein Laster dünkt mich empörender, als diese Art von Wucher, wo er doch die Jünglingsjahre ihr geopfert hat und in seinen alten Tagen Bequemlichkeit beanspruchen darf.“

„Mit mir wird auch nicht viel anders umgegangen.“

„Nicht, daß ich wüßte.“

„Kommandirst Du mich nicht aus meiner gewohnten Behaglichkeit in die Fabrik?“

Ich lächelte. „Karl, wie kannst Du Dich mit Krause in eine Kompanie reihen? Der Versuch allein schon ist verwerflich. Was wir thun, geschieht aus Humanität für unsere Kunden, und nicht aus Mammonsgier. Und das werden sie bei den Herbstbestellungen beherzigen und nicht drücken, bis kaum noch das Maschinenfett verdient wird. Du sollst sehen, wie die Ausstellung die Industrie hebt.“

Mein Karl legte ein Fremdenbesuchs-Conto an, worin jeder Angemeldete seinen Termin bekam, um Platzzwistigkeiten vorzubeugen. Dies war vom theoretischen Standpunkte so glänzend einfach, daß wir hoffnungsfreudig in die Zukunft blickten, aber vom praktischen wollten sie so ziemlich sämmtlich Ende Mai eintreffen. Für die folgenden Monate hatten sie Badeaufenthalt oder sonstige hygienische Abstecher vor.

Nun ging es an ein Umlegen und Aendern und Hin- und Herschreiben, wobei Einige sogar mit Bemerkungen antworteten, als fühlten sie sich in die Ecke gesetzt. Einer schrieb, er hätte geplant, das Geschäftliche mit dem Ausstellungsaufenthalt zu verbinden, schwerlich sei ihm dies im August möglich. Er ließ mit vieler Noth bis Mitte Juli herunter, aber dadurch klemmte es sich mit meines Mannes Verwandten, dem Amtsrichter. Und Gerichtspersonen sind leicht verletzt.

Mein Karl sah dies ein, aber er hatte die Hände mit seinem Aufbau in der Ausstellung voll – geradezu überwältigend mit einem Reichsadler aus schwarzen Socken nach dem Grundriß eines akademisch vorgebildeten Künstlers – und schob mir den Besuchsschlachtenplan zu. Ich saß und bebrütete ihn mit stundenlangem Nachdenken, ohne daß jedoch eine rettende Idee ausschlüpfte; immer und stets war der Amtsrichter im Wege.

Da wurde mir ganz unerwartet Hilfe in der Noth, obgleich sie nicht so aussah, denn wenn die Bergfeldten, oder jetzt nach ihrer Wiedervermählung Frau Butsch, auf der Bildfläche erscheint, taucht irgend etwas Erbauliches im Hintergrunde auf, woran sie weniger Schuld hat, als das ihr im Kalender des Lebens angestrichene Pech. Sie ging zweckmäßig gekleidet, wie es einer Weißbierwirthin vom Kietz geziemt, wo Schleppen wegen der übergeschwappten Bodenfeuchtigkeit nicht lokalgemäß sind. Sie arbeitet tüchtig in Küche und Haushalt und da sie merken, daß sie etwas vor sich bringen, fassen sie Beide unverdrossen an. Er zieht das Bier alleine ab mit inclusive Flaschenspülen, wobei er manchmal zwei Zentimeter äußere Rundung verliert. Weil das gesund ist, freuen sie sich Beide so darüber, daß sie ihm ein deutsches Belohnungs-Beefsteak von Suppentellerumfang brät und er sich eine Selbstanerkennungs-Weiße gönnt oder auch mehrere – genau weiß sie es nicht – worauf die alte Dickdität überhaupt nicht weg gewesen zu sein scheint.

„Butschen," sagte ich, als sie mir dies erzählte, „mästen Sie Ihren Mann nur nicht auf den Schragen." – „Es schmeckt ihm immer so schön, da kann ich doch nicht davor? Mein Seliger gab zuletzt das Essen auf und da war's alle. Nee, Buchholzen, Hungerkuren sind ja hochmodern, aber sie endigen ebenso tödtlich wie andere Millezin.“

Dies verdroß mich. Es ist anmaßend für beschränktere Intelligenz, in Familien mit einem Sanitätsraths-Schwiegersohn, herabsetzend über arzeneiliche Sachen zu sprechen. „Liebe Butschen,“ entgegnete ich daher klarstellend, „wenn jemand an einer Behandlung stirbt, so liegt es stets an dem Patienten. Oder haben Sie vielleicht bei Virchow gehabt, daß Sie es besser wissen?“

„Nee,“ erwiderte sie verlegen. „Hab' ich mich vielleicht mit 'ner Ansicht vergallopirt? Wissen Sie, nehmen Sie's man nicht übel, ich krieg die Zeitungen immer erst zwei Tage später nach der Küche zu lesen, da bleib ich denn wohl ein Bisken in der Bildung zurück. Und eben deshalb komm ich zu Ihnen, Frau Buchholz, weil Butsch auch keine Zeit für die Anzeigen hat, – wir haben nämlich ein Ausstellungszimmer zu vermiethen –, vielleicht, daß Sie mal was erfahren und uns rekommandiren? ...“

„Butschen,“ rief ich, „alleweil sind Sie aus Ihrem Terrain; Medicin ist dagegen für Sie eine verrannte Sackgasse. Zimmer? Zu Mitte Juli ganz sicher. Wie sind die Preise?“ – „Zwei Mark mit Frühstück.“ – „Ist das nicht etwas zu lindenhaft für die Schulzendorferstraße?“ – „Wir haben Alles machen lassen, ich sage Ihnen, einzig. Die Stühle sind im empirischen Stil, der jetzt mächtig aufkommt, wie der Möbelfritze sagt.“

„Sind die Möbel bezahlt?“

Die Butschen jetzt; über das ganze Gesicht griente sie. „Ja,“ sagte sie. „Mir haben's sauer verdient, ... groschenweis.“ – Sie seufzte tief auf. War es ein Freudenseufzer oder mehr ein Ausstoßen alter Zeiten, wo sie doch, wenn sie irgendwo hintraten, ausschließlich in Dalles und Rechnungen nicht anders kannten als schmerzhafte Papiere in unquittirtem Zustande. Um mich zu überführen, fragte ich: „Und Ihnen bekommt die Arbeit? Appetit gut? Schlaf gut? Augen gut? Gedächtniß gut?“ – „Nee,“ sagte sie und seufzte noch einmal, „das Gedächtniß ist schlecht, es erinnert mich immer an so Vieles, was ich am besten vergessen möchte. Aber ich will nicht klagen. Sie wissen ja selber, wie ich mehr Schatten vom Leben gehabt habe, als Sonne.“

Ihr darzulegen, daß bei dieser Art Beleuchtung sehr viel davon abhängt, welche Seite man der Menschheit zuwendet, wäre nicht angebracht gewesen, denn einmal hatte sie sich mit dem Zimmer von einer wohlthuenden Seite gezeigt und hat zweitens im Laufe der Jahre viel Bloßstellendes abgelegt. Die Krausen hingegen bleibt konstant unverändert, obgleich in der Zoologie sich selbst Schlangen häuten.

Der bekannte Stein, der schon so vielen vom Herzen gefallen ist, obgleich ihn noch niemand gesehen hat, war herunter. was sich auch ereignete, wenn auch Zwei zusammenstießen: bei Butsch war für den Einen Unterkommen. Ich klingelte der Dorette, um ihr dies mitzutheilen.

Ein wahres Glück, sagte ich zur Butschen, daß ich ein so zuverlässiges Mädchen habe. Freilich, gleich nach der Ausstellung macht sie Hochzeit. Ihr Bräutigam setzt sich als selbstständiger Tapezier, und die Trinkgelder, die es inzwischen giebt, bringt sie mit in die Ehe.

„Baar Geld kann man nie genug haben, zumal wenn es Einem fehlt," bemerkte die Butschen.

Ich wollte ihr sagen, daß sie soeben ziemlichen Kaff geredet hätte, wenigstens in der feineren Gedankenfügung, als die Dorette endlich antrat, aber nicht wie gewöhnt rasch und adrett, sondern langsam in Trauergefolgeschritt mit rothgeweinten Augen und zusammengewrungenem Thränentuch in der Hand.

„Dorette?" rief ich. „Was giebt's denn? Was ist los?"

Keine Antwort.

„Ist Ihnen was Nahes gestorben?"

„Uh!"

„Wer denn, Dorette?"

Sie schüttelte verneinend mit dem Kopfe.

„Was ist Ihnen denn?"

„So reden Sie doch."

„Det – kann ick – Ihn'n – man blos – janz alleene sagen," schluchzte Dorette und drückte das Taschentuch ins Gesicht.

Mit einem Takt, den sie früher nie hatte, stand die Butschen auf und verabschiedete sich. „Sie können das Zimmer jederzeit haben, wenn wir's nur vorher wissen. Uebrigens hat Butsch seine Telephonnummer."

Ich zurück zur Dorette. Was hat sie? Was soll ich ohne sie anfangen mit dem Haus voller Gäste und ich selber halb auf der Ausstellung und halb am Schreibtisch, nie voll und ganz für den Hausstand? Eine neue Philippine anbändigen, Berichte schreiben und dabei tadellose Wirthin spielen – das übersteigt meine Fähigkeit. Mehr als seine gewisse Anzahl Pferdekräfte hat der Mensch nicht.

Ich also mir schleunig die Philippine vorgebunden und reinen Wein verlangt. Sie aber immer gedruckst und mit Wortnoth behaftet, daß ich schon dicht daran war, fuchtig zu werden, als mein Karl kam, der im Gegensatz zu ihrer Zurückhaltung sich in einer Lebhaftigkeit erging, die mich erschreckte.

So hatte ich ihn noch nie schimpfen gehört.

Als ich nach und nach erfuhr, worum es sich handelte, glaub' ich, hab' ich auch einige unsanfte Aeußerungen dazu geliefert, war es denn erhört? Jetzt, wo die Ausstellung eröffnet werden sollte, jeder Tag ausgenutzt werden mußte, jetzt warfen die Tapeziere die Arbeit nieder, gerade jetzt, wo sie die letzte Hand anzulegen hatten, damit alles die Vollendungsfalten und Fransen kriegte und den rothen Callicot um die Tische und was sonst zu bekleben, zu benageln und zu betroddeln war.

Die Philippine weinte bei dieser Auseinandersetzung ganz schrecklich.

„Ja, plärren Sie nur," schnauzte mein Karl sie an. „Ihr Bräutigam, der mir sein Wort gab, meinen Stand rechtzeitig fertig zu stellen, ist auch mit ausgerückt. Ist das der Dank, daß ich ihm versprach, ihm bei seiner Etablirung behilflich zu sein? Jetzt läßt er mich sitzen."

„Mir ooch," jammerte Dorette. „Er sagte, hier könnte er sich von wejen Undank nich wieder blicken lassen."

„Kann er auch nicht," gab ich drauf.

„Und mit Heirathen is et nischt. Er setzt Alles bei den Strike zu, ooch wat ick ihm erspart habe."

„Warum begeht er denn solche Gemeinheit und verloddert sein Glück, Ihr Glück?"

„Er wollte ja ooch nich, ihn hat das Herz jeblut't, aber er mußte ja. Wat kann er alleene jejen die Uebermacht? Er jinge für den Herrn und die Frau durch den dicksten Kleister, aber er derf nich."

„Wer macht mir nun den Adler für meinen Aufbau?“

„Was?“ rief ich, „der ist noch nicht da? Die Hauptkrone der ganzen Ausstellung?“

„Vorläufig nur im Grundriß.“

„Karl, her damit. Ich hole den Eiserkasten. Den bringen wir selbst auch wohl noch zu Stande, der akademische Plan ist ja vorhanden und die Socken dito.“

„Halt, Wilhelmine, nicht übereilt. Es sind Tapeziere von auswärts verschrieben, die werden kommen. Was am Eröffnungstage nicht fertig ist, wird's vierzehn Tage später sein.“

„Das werde ich besonders in meinen Berichten hervorheben, mein Karl. Du sollst nicht wegen des Streikes zu kurz kommen. O nein. Ich werde öfter lobend auf Dich hinweisen, und wenn er erst an seinem Platze prangt, auch auf den Sockenadler. – Haben Sie sich man nicht so, Dorette, Sie sehen, es geht auch ohne.“

„Ach, Madame, et is schon nich mehr scheen. Ick weeß nich, wie't werden soll.“

„Dorette,“ nahm ich strenge das Wort, „wir haben diesen Sommer doppelte, ja dreifache Arbeit, dabei müssen Sie durchaus auf dem Posten sein.“

„Det kann ick nich versprechen.“

„Dann gehen Sie besser.“

„Det wollt' ick ooch nich.“

„Was wollen Sie denn, Dorette?“

„Blos en Bisken Nachsicht mit meine traurije Lage.“

„Das werde ich mir erst noch mal überlegen. Gehen Sie an Ihre Arbeit.“

Sie ging.

„Karl,“ sagte ich: „die Ausstellung, ein Mädchen, auf das kein Verlaß, die Berichte, oder gar ein unerfahrenes neues, das Haus voller Fremden, weißt Du, das sind Sommer-Aussichten, die ich mir doch etwas anders gedacht hatte.“

„So denkt man immer,“ sagte mein Karl.

Angriffspläne

Die Ausstellung war kaum eröffnet, als der Herr Redakteur energisch die versprochenen Berichte verlangte; es wäre doch reichlich Stoff vorhanden.

Als ob ich das bestritten hätte? So weit mir bewußt, niemals. Also weshalb Vorwürfe? Womit soll ich anfangen und an welchem Ende, da gerade, was sich zum Beginnen eignet, noch nicht fertig ist? Liegt die Schuld etwa an mir?

Soll ich das Unterrichtswesen zuerst vornehmen? Was sagen dann die Damen, die das Seidenkleiderige vorziehen oder die Juwelenabtheilung? – Oder das chemische Gebäude? Ich habe mir ein Buch mit bunten Ausstellungs-Ansichten gekauft, darin steht: „Das Dach dieses Gebäudes hat eine eigenthümlich gewellte Form: ein Rundbogen verläuft in einen scharfen Kamm, als Andeutung gleichsam, daß der Bau der Wissenschaften, deren Pflege sich hier zeigt, immer höher und höher steigen werde." – Wenn man dies nicht wüßte, würde man dem Dache garnicht ansehen, was für ein schlaues Dach es ist. Manche sagen, sie sähen es auch schon, ich aber sehe mir es noch nicht darin, obgleich ich wiederholt das Opernglas zu Hilfe nahm.

Ich holte Herrn Kriehberg darüber aus. Er meinte, „die Wissenschaft als Rundbogen gedacht, wäre sehr geistreich". – „Dann rummelt ja die ganze Stadtbahn über Wissenschaft weg," entgegnete ich, „blos, daß in den

Stadtbahnbögen, soweit mir bekannt, mehr die Gurgel als der Geist genährt wird.“ – „Sie laufen auch nicht in scharfe Kämme aus,“ bemerkte er, „darin liegt es. Der Kamm ist das Individuelle. Hätte man mich gefragt, ich hätte ihn dreifach so scharf konstruirt, wenn nicht noch schärfer, um die eminente Höhe der Wissenschaft durch architektonische Lineamente auf das Allerschärfste zum Ausdruck zu bringen.“

„Schade, daß Sie es nicht waren, Herr Kriehberg,“ sagte ich, „Sie hätten es gewiß für Jedermann aus dem Volke faßbar hingemauert.“ – „Das versteht sich,“ versicherte er, und man sah ihm an, er hätte es.

Wenn nun ein Gebäude schon in seinem Aeußeren so viel Unverständliches birgt, wie wird es dann erst drinnen sein, wo sie die gesammte Wissenschaft losgelassen haben? Ich fürchte, mit Frauen-Emancipation allein bewältigt man die innere Bedeutung nicht, wenigstens nicht in einigen Stippvisiten, und darum halte ich die Chemie mit den daran hängenden Gruppen als Erstes nicht recht angrifflich. Vielleicht wimmele ich in meine späteren Berichte hin und wieder einen Atzen Chemisches, aber zum Ausspiel ist es mir zu riskant. Auch hoffe ich Beistand von Ottilie, denn die ist auf Sauerstoff, Spectralismus, Galvanistik und alle anderen neueren Bildungsmittel examinirt worden. Nur Muth.

Wenn Ottilie blos erst käme. Beschreibe ich Sachen ohne sie, will sie natürlich hinterher sich auch daran belehren, und ich versäume die Zeit, neue Eindrücke aufzusaugen während der Wiederholung des bereits durch die Tinte Gezogenen. Aber sie kann noch nicht, ihre Schneiderin hat sie auf das Sündhafteste vernachlässigt, indem sie zwischendurch ein Brautkleid zurecht prünte. Hatte das denn solche Eile? Ich kenne die Leute nicht und will auch keine Steine schleudern, aber den Vorwurf der Rücksichtslosigkeit kann ich ihnen nicht ersparen; ihretwegen muß ich mich vorläufig mit Ottiliens Photographie behelfen.

Sie sieht in Cabinetgröße recht jugendlich aus, aber wie ist sie frühmorgens ohne Retouche? Wenn es keine schwarze Tusche gäbe, wie viele da wohl ohne Augenbrauen in den Albümern stächen?

Mein Karl fand sie passabel. – „Mehr nicht, Karl?“ – „Eher weniger.“ – „Karl, sie gehört zu meiner Verwandtschaft.“ – „Sie ist Dir aber nicht im Geringsten ähnlich.“ – „Das wollt' ich mir auch ausgebeten haben. Nein, Karl, solche spitze Züge habe ich nie besessen, selbst nicht in den Heranwachsjahren; und die Augen reißt sie etwas gewaltsam groß.“ – „Dafür zieht sie den Mund um so kleiner." – „Ich vermuthe, sie kommt bedeutend unähnlicher an, als sie aussieht." – „Bezweifle ich keinen Augenblick." – „Karl, Gelehrte sind nie bildschön, also Gelehrtinnen erst recht nicht; das heißt ihre Figur ist nicht übel." – „Zeig' noch mal her das Bild." – „Nein, Du hast genug gesehen, Ihr Männer gebt viel zu viel auf den Wuchs und bedenkt nie, wie viel Fischbein dabei ist. In dieser Beziehung kann ich Professor Röntgen nicht hoch genug preisen; der dreht Euch endlich ein durchschauendes Licht auf, und er nennt es auch sehr richtig X-Strahlen, weil alle X-Beine dadurch ersichtlich werden." – „Hat sie welche?" – „Wer?" – „Die Ottilie." – „Karl, selbst als Scherz betrübt diese Frage mich tief. Ich habe über Ottilien zu wachen, wie eine Mutter über dem Hühnchen aus dem Ei ..." – „Schon mehr Henne," lachte mein Karl dazwischen. – „Wer?" fuhr ich auf, „wer ist die Henne?" – „Nun, die Ottilie," lachte er weiter, „sie hat wirklich etwas Hühnerhaftes in ihrer Physiognomie." – „Photographieen treffen manchmal daneben," wies ich ihn ab. Ueber meine Verwandtschaft spectakeln erlaube ich nicht.

Wäre Ottilie, was man unter schön versteht, hätte ich sie bei den lieben Ihrigen gelassen oder nur auf flüchtigen Besuch gebeten. Meine beiden Töchter würden es krumm nehmen, obgleich sie längst ihre Männer haben, wenn plötzlich eine entfernte Cousine Aufmerksamkeit in den Kreisen auf sich lenkt, die sie bis zum Jetztpunkt beherrschten, und wenn die Männer auch ehelich gut gezogen sind, wie leicht wird ein Wort, eine nuttige Höflichkeit oder eine unbedachte Aufmerksamkeit albern ausgedeutet und die Feuerwehr kann geholt werden. Ich sage deshalb: Unschönheit hat so ihre Vortheile.

Und wenn eine gelehrt dazu gilt und studirt habend, vor der rücken die Jünglinge aus, zumal solche, die das ihrige schon vergaßen, eh' sie es lernten. Dagegen ernste Männer werfen sich heran und es sprießen Gespräche auf, die den Geist erheben, ohne daß man Bange vor leichtsinnigen Anknüpfungen zu haben braucht und kann Worte von höherem Fluge fallen lassen, oder unbesorgt Musike hören, oder einen kleinen Nick machen, je nach den nächtlichen Wärmegraden und den Anstrengungen des Tages.

Die Abende draußen versprechen überirdische Befriedigung. Nun werde ich sie mit Ottilien genießen. Wäre sie blendend, käme es umgekehrt; sie bildete dann die elektrische Lampe, von Dämmerungs-Verehrern umschwärmt, und ich den Laternenpfahl dazu. Dafür dankt Wilhelmine jedoch ergebenst.

Wenn ich nun auch noch nicht genau weiß, welchen Zipfel der Ausstellung ich für meine Berichte anschneide, so weiß ich doch bereits, wohin ich die mir überantworteten Fremden geleite und zunächst Erika, um ihr das Schönste zu zeigen, das ich bis jetzt entdeckt habe und zwar, wie bei allen Forschungsreisen Mode ist, durch den Zufall.

Wie es im Leben überhaupt ohne Zufall aussähe, durch den noch jedesmal das Weltbewegendste erfunden wurde, wie z. B. der Theekessel, auf den sich die ganze Dampfmaschinenkraft stützt, oder der Telegraph durch Froschkeulen, obgleich mir dies nicht recht klar ist, weil man doch im Allgemeinen mit Padde das Niedrige der Schöpfung bezeichnet. Auch steht nie dabei, wie es gemacht wurde und wie der eigentliche Kniff ist. Dies muß Ottilie glatt legen; sie bringt ihre Bücher mit.

Mein Zufall äußerte sich einfach, indem ich dem Baumeister Herrn Bauer begegne und ihn frage „Herrjeh! Sie hier?“, obgleich seine Anwesenheit auf dem Treptower Gelände eine Sache von größter Natürlichkeit war. Aber Gespräche und Kegelpartieen werden meistens mit Pudeln eröffnet. Um den Schnitzer zu übertünchen, frage ich weiter: „Mit welchem Stil werden Sie uns überraschen? Es ist ja Vieles da, vor dem man Kopf stehen möchte ... wie Onkel Fritz sagt.“

„Als wenn ich ihn reden hörte,“ lächelte er, indem er mich betrachtete, wie ich mich wohl in dieser Stellung ausnehmen würde. „Interessirt Sie mein Bau, treten Sie bitte näher.“

Bei diesen Worten wies er auf das große Kaiserschiff.

„Nanu?“ entgegnete ich, „seit wann legen Sie sich auf Marine-Architektur?“ – „In Berlin machen wir Alles. Freilich ist dies Schiff nur ein Modell, aber jedes Stück ist so gearbeitet, daß es nach der Ausstellung direct einem im Bau begriffenen Oceandampfer des Norddeutschen Lloyd eingefügt werden kann. In den Größenverhältnissen und seiner Einrichtung ist es im Inneren wie Aeußeren die getreue Wiedergabe der prachtvollen Riesendampfer Bremens und Hamburgs, auf denen die Engländer und Amerikaner lieber fahren als auf ihren eigenen.“

„Ich bin ungemein für Schiffe,“ erwiderte ich. „Auf meiner Fahrt nach dem Orient hab' ich sie kennen gelernt, englische, französische und auch die Dampfer des oesterreichischen Lloyds, an die ich nicht mit Wohlgefallen zurückdenke, denn sie sind das undeutscheste, was Oesterreich liefert. In Port Said lag der Bremer Dampfer ›Baiern‹, den wir besuchten. Sehen Sie, Herr Baumeister, der schlug die anderen Schwimmanstalten gewaltig, auf denen ich das Mittelmeer durchlavirt hatte, und wenn mich einmal überseeisch gelüstet, dann nur auf unsern norddeutschen Fahrzeugen. Ich hab' doch lieber deutsche Bretter unter meinen Füßen und die deutsche Flagge über meinem Haupte, als für mein Geld geduldet zwischen Fremden mit fremder Sprache, die nicht nöthig haben mir zu antworten, wenn sie mich nicht verstehen wollen. Diese Art nationaler Dicknäsigkeit hab' ich kennen gelernt. Ich bin für eigene Schiffe. Und das Geld bleibt im Lande."

So sprechend traten wir ein.

Der Kaiserdampfer ist nur die Hälfte eines Oceandampfers, aber welch' ein Kasten! Hier bekommt man den Begriff von einem schwimmenden Hause oder richtiger von einem Wasser-Hôtel.

Der vordere Theil ist als nautische Sammlung ausgestattet, mehr für Admirale und Capitaine und seefahrende Fachleute, die daran stoßende Küche wendet sich dagegen an das Allgemeinverständniß. Denn essen wollen sie Alle, selbst die Gelehrtesten, die mitunter kiesätiger sind, als man ihnen zutraut. Ich kenne solche.

Die Propertät in der Küche sucht ihres Gleichen und dazu die listigen Vorkehrungen, daß nichts überläuft, wenn das Schiff auf hoher See schaukelt. Nachher liegen die Setzeier in der Asche und es riecht verbrannt in den Salons, wo die Möbel eine Pracht entfalten, daß die Herrschaften immer erst um Entschuldigung bitten, ehe sie sich niederlassen.

Die Treppen sind mit Läufern, das Holzgetäfel ist auf das Zarteste geschnitzt und weiß lackirt, die blanken Messinggeländer sind bildgießerisch höchst kostbar, aber doch nichts im Vergleich mit den Kaiserlichen Gemächern, die nicht blos so heißen, sondern es wirklich sind.

Wenn der Kaiser die Ausstellung besucht, ist das Bremer Schiff sein Absteigequartier, wo ein Speisesaal, ein Besprechungszimmer und ein Rauchgemach bereit stehen und für die Kaiserin Zimmer und Salons, deren Deckengemälde von so lieblicher Schönheit sind, daß sie eine Weide für die verwöhntesten Augen bilden.

Wenn die Majestäten abwesend, sind, kann man diese Herrlichkeiten betrachten, ebenso die vollkommen eingerichteten Kabinen erster und zweiter Klasse, die Damen-, Speise- und Rauchzimmer, Capitainskabine, Arztwohnung mit Apotheke, Lazareth, Badestuben und weiß dann, wie ein Personendampfer aussieht.

Klettert man höher auf das Promenadendeck und noch höher, wo der Capitain steht, auf die Commandobrücke, dann ist das Schönste erreicht, was ich Erika zeigen will.

Das Schiff ist so hoch wie ein vierstöckiges Haus und liegt auf dem Lande, wenn auch mit der Spitze in die Spree hineingebaut, von hier oben nun hat man eine Aussicht, die nicht zu beschreiben ist. Nach Westen zu das große, weite Berlin mit unzähligen Fabrikschornsteinen, die qualmen und rahmen, und wenn die Sonne scheint, blitzt es ab und zu goldigglänzend von einer Kuppel oder der Siegessäule oder was sonst auf blank gearbeitet ist. Nach Rechts, nach der Eierhäuschengegend und Sadowa, ist grünes Gefilde mit Waldbegrenzung, eine echte Spreelandschaft, bildschön für Einheimische, und für Ausheimische eine freundliche Bitte, die Berliner Umgegend nicht blos zu lesen und zu höhnen, sondern zu betrachten und der Wahrheit die Ehre zu geben.

Und nun erst die Spree. Die Südsee ist breiter, das gebe ich zu, und die Elbe auch und, wie klein die Schiffe sind, das mißt man sofort durch vergleiche mit dem Kaiserschiff ab, aber dies Leben, dies Gondeln, diese Rührigkeit zur Ausstellungszeit, das Alles ist die Märchenhaftigkeit der Wirklichkeit. Wenn die Blätter von den Bäumen fallen, schwindet auch dies lebendiges Bild aus dem Leben der Großstadt. Und kommt nie wieder.

Deshalb soll und muß Erika hinauf auf die Commandobrücke des Kaiserschiffes und ich will nichts weiter betrachten als ihre lieben blauen Augen, die All dies Schöne auftrinken und leuchten wie Kinderaugen am Weihnachtsfest. Sie spricht dann nicht viel, weil ihre Seele sammelt, aber im Winter, nach Jahr und Tag, bei rechter Gelegenheit, fängt sie davon an und hilft unserm Erinnern auf, bis wir wieder vor uns sehen, was uns Freude machte. Sie erzählt keine längere Feuilletons, o nein. Ein kleiner Satz, oft nur ein Wort und fertig ist die Laube, als säße man darin und hörte die Nachtigall singen. Die kleine Wilhelmine muß natürlich mit. Heut zu Tage kann die früheste Jugend nicht genug anschauen; es ist mehr wissen vorhanden, als das Leben lang ist.

Onkel Fritz dagegen darf unter keinen Umständen mit hinauf. Wenn der dort oben steht und hat die Gegend ausgekundschaftet, er dann gerufen: „Herrjeh, ist das gegenüber nicht Stralau? Und das links ... das ist ja Tübbecke!“ Und dann die Hände als Sprachrohr an den Mund und geschrieen:

„Kellneer, einmal grünen Aal!“ – Nein, er bleibt irgendwo an einem näßlichen Orte; es giebt ja vorzügliche Weißen draußen. Außerdem hänge ich ihm Ottilie an die Rockschöße.

Wie freue ich mich auf die kommende Zeit.

Ein Damen-Ausflug

Ich hatte der Bergfeldten – merkwürdig, daß ich sie immer wieder nach ihrem ersten Manne nenne, den sie doch eine Reihe von Jahren hinter sich hat – also richtiger der Frau Butsch versprochen, sie baldigst nach der Eröffnung mit nach der Ausstellung zu nehmen und ihr durch meine allmählich erworbene Platz-Plankenntniß in kürzester Zeit einen Ueberblick beizubringen, daß sie zu Hause Rechenschaft ablegen kann. Denn dies ist die Hauptsache. Alle Kunden fragen in der Weißbierstube, wie es sich mit der Ausstellung verhält und Herr Butsch hat nichts gesehen und sie noch weniger und die Gäste betrachten das Lokal nachgerade als ein Nebengeschäft der Idioten-Anstalt. Wer nichts von der Ausstellung zu sagen weiß, gilt allmählich für unbetheiligt an der Civilisation.

Weil sie nun mir so freundlich mit dem Zimmer aushelfen will, bin ich ihr auch gern wieder gefällig und schrieb ihr auf einer Fahrrad-Karte, daß ich sie zu einem gemächlichen Nachmittag erwarte.

Sie hat sich in der letzten Zeit bedeutend gebessert. Verhältnisse ändern zum Guten oder zum Schlimmen, je nachdem der Mensch hineingesetzt wird. Herr Butsch läßt sich wenig gefallen. Wenn man so seine Statur betrachtet, da muß sie klein beigeben, wogegen Herr Bergfeldt weder die Beamtenluft vertragen konnte noch die häuslichen Zustände. Den tödteten die Sorgen, ehe er starb.

Wenn man mit Leuten im Leben Freud und Leid durchgemacht hat, Erzürnen und Vertragen und, was die Zeiten so brachten, steht man sich näher, als man oberflächlich zugiebt. Das jüngere Geschlecht wächst heran, dem Zukunftslichte zu und läßt uns Aelteren in dem Schatten der Vergangenheit. Aber wir sehen auch hinaus in das Helle, blos mit dem Unterschied, daß wir einen ganzen Kasten voll Erfahrungen haben: Früchte des Lebens, die wir öfter anbieten, als sie von der klügeren Jugend abgenommen werden. Aber man knabbert selbst daran und freut sich der Zeiten, als man sie sammelte.

So dachte ich mit der Butschen den Ausstellungsnachmittag zu verbringen: das Neuere und Neueste bestaunen, Meinungen darüber austauschen, obgleich immer nur zwei Ansichten sein können, meine oder die verkehrte, zwischendurch den Gastwirthen etwas zu verdienen geben und während des Ausruhens vergangene Erlebnisse aufwärmen und in aller Behaglichkeit vieräugig plaudern, mit einem Worte von seinem Dasein etwas haben. Aber in der Butschen waltet immer noch die Bergfeldten.

Konnte sie denn nicht alleine kommen? was mußte sie die Fräulein Pohlenz mitbringen, die ich stets freiwillig übersehe, sobald sie mir begegnet, da ich sie drei Schritt vom Leibe am liebsten habe. Und wenn sie sich an die Butschen anklettet, muß die soviel Mumm haben, daß sie sagt: Fräulein Pohlenz, ich glaube nicht, daß Sie heute angebrachter Maaßen sind oder wie sie sonst abwinkt. Gegen gute Freunde kann man ja deutlicher sein, als gegen Fremde.

Ich durfte deshalb mein Mißfallen nicht in passende Worte kleiden, sondern mußte die Pohlenz mit übernehmen, wie sie da war: aus dem ersten Jugendtraume längst erwacht, aber immer noch sich gehabt, wie eben aus der Wiege. Und das kann ich nicht ausstehen, wer dumm geboren ist, den entschuldigt man mit der Vorsehung, die wohl ihre Gründe gehabt haben mag, aber wer sich dumm stellt, der hält Andere für noch dümmer, und das ist eine Beleidigung.

„Sie hat so'n Gieper auf die Ausstellung," sagte die Butsch, „daß ich sie endlich mitnahm. Und als einzelnes Mädchen allein unter die Menschenmenge lassen, das kann man auch nicht gut verantworten."

„Ich glaube, Sie bilden sich was ein, Fräulein Pohlenz," bemerkte ich.

„Ach nein," sagte die mit niedergeschlagenem Blick, „aber draußen im schlesischen Busch ist doch schon mancherlei passirt ..." Weiter kam sie nicht, sondern hustete den Schluß ihrer Rede.

„Fräulein Pohlenz," entgegnete ich, „der schlesische Busch hat mit der Ausstellung keine Gemeinschaft, alle Penn- und sonstigen Brüder sind durch Drahtgitter polizeidicht abgesperrt und die vollziehende Straßengewalt sorgt zu Pferde für strengste Draußenverbleibung sämmtlicher sogenannter Elemente. Also was kann da groß an Ihnen verdorben werden?"

Sie suchte zu erröthen und hustete.

„Und aus den Schüchternheits-Jahren ist sie," stand die Butschen mir bei. „Wenn ihr jedoch ja was geschieht, dann braucht sie blos ordentlich schreien."

„Ganz recht," bediente ich in derselben Farbe, „die Kraft der Schwachen liegt im Schreien". – „Damit wehr' ich mich auch immer gegen die Mause," sagte die Butschen.

Weil in meiner Absicht lag, den Kaffee draußen zu nehmen, bot ich den Damen ein Gläschen Maltonsherry, der ihnen derart mundete, daß sie sich zur zweiten Auflage so gut wie gar nicht nöthigen ließen, dabei einen Posten von Kokosnußmakronen, selbstgebackene Probe für den Sommerbesuch. Sie sollen billiger sein als aus Mandeln, aber ich vermuthe, die Berechnung bezieht sich mehr auf die Breitengrade, wo die Nüsse umsonst wachsen. Von Geschmack fanden sie Beifall.

„Ist Ihnen ein Krümel auf das unrechte Stimmband gerathen?" fragte ich die Pohlenz, die, wie ich wiederholt beobachtete, einen sehr aufbegehrenden Kehlkopf hatte, „oder haben Sie sich erkältet?"

„Ein ganz klein wenig," gab sie zu.

„Da müssen Sie vorsichtig sein, vernachlässigte Erkältungen zersetzen oft die Athmungsorgane."

„Meinen Sie?"

„Ich nicht. Aber die medicinische Wissenschaft. Mein Schwiegersohn, der Sanitätsrath, sagte vor ein paar Tagen noch, es sei ein gefährliches Lungenwetter. Wer Symptome weg hätte, bliebe am besten im Zimmer und hielte sich warm, wie lange husten Sie schon?"

Die Pohlenz wurde ängstlich und besann sich.

„So," dachte ich, „noch ein paar Rathschläge und sie ist so vernünftig und zoppt rückwärts nach Hause; dann hätten die Butschen und ich unseren Nachmittag reizend für uns." Eben wollt' ich von einer Frau erzählen, die sich auch nicht warm gehalten und innerhalb dreier Tage ihren trostlosen Gatten zum Wittwer gemacht hatte, als die Butschen dazwischen fuhr: „Mir sagten mal der Herr Sanitätsrath, beim Husten nur ja nicht die frische Luft abgewöhnen."

„Bei Ihnen, halb auf dem Lande, trifft das zu," entgegnete ich, „aber hier bei uns doch nicht."

„Die Pohlenz wohnt ja in unserer Gegend, also muß sie an die Luft."

„Dann wollen wir auch nicht länger zögern," entschied ich und blickte die Butschen mit tadelndem Kopfschütteln an, das sie natürlich nicht begriff. Hätte sie sonst gesagt: „Ich halt es auch nicht für schlimm. Husten reinigt."

Wir trabten nach dem Alexanderplatz-Bahnhof, kauften am Schalter mit dem Fahrschein gleich unsern Ausstellungseinlaßzettel und wegen des Sonnabends war ganz commodes Mitkommen auf der Stadtbahn. Sonntags wird es jedoch engbrüstiger zugehen.

Wir stiegen Bahnhof Treptow aus, gingen die Chaussee lang und näherten uns dem Haupteingange. Die Pohlenz, naiv wie immer, wollte durch das Central-Verwaltungsgebäude eindringen, indem sie es für ein Thorhaus hielt. „Meine Liebe," belehrte ich sie: „Das Publikum theilt sich rechts und links und geht durch die Kassen-Kontrole an den Seiten. Auf dem Rückwege dürfen Sie durch die Mitte, nachdem Sie sich durch die Drehzähler gequetscht haben, die jedoch ohne Nummerwerk sind." – Dies bewunderte die Pohlenzen sowohl, wie die Butschen, aber mich mit ihnen auf das statistische Gebiet zu begeben, schien unangebracht. Wo wenig Verstand ist, muß man ihn für wichtigere Aufgaben schonen.

Als unsere Eintrittsscheine richtig befunden waren, schlüpften wir auf das Ausstellungsgelände. Die Pohlenz wollte ihren bis dahin verhaltenen Ueberraschungsgefühlen Ausdruck verleihen, aber, da es so eingerichtet ist, daß man anfänglich nichts sieht, machte sie ein Gesicht, wie Eine die ein bischen mager zu Weihnachten bekommen hat. Die Bergfeldten war inzwischen in Ablehnungskampf mit einem von den officiellen Jünglingen gerathen, die das verbriefte Recht haben, die Tagesprogramme feil zu halten. Da die Pohlenzen sofort in dieselbe Verlegenheit gesetzt wurde, war ich neugierig, ob sich wohl eine von den Beiden so anständig zeigte, eins zu kaufen. Aber nein.

Wenn sie jedoch dachten, ich würde den Groschen in's Allgemeine Beste werfen, täuschten sie sich gründlich und deshalb winkte ich dito Schippen.

Wir gingen nun rechts die künstliche Anhöhe hinauf, die, genau besehen, eine Brücke über die elektrische Eisenbahn darstellt, und betraten nach und nach die Hauptbetrachtungswürdigkeit, die Anlagen zwischen dem Neuen See und dem Industriegebäude. „Meine Damen," sagte ich, „sehen Sie sich erst um, wenn ich vernehmlich rufe: Nu! So verfahren gewiefte Reisende, wenn's wo schön ist." – „Ich schiele nicht," antwortete die Butschen, „hingegen für die Pohlenzen übernehme ich keine Garantie." – „Woso?" begehrte die auf. – „Sie kann mit zugemachten Augenlidern um die Ecke glupen," setzte die Butschen hinzu, „und sieht mehrstens gerade stets, was sie nicht sehen soll. Woher weiß sie sonst Alles?"

Um Zwistigkeit zu verhüten, schritt ich rasch bis zum Bismarckstandbild und machte Halt. „Schlagen Sie Ihre Sehorgane auf," befahl ich, „und begrüßen Sie dieses Bildniß aus Erz. Hier hat Berlin seinem Ehrenbürger ein Monument gesetzt, das der Ausstellung zum Ruhm gereicht. Wo der große Mann gewirkt hat, ist noch alles zu Heil und Segen ausgefallen." Ich wollte einige fernere Worte hinzufügen, aber ein Programm verkaufender Jüngling litt es nicht. „Danke, wir sind schon versehen," verscheuchte die Pohlenz ihn. Wie Eine angesichts Bismarckens so lügen kann, ist mir unbegreiflich und mindestens das Zeichen eines sehr fleckigen Charakters.

Nach etlichen Schritten rief ich: „Nu!"

Die Wirkung war, wie ich gedacht.

Die Meeresfläche, im Hintergrunde mit dem weißen Wasserthurm und dem Hauptrestaurant, vorne die Blumengefilde, die Obelisken und dazu Musik aus den Pavillons, das war wirklich wunderschön. Und dann durch einfache Umdrehung des menschlichen Körpers der Blick auf das Industriegebäude mit der Kuppel und den Thürmen, deren Aluminiumkappen in der Sonne glänzten wie nagelneue Suppentöpfe und die Orangenbäume auf dem Dache des Vorbaues, der in zwei Wandelhallen ausläuft, die das Ganze in übersichtlicher gerader Linie durchschneiden, dies wirkte verstummend auf die Beiden, die derartiges noch nie in ihrem Leben gesehen hatten. Die Pohlenz that so überwältigt, daß sie auf einen der vielen Stühle sank, die einladend an den Ufern des Sees entlang stehen.

Kaum jedoch war sie gesunken, als flugs ein Knabe nahte, der zehn Pfennige Stuhlmiethe verlangte. Sie sich gesträubt. Es half ihr aber nichts und so kaufte sie für einen Nickel Sitzgerechtigkeit, die für den ganzen Nachmittag gilt.

Dies war die Strafe dafür, daß sie kein Programm gekauft hatte, worin zu lesen steht, was per naß ist, und was Auslagen verursacht.

Als ich nun für angebracht hielt, den Kaffee zu nehmen, wollte die Pohlenz für ihre zehn Pfennige weiter sitzen, „wie Ihnen beliebt," bemerkte ich, „aber einmal getrennt ist Wiederfinden ein Glückszufall. Kommen Sie, Butschen, wir gehen in's Café Bauer."

Dieses erreichten wir unangefochten und nachdem wir einen Tisch mit bester Mitten-Aussicht gefunden hatten, bestellten wir dreimal Melange, wir nennen es sonst Kaffee mit Milch, aber die Oesterreicher kennen es nicht anders und den Dreibund-Gebräuchen muß man sich fügen.

Der Kellner brachte das Verlangte. „Auch Gebäck gefällig?" fragte er und stellte einen Korb mit feiner Backwaare auf den Tisch.

„Nee," rief die Butschen, „nehmen Sie den man wieder mit. Wir haben selber." Und ehe ich mich von meinem Schreck erholen konnte, sagte sie zur Pohlenz: „Nu man heraus mit den Gesangbüchern, ich hab' Hunger."

Die Pohlenz denn auch ihre Handtasche aufgemacht und einen Packen Klappstullen hervorgeholt, als wäre Hungersnoth in Sicht. „Wollen Sie mit Wurst oder mit Käse?" bot die Pohlenz mir an. – Ich dankte. – „Es ist delinquente Schlackwurst und prachtvoll durcher Ramadour." – „Danke," lehnte ich nochmals ab, „den hab' ich bereits gerochen."

War dies glaublich? In dem feinen Café, wo die Kellner herumlaufen wie die Ballherren während der Tanzpausen und der Zählkellner es mit jedem Bräutigam aus der höchsten Noblesse aufnimmt, entblödeten die beiden Weiber sich nicht, den Eßkober zu entfalten, als machten sie eine Landpartie nach der Wuhlheide. Und die spietschen Physiognomieen von den Wienern. Und meine Angst, daß Bekannte kämen. Ich fürchte doch, die Butschen wird in der Weißbierstube ihres Mannes nach und nach gemischt. Von der Pohlenz sage ich nur: Kein Mensch kann über seinen Horizont.

Ich zahlte ohne Ansehung des Kellners und that, als ob ich die Bemerkung der Pohlenz über die kleinen Tassen garnicht hörte. Ob sie Trinkgeld gegeben haben, weiß ich nicht, mir war blos, als ob das „Hab' die Ehr'!" den Beiklang eines Hinauscompliments hatte.

Die Butschen wollte hierauf in das Hauptgebäude, was mir jedoch insofern nicht recht war, als meines Karls Aufbau noch der letzten Krönung mit dem

Adler aus echtschwarzen Socken ermangelte, allein, was vermochte ich gegen zwei Stimmen, da die Pohlenz auf der Butschen Seite stand, innig durch die Klappstullen verschwestert? Ich folgte willenlos.

Vor dem Portal blieb die Butschen stehen. „Herrjeh," rief sie, „das ist ja eine ganze neue Mode: da raucht Einer aus zwei Cigarrenspitzen auf einmal." – „Wo denn?" – „Da über dem Thürbogen der Kopp."

„Nein," erwiderte ich, nachdem ich das Bildhauerische ergründet hatte, „das bezieht sich nicht auf Tabak, das ist der Ruhm, der bläst auf der sogenannten Fama, wie die Trompeten im Alterthum hießen." – „Da gehört aber eine tüchtige Puste dazu," sagte die Pohlenz. – „In früheren Zeiten waren die Lungen kräftiger," gab ich ihr zu verstehen, „aber man schonte sich auch mehr bei Erkältungen und blieb zu Hause."

Wir traten ein, in der Vorhalle den Löwenbrunnen zu besichtigen, wobei wir von einem Blumenmädchen anmuthig unterbrochen wurden. Sie war weiß gekleidet mit einer Achselschleife in den deutschen Farben, hatte aber kein Glück mit uns. Auch einer schwarz gekleideten erging es ebenso. Eine dritte, die dies sah, wagte sich nicht erst heran. Mir war auch nicht blumenkauferig.

Mein Karl hält abgeschnittenen Blumenhandel ebenfalls für unnöthig. Warum? Man ist eben aus den sogenannten Galanteriejahren heraus.

Die Pohlenzen strebte vorwärts: sie hätte so viel von dem Deckengemälde in der Kuppelhalle gelesen, das müßte sie betrachten. „Gewiß," willigte ich ein, „Gemälde bilden." – „Man sagt ja auch, Kinder wie die Bilder," setzte die Butschen hinzu. Was sie damit meinte, war mir unerfindlich und wird wohl für immer räthselhaft bleiben, denn, gerade als ich nachfragen wollte, stieß die Pohlenz einen Mordsschrei aus und legte ihre linke Baumwollen-Handschuhhand wie eine Scheuklappe an die Stirn.

„Was ist Ihnen?“ fragte ich besorgt. – „Haben Sie sich den Fuß verknaxt?“ fragte die Butschen. – „Nein, nein,“ ächzte die Pohlenz, „Gott nein. Nein, nein, ich kann das nicht sehen ...“ – „Was nicht?“ – „O nein ... nein ... die Puppen.“ – „Was für ...“ – Wir hielten nun auch einen Rundblick und entdeckten an einer Ecke der Halle ein paar Museumsriesen in der bekannten klassischen Auffassung, bei der das Stoffliche vernachlässigt wird, weil doch die Marmorfiguren aus dem sonnigen Griechenland entspringen und es im Alterthum keine Confectionsgeschäfte gab. Aber wegen der Größe und der Fleischfarbigkeit mochte die Pohlenz sie wohl für lebendig gehalten haben und gedacht, sie thäten ihr was.

„Es sind ja nur gipserne,“ suchte die Butschen sie zu beschwichtigen. – „Nein, nein,“ blieb die Pohlenz bei, „ich kann so was nicht sehen.“ – „Denn kommen Sie man raus,“ griff ich ein, „draußen sind die Blümelein und die rauschenden Gewässer und was sonst unerröthend ist. Für Kunst sind Sie noch nicht reif, die hat das Unbekleidete einmal so an sich. Oder wollen Sie nach den Wilden?“

„Nein ... nein. Aber nach den Marineschauspielen will ich, dazu hab' ich ein Freibillet.“ – „Wie kommen Sie dabei?“ Sie stach sich noch röther an, und lispelte kaum verstehbar: „Geschenkt.“

Ich drang nicht weiter in ihre maritimen Verhältnisse, sondern war froh, daß wir um die aus Strikegründen unvollendete Ausstellung meines Karls herum kamen, und fragte: „Wann ist denn der Zauber?“ – „Das weiß ich nicht genau, es steht wohl irgendwo zu lesen.“ – „Freilich in dem Programm.“ – „Haben Sie eins?“ – „Nein.“ – „Sie auch nicht, Frau Butschen?“ – „Ih, wo werd' ich! ... Aber ich kann ja mal den Kaffee-Kellner fragen.“

Sie hin. Der Frackmensch sie mit ziemlicher Obenherabheit betrachtet, aber doch höflich geantwortet, sie müßte sich wohl irren, von Marineschauspielen wüßte er nur, daß sie vor längerer Zeit bei Kiel stattgefunden hätten. Ob sie vielleicht die Fischerei-Ausstellung meinte, die wäre bitte jenseits am diesseitigen Ufer der Spree gelegen.

„Wir werden es schon finden,“ sagte die Pohlenz. „Mir recht,“ entgegnete ich. – Bei dem Durchwandeln des Parkes konnte ich wundervoll feststellen, wie angestrengt in den letzten Tagen gearbeitet worden war und wie die Ausstellung immer completer und schöner wurde. Es will eben alles seine Zeit haben, selbst der simpelste Hefenteig.

Schritt vor Schritt gab es etwas zu betrachten, eine von uns Dreien blieb immer irgendwo hängen und war nicht mit zu kriegen und, als wir glücklich bei den Marineschauspielen anlangten, war die Vorstellung justement vorbei.

Die Pohlenz, nun beleidigt gethan und vorgeworfen, wir, als die Butschen und ich, hätten absichtlich gebummelt, damit sie zu spät käme und so wie ich hätte mich gerühmt, Bescheid zu wissen und das schiene doch nur sehr plundrig. Grade ihrem Husten hätte die Marine-Seeluft gut gethan. Aber man gönnte ihr nichts Gutes. In denselben Ton verfallen war meinerseits nicht, obgleich sie es war, die am meisten stehen blieb und überall hineinwollte, wo noch garnicht eröffnet wurde. Hocharistokratisch entgegnete ich daher: „Mein Fräulein, die Ausstellung ist zu groß, als daß sie auf ein- oder zweimal in den menschlichen Geist geht. Schuld allein ist die Gnietschigkeit, sich kein Programm zuzulegen." – Das könnten Andere sich nicht minder zuziehen, schnatterte sie gegen in ihrer sticheligen Manier und bewies dadurch wieder, wie sehr es ihr zwei Finger hoch über der Nase fehlt.

Mir fiel sofort plötzlich ein, daß ich meinem Karl versprochen hatte, rechtzeitig wieder zu Hause zu sein, und, indem ich zur Butsch sagte: „Sie bleiben wohl noch," machte ich eine absichtlich gelenkarme Verbeugung, woran die Pohlenz etwas zum Nachdenken hat, und verabschiedete mich. Mir war klar geworden, daß es bei Ausstellungen doch sehr auf die Gesellschaft ankommt, mit der man sie besucht.

Der Hausbesuch regt sich

Noch bin ich nicht zu meinen Berichten gekommen, wie kann ich auch?

Kaum haben nämlich die Herrschaften auswärts in den Zeitungen gelesen, daß die Ausstellung angegangen ist, ehe sie fertig war, sie sich, wie sie gebacken sind, hingesetzt und geschrieben, sie kämen erst später. Die Antworten darauf und das Umkatern der Anmeldezeit, der Zimmerbesetzung und gegenseitiges verständigen, da Ungermann's jetzt mit Tante Lina zusammenfallen und der Amtsrichter dito mit ihr zusammenstößt, wenn auch Ungermann's umgelegt werden, das hinderte. Ungermann's müssen in die gute Stube und Tante Lina läßt sich allenfalls nach Butsch's abzweigen, andererseits jedoch ist der Amtsrichter unmöglich mit der Mädchenkammer zufrieden. Das Fremdenzimmer ist besetzt. Und die Dorette sperrt sich gegen das Schlafen aus den Boden.

Hat man den Kopf voll von Einrichtungen, kann man keine allgemein einleuchtende Berichte über die Größe der Industrie und das Bedeutendste der Gesammtleistungen verfassen. Es sind in der That Leistungen draußen, von denen man, wie Napoleon oder wer es war, nur sagen kann: es sind welche! Und wie manches, geradezu nicht hoch genug anzuerkennende ist in einem Seitenflügel angebracht. – Jawohl, das ist es! – Da wird es Pflicht der Berichterstattung, es hervorzuziehen und laut zu verkündigen: da seht her, was hier gewebt ist, diese prachtvolle Dualität und dauerhaft im Tragen. Und preiswürdig! Denn bei den immensen Kosten will doch auch der Aussteller sein Geschäft machen und das kann er nicht in einem Winkel, an dem das Publikum sinnlos vorüberrennt und seinen Fleiß, seine Arbeit, seine Tüchtigkeit links liegen läßt.

Aber ich will's schon schieben.

Was Auswärtige nun unter „nicht fertig" denken, das würden sie selbst mit den schrecklichsten Daumenschrauben nicht gestehen können, da sie ja garnicht wissen, wie die Ausstellung werden soll, wenn sie fertig ist. Freilich, desto vollendeter sie ist, desto mehr Totaleindrücke giebt sie her, aber für viele thut sich ohne dies schon fast zu reichlich. Außerdem hat bis jetzt noch keine große Ausstellung ihren Zeitpunkt innegehalten. Den *letzten* Pinselstrich hat wohl noch Niemand gesehen, wie mein Karl meint.

Was ihn selbst betrifft ... er will nicht in der Fabrik schlafen und sagt: „er sei nun einmal ein Gewohnheitsthier und werde, so weit in seiner Macht stände, sich auch nicht ändern."

„Karl," hielt ich ihm vor, „die Aufgabe des menschlichen Geschlechts liegt neuerdings in der Vervollkommnung. Man muß das Thierische, das Einem noch von den Vorzeiten anstammt, immer mehr abstreifen, namentlich Gewohnheiten."

„Meine Familie hat sich nie zu der Darwin'schen Religion bekannt," sagte er. „Wie Deine es damit gehalten hat, wirst Du selbst am besten wissen."

„Was willst Du damit behaupten? Was kannst Du mir vorwerfen? Oder willst Du meine Vorfahren verächtlich machen? Karl, die liegen in ihren Gräbern und können sich nicht vertheidigen und Du schiltst sie Gorillas?"

„Mit keiner Silbe!"

„Wenn einer Darwin sagt, meint er Affe. Und das verbitte ich mir für meine Ahnen, das waren Musterleute, was mich selbst betrifft, bin ich viel zu aufgeklärt, um zu leugnen, daß ich nicht auch meine Fehler hätte.“

„Ganz sicher.“

„So; und welche wären das? wie? Ich möchte sie wirklich kennen lernen. Jawohl, das möchte ich. So nenne sie doch.“

Er besah seine Fingernägel, als wären es Polizeiakten, aber es stand nichts darauf.

„Siehst Du, Karl, wie leicht etwas nicht bewiesen wird? Gesetzt den Fall, ich wäre nicht Deine Dich innig liebende Gattin, sondern Besuch von Außerhalb und ginge Dich direct verklagen? Bedenke den Blam! Du in allen Zeitungen, an jedem Biertisch gelesen und straffällig gefunden, verurtheilt von der öffentlichen Meinung und nie – nie Kommerzienrath. Du urtheilst zu rasch, mein Karl, Du bist zuweilen recht unüberlegt; ich will es nicht gerade tadeln, weil es an Deinem jugendlich aufwallenden Blut liegt – Du hast Dich auffallend gut konservirt – aber wenn wir Fremde haben und Du läßt Dich hinreißen und schmetterst in Deinem Leichtsinn gerichtliche Ehrenkränkungen hin wie eben ... Karl, hast Du die Folgen bedacht? Ich meine *Folgen*, wenn ich Folgen sage ...“

„Wilhelmine, ich weiß nicht, wie Du mir vorkommst.“

„Bange Blicke in die Zukunft, die Besorgniß um Dich ...“

„Aber Kind ...“

„Karl, es ist das Beste, ... Du schläfst in der Fabrik, dann kann so etwas garnicht passiren.“

„Nein!“

„Und wenn's nachher zu spät ist? wenn es sich erfüllt, wie ich voraussehe?“

„Für das, was geschieht, übernehme ich, Karl Buchholz, die Verantwortung. Bist Du damit zufrieden?“

„Vollständig. Gewiß, mein Karl. Ich möchte den sehen, der Dir irgendwie käme ... Aber wenn Du in der Fabrik schlafen wolltest ...“

Was er sagte, als er das Lokal jetzt verließ, verstand ich nicht genau. Ich glaube beinahe, er fluchte.

Aber er hat nun einmal das Prinzip, nicht in die Fabrik überzusiedeln und Prinzipien sind um so eigensinniger, je höher sie gehalten werden.

Und doch ... mein Karl muß in die Fabrik.

Meine Stimmung war eine durchwachsene; es that mir wohl, daß mein Mann nicht von mir weg wollte, und gleichzeitig verdrossen mich seine Sperenzken. Um diese beiden Drehpunkte bewegten sich meine Gedanken, als ich mich nunmehr hinsetzte, der Kliebisch Tag und Woche zu schreiben, wann wir sie mit Gatten bei uns sehen könnten, und nebenbei einige Andeutungen über ihren Briefstil zu verabreichen, der mein Mißfallen erregt hatte.

Daß die Kliebisch kommen wollte, war mir recht, wenn auch mein Karl murrte.

Wir lernten uns in Italien kennen, nicht als gewöhnliche Eisenbahnabtheils-Bekannte oder Table d'hôte-Mitesser, sondern mancherlei Erlebnisse brachten uns näher, Gefahren und glückliches Entschlüpfen, wie ich in dem Buche „Buchholzen's in Italien“ wahrheitsgemäß wiedererzählt habe, von dem jedoch die Krausen hinter meinem Rücken laut behauptet, ich hätte es garnicht geschrieben, sondern Jemand anders. Ganz derselben Meinung war früher die Bergfeldten. welche Mühe hat es mich gekostet, ihr diesen Wahnwitz auszureden. „Bergfeldten,“ fragte ich sie eindringlich, „wie kann man ein Buch über etwas schreiben, wenn man nicht da war? wie denken Sie sich das? So aus heiler Haut? Meinen Sie vielleicht, man setzt sich an den Schreibtisch und, haste nicht gesehen, Neapel geschildert oder Rom oder die Bevölkerung und, was sonst malerisch ist, ohne persönliche Anschauung?“

Und was antwortete sie daraus? was?

„Das Papier ist geduldig.“

Hierauf wollte ich tödtlich werden, wie es sich auch eigentlich gehörte, aber da ich kürzlich vorher in der Familienbeilage unseres Blattes gelesen hatte, daß Langmuth und Unnachgiebigkeit herrlicher von Erfolg gekrönt werden als Jähzorn mit Handhabungen, wendete ich Nachsicht an und sagte, sie möchte doch um Alles in der Welt nicht über Dinge reden, die für sie ewig unaufgegangene Seifensieder blieben, so lange sie sich absichtlich der Wahrheit verschlösse.

Da gestand sie denn, daß sie blos sagte, was die Krausen gesagt hätte. Ich hatte die Krausen damals noch nicht so durchschaut wie später, und stand einigermaßen ziemlich mit ihr, so daß diese Offenbarung mir durch und durch ging, weshalb ich rügte: „Man muß sich nie als Sprachrohr gebrauchen lassen, weil zu viel verdreht herauskommt."

Die Kliebisch sowohl wie ihr Gatte sollen nun der Butschen sowohl wie der Krausen mitten in's Gesicht beeidigen, daß ich mit ihnen zusammen in Italien war. Lügen müssen wie die Schwaben immerwährend ausgerottet werden, sonst dauern sie lebenslänglich.

Was mich in ihrem Schreibebriefe ärgerte, das waren Bemerkungen. – „Wir haben hier auch das Abschreckungs-Plakat in dem Dorfkruge hängen," schrieb sie, „und hatten in Folge dessen anfangs gar keine Lust zur Ausstellung. Der sehnige Arm, der aus der Erde sich brutal erhebt und mit dem Hammer Jeden zu zerschmettern droht, hatte für mich etwas widriges, bis mein Hinnerich sagte, das Plakat stelle blos Berliner Blau vor (weil doch der Hintergrund so blau ist), und der Hammer bedeute die Landwirthschaft, die bald unter den Hammer käme. Da haben wir denn herzlich über den Witz gelacht. Mein Mann macht mitunter ganz brillante Witze und ist auch ringsum dafür bekannt. Unsere Anna ist konfirmirt und mir eine rechte Stütze im Haushalt. Sie hat den praktischen Sinn ihres Vaters geerbt und ebenso hellblondes Haar wie er und dabei seidenweich. Heinrich weiß noch nicht, was er werden will, wir lassen ihn deshalb die Schule noch ruhig besuchen, bis er sich entscheidet. Landwirth sieht mein Hinnerich ungern, weil zu wenig verdient wird und ein junger Mann ohne großes Kapital zu lange bis zur Selbstständigkeit warten muß. Henriette dagegen, unsere dritte, ist idealer veranlagt, mit gutem Gehör und einer allerliebsten Stimme. Adalbert und Friedrich gehen in die Dorfschule, was für den letzteren, da er von den Masern her immer noch nicht ganz wieder der Alte ist, seine Bedenken hat. Lene und Male ..."

Die unflügge Nachkommenschaft war für mich wenig von Interesse, da ich sie nicht kenne, aber ich empfing doch die Ueberzeugung, daß die Gegend dort zu den fruchtbaren gehört. Auf den Ehesegen ging ich daher nicht näher ein, wohl aber aus Herrn Kliebisch's Randglossen über das Ausstellungs-Plakat. Die hatten mich verdrossen.

„Es freut mich," schrieb ich, „daß Sie Alle wohl und munter sind und Ihr Herr Gemahl trotz der agrarischen Lage noch zu Scherzen aufgelegt ist. Was diese anbetrifft, möchte ich mir nur die Mittheilung erlauben, daß wir unsere Witze über Berlin gewöhnlich selber zu machen pflegen.

„Das Plakat will verstanden sein. Es schließt sich der neueren Kunstrichtung an, die den sogenannten schönen Schein als unnatürlich meidet und in erster Linie darauf zielt, daß von dem Kunstwerk gesprochen wird, Wie? ist Wurst. Und das ist erreicht, sogar bei Ihnen auf dem Lande. Sie haben sich geängstigt: wollen Sie noch mehr Wirkung? Liebe Frau Kliebisch, seit wir uns in Italien sahen, hat die Kunst unermeßliche Fortschritte gemacht, daß die alten Meister, wenn sie aus ihren Gräbern hochkämen, sämmtlich umlernen müßten, wie Tag und Nacht ist der Unterschied. Alles Braune und Dunkele gehört in die Museen und der Antike an. Alles Mehlige und wie in den Regenbogen Getauchte ist modern und zulässig für Ausstellungen. Dies muß man sich merken und Rafael und Rubens und die verstorbenen Malermeister nicht loben, das nehmen die jüngeren krumm. Wir werden über Manches zu plaudern haben und vieles zu besichtigen, denn eine enorme Gemälde-Ausstellung ist Treptow gegenüber am anderen Ende der Stadt eröffnet. Wir rechnen in Berlin eben mit größeren Entfernungen als in kleineren Orten und so ist es auch mit dem Geistigen und den Scherzen. Berliner Blau gehört zu den überlebten; ich bezweifle, daß Ihr Mann Glück damit machen wird."

Als ich über eine stilgerechte Schwenkung in die Kinderstube nachsann, kam die Dorette, und meldete, vor der Thüre hielte eine Droschke mit Massen-Gepäck; ob das wohl Besuch für uns wäre?

Wir Beide aus dem Fenster gesehen. Richtig. Die Droschke beladen wie ein Möbelwagen zur Umzugszeit, vornehmlich mit einem Reisespinde, daß der Kutscher völlig unfallversicherungsreif daneben auf dem Bock pendelte.

Wer konnte es sein? Nach dem Kontrolirverzeichniß, das ich rasch zu Rathe zog, Niemand. Aber da öffnete sich die Thür, eine junge Dame flog auf mich zu mit den Worten: „Ich bin es. Wie ich mich freue."

„Ottilie?" fragte ich.

„Ja, Ottilie."

„Warum schrieben oder telegraphirten Sie nicht?"

„Ich wollte Sie überraschen, das hatte ich mir zu entzückend ausgedacht. Ach es geht nichts über Ueberraschungen, die sind zu himmlisch."

Sie hatte es gut gemeint und so fügte ich mich denn, obgleich mir genaue Anmeldung lieber gewesen wäre, weil ich dann meine Anordnungen getroffen hätte.

Ich betrachtete sie mir. Sie war viel ansehnlicher, als auf der Photographie, namentlich das lebhafte Auge verlieh ihr etwas Reizvolles und, wenn sie sich bewegte, kam ihre schlanke Figur zur Geltung. Nun ward mir auch mit einem Male klar, warum sie sich nicht glücklich in ihrer Heimath fühlt und weshalb sie allerlei auszustehen hat. Sie ist über ihren Stand hübsch.

Ich hieß sie willkommen und fügte hinzu: „Wir haben ereignißreiche Tage vor uns, aber mit gutem Willen, verständiger Anordnung und Fleiß werden wir sie bewältigen."

„Ach und recht oft in die Oper," rief sie, „Oper ist zu himmlisch. Ich muß die Sucher hören, sie soll als Isolde zu entzückend sein. Und Zirkus. Ich schwärme für Zirkus!"

„Ottilie," unterbrach ich sie, „Zirkus ist eine Wintersache, also jetzt nicht vorhanden. In die Oper werden wir auch einmal gehen. Die Hauptsache ist unsere gemeinsame Ausstellungsarbeit. Haben Sie Bücher mitgebracht?"

„Gewiß, zwei Kisten voll."

„Zwei Kisten?" fragte ich entsetzt.

Der Droschkenkutscher und Dorette schleppten gerade einen schweren Kasten die Treppe herauf. „Das praktische scheint ihr fremd zu sein," dachte ich und fragte: „Was sind denn das für Bücher?"

„Zunächst Meyer," antwortete sie.

„Was für'n Meyer? Doch nicht das ganze Conversationslexikon?"

„Nun ja, darin steht Alles."

„Ottilie," rief ich, „den Meyer habe ich selbst; die Ueberfracht hätten Sie sparen können, was sonst noch?"

„Ein französisches und ein englisches Lexikon, Daniel's großes Handbuch der Erdkunde, Velhagen und Klasing's Atlas, Brehm's Thierleben, wegen der Fischerei-Ausstellung, Krüger's Physik ..."

„Das scheint mir das einzig richtige. Haben Sie auch Chemie mitgebracht?"

„Chemie? Nein, die hab' ich vergessen."

„Aber Ottilie, wo ich Ihnen doch schrieb, welche Sorge mir das chemische Industriegebäude macht, was fangen wir nun an? Wir müssen das Buch schicken lassen."

„Das geht nicht. Ich habe die Schlüssel zu meinem Bücherspinde bei mir."

Ich seufzte. „Kommen Sie, ich will Sie auf Ihr Zimmer führen. Später ziehen Sie zu mir."

„Ach wie reizend."

Der Droschkenmann wurde allmählich befriedigt; die Ladung war nicht billig. Auch machte er Seitenbemerkungen, als Dorette meinte, das Heraufbefördern von Gepäck läge mit in der Taxe und sei mit zwei Groschen hinreichend belohnt.

„Denn muß das Freilein das nächste mal mit'n Rollwagen fahren," sagte er. –

Als mein Karl zu Tisch kam und ein drittes Gedeck vorfand, legte er sich auf's Rathen, für wen es sei, kriegte es aber nicht heraus, weil das Zunächstliegende stets das Schwierigste ist. Er wurde ärgerlich und grollte: „Du willst Dich wohl zur Sphinx ausbilden, das ist das einzige, was auf dem Ausstellungs-Kairo noch fehlt."

„Hast Du so genau nachgesehen?" – „Ja!" – „Ohne mich?" – „Du gehst ja Deine eigenen Studirwege." – „Karl!"

In diesem Ausrufe lag eine ganze Tragödie, und das fühlte er, denn er fragte „wo bleibt das Essen?" wenn Männer ablenken, regt sich ihr Schuldbewußtsein.

„Die Araberinnen sollen dort ja zum Theil unverschleiert herumlaufen?" fragte ich durchbohrend. „Ist das wahr?"

„Ich bin hungrig, Wilhelmine!"

„Ich nicht. Mir ist der Appetit vergangen." – „Wovon denn?" – „Was weiß ich?" – „Eben warst Du noch guter Dinge." – „Eben, ja." – „Bin ich Schuld an Deiner Laune?" – „Nein." – „Wer denn?" – „Niemand." – „Wilhelmine, willst Du mich erzürnen?" – „Nein; ich bitte Dich, was soll Ottilie denken, wenn sie gleich am ersten Tage Zeuge tiefsten Familienzwistes wird." – „Uebertreib' nicht, sei so gut. Also für Ottilie ist gedeckt ... wo bleibt sie aber? Ich möchte essen."

„Sie macht Toilette."

„Sie soll sich beeilen. Von der Gesellschafterin verlange ich Pünktlichkeit. Ich werde einen Ton mit ihr reden."

„Karl, mir zu Lieb sei freundlich gegen sie. Bedenke, ich muß Wochen lang mit ihr auskommen. Und Du weißt, sie hat Nerven."

„Sie kann sich meinethalben an ihren Nerven aufhängen."

Ich klingelte. Mein Karl war bereits in dem Hungerstadium, wo die Männer borstig werden. „Dorette, schleunigst die Suppe und Fräulein nochmal zu Tisch ansagen.“ Glücklicherweise hatten wir Kerbelsuppe, die mein Karl schon öfter für sein Leibgericht erklärte, mit Ei und gebratenem Brot. Er schlemmte ordentlich, so ausverkauft war sein Magen gewesen und mit jedem Löffel ward er friedlicher, wäre jetzt Ottilie nicht gekommen, hätte er deren Antheil mit vertilgt; ein Ei bekam sie schon weniger.

Mein Karl war überrascht bei ihrem Anblick, ich noch überraschter. Er stand auf und verbeugte sich und sie machte einen Quadrillenknix wie frisch vom Tanzmeister, schon mehr die reine Hoffeierlichkeit. Und was hatte sie an? Ein marineblaues Kleid von demselben Stück wie meines und eben solche crêmefarbige Klöppelarbeit und der Schnitt aus demselben Modenblatt.

Mein Effect, den ich vorhatte, war hin. Zweie aus dem nämlichen Laden erregen allerdings Aufsehen, aber nur weil Jede sagt: sie gehen gleichartig aus Billigkeitsrücksichten, Gott weiß, wo sie den Rest gekauft haben? Und dazu schafft man doch nichts Neuestes an.

Ich hatte Karl zwar gebeten, freundlich zu sein, aber daß er Ottilie mit unverhohlenem Wohlbehagen ansah, das war nicht ausbedungen.

Das Gespräch wurde bald recht lebhaft. Ottilie schwärmte schon mächtig für Berlin. Nach dem Spreewald wollte sie und einen kleinen Abstecher nach Dresden machen, und recht, recht oft in's Theater.

„Meine Liebe," sagte ich, „was wird aber aus Ihren Nerven?"

„Oh," erwiderte sie, „die sind facultativ. Ich bedarf der Anregung, die wird mir Flügel verleihen, Flügel des Geistes, sie wachsen mir jetzt schon. Ach, Berlin ist zu himmlisch." Dabei streckte sie Jedem von uns eine Hand hin und sprach: „wie lieb Sie sind, mich so glücklich zu machen."

Wir schlugen ein, weil sie so überrumpelnd war und mein Karl, das sah ich, fand Vergnügen an dem Händedrücken.

„Ottilie," bemerkte ich strenge, „so lange Sie hier sind, vertrete ich Mutterstelle und das sage ich von vorn herein: geflogen wird nicht."

Sie hätte nur bildlich gesprochen. – „Bei uns reden wir deutsch."

Nach Beendigung des Mahles schlug ich im Meyer „facultativ" nach. „Dem eigenen Ermessen freigestellt" stand da.

Hierauf fragte ich meinen Mann: „Karl, weißt Du, was facultativ besagt, in Bezug auf Ottiliens Nerven?"

„O ja," entgegnete er trocken, „ihr freiert."

„Und deshalb ziehst Du in die Fabrik und Ottilie schläft bei mir. – Ohne Widerrede, mein Karl."

Er redete auch nicht wider. Ottilie ist wirklich zu hübsch und ohne Erfahrung. Es wird nicht leicht sein, sie zu hüten.

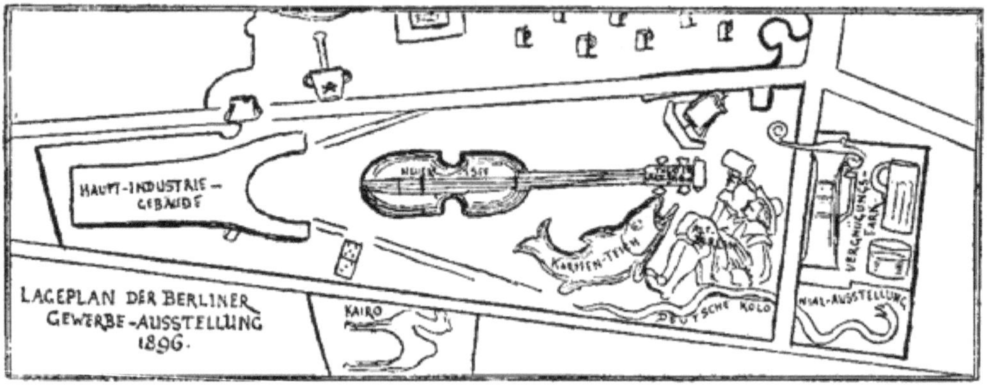

Ein Blick über das Ganze

Als ich Ottilie den Vorschlag machte, einen allgemeinen Ueberblick über die Ausstellung zu gewinnen, wollte sie gleich mit dem Fesselballon hoch.

„Nein," sagte ich. „vorläufig warten wir ab, ob er Zwischenfälle kriegt, und, wenn die dann nach einigen Wochen rasch und leicht beseitigt sind, steigen wir mit. Auch meine ich mit Ueberblick nicht ein Häppsken Vogelschau, sondern das fest im Gedächtniß haftende Terrain der Ausstellung, damit man weiß, was vorhanden ist, wo es liegt, wie man hinkommt, wie viel Zeit man auf das Einzelne verwenden kann. Es sind über viertausend Aussteller und nun rechne aus, wenn auf jeden nur fünf Minuten gründlicher Besichtigung fallen, wieviel Arbeitstage Du im Ganzen gebrauchst, den Tag zu acht Arbeitsstunden angenommen?"

„Kopfrechnen erlauben mir meine Nerven nicht," antwortete Ottilie nach einiger Anstrengung, als sie nicht mehr mochte.

Sie bat mich gleich am ersten Tage um verwandtschaftliche Du-Anrede, die ich ihr bewilligte, da sie so allein steht und der Anschmiegung bedürftig ist.

„Nun," fragte ich, „hast Du es?"

„Nein."

„Also rund zweiundvierzig Tage. Das sind beinahe anderthalb Monate. Von Alt-Berlin, Kairo, dem Vergnügungspark, dem Theater, der Diamantschleiferei, dem Panorama, der Stearinfabrik, Etzetera ist dabei keine Rede und Du hast weder Naß noch Trocken, noch Ausruhen, noch Musikgenuß, noch irgend eine nothwendige Pause. Deshalb ist planvolles Vorgehen geboten. Heute ist Planschwetter, wir können nichts Besseres beginnen, als uns vorzubereiten."

Sie seufzte. „Ich weiß nicht, ob meine Nerven" ... fing sie an. – „Ich weiß, daß es ihnen gut bekommt," entschied ich und breitete den officiellen Plan der Ausstellung auf dem Tische aus.

„Wie Du siehst," begann ich, „wird das Gebiet durch die Treptower Chaussee in zwei gleiche Theile gespalten, wovon der eine reichlich noch mal so groß ist wie der andere, und dies Röthliche, was wie ein Stiefelknecht aussieht, ist das Hauptgebäude."

„Ich meinte, es wäre so sehr schön."

„Dies ist ja nur der Grundriß, dasselbe, was beim Zuschneiden das Muster."

„Ach so."

„Hier, gerade vor, das Blaue ist der Neue See mit den echten Gondolieren aus Venedig."

„Wo sind die Gondoliere?"

„Draußen in Treptow," erwiderte ich sehr deutlich, denn die Hast, mit der sie sich mit einem Male den Plan betrachtete, während sie eben noch ihre Nerven überlegte und nicht die geringste Theilnahme zeigte, verdroß mich.

„Singen sie auch das himmlische Lied: ›Komm' nach der Piazetta, Rosetta‹?"

„Für ein Trinkgeld gewiß."

„Für Geld? wie unpoetisch!"

„Gegenüber liegt das Hauptrestaurant. Die Laubengänge dorthin sind mit Tausenden von Lämpchen behängen, bei Tage wie die größte Eiersammlung der Welt, an Erleuchtungsabenden feenhaft wie früher bei Kroll. Ist das Wetter schön, wirst Du es erleben. Von hier kann man nun durch das Spreewaldgehöft, durch Chocolade und Thee, bis zur todten Katze gelangen ..."

„O, pfui!"

„Nicht Pfui sagen, wenn Dir etwas nicht recht ist, das ist kleinstädtische Geziertheit."

„Aber ich hasse todte Katzen."

„Das wird denen ziemlich dasselbe sein. In diesem Falle ist die Katze das ausgestopfte Motto eines stilvollen Bürgerbräu-Ausschankes in Bauernmanier, und kletternder weise am Vorgiebel angebracht, also durchaus nicht Pfui sondern kennzeichnend für den Volksmund, der stets mit unerwarteter Sofortigkeit das Besonderliche in Worte formt."

Ich konnte nicht umhin, ihr diesen kleinen Erziehungs-Schupps zu verabreichen, weil sie ihre schiefen Urtheile nie zurückhält und dadurch zum Stein des Anstoßes wird, ja ich hielt es für Pflicht, bändigend einzugreifen, wie Goethe so treffend in Mey & Edlich's letztem Abreißkalender schreibt: „wenn wir die Menschen nur nehmen wie sie *sind*, so machen wir sie *schlechter*; wenn wir sie behandeln, als wären sie, was sie *sein sollten*, so bringen wir sie dahin, wohin sie zu bringen sind." – Unser vorjähriger war mit Speisezetteln versehen, aber weil die Zuthaten meist in die andere Jahreszeit fallen, haben sie als Morgenandacht keinen sittlichen Werth, wogegen man Sprüche und Lebensregeln ohne weitere Vorkehrungen benutzt. Dazu sind ja auch die Dichter und dergleichen.

Ottilie schien von ihren Obliegenheiten entweder keine Ahnung zu haben oder keinen Gebrauch machen zu wollen, es kann auch sein, daß sie Berlin mehr für eine Amüsirerholung hält als für ein Arbeitsfeld. Oder hatte sie sich mich scherzhaft gedacht, als sie auf meine Vorschläge einging, an den Ausstellungsberichten mit all' ihren wissenschaftlichen Kräften thätig zu sein und dafür angemessen entschädigt zu werden, nicht nur durch Kost und Unterkommen und rücksichtsvolle Behandlung, sondern auch durch Honorarantheil an dem schriftstellerischen Erwerbe. Man nimmt doch keine Waschfrau, um die Arbeit selbst zu thun.

Von Ottilie verlange ich ja nicht das Gröbste – das kann ich von alleine – sondern das wissenschaftliche und Gondoliere sind nicht wissenschaftlich. Deshalb regte es sich in mir.

„Man kann aber auch." fuhr ich fort, „östlich gehen, leicht abschwenken und durch echt märkische Sandpfade nach Alt-Berlin gelangen. Hast Du den Weg?"

„Wo ist südöstlich?"

„Die Himmelsgegenden ermittelt man mit dem Compaß."

„Geht das?"

„Nun natürlich. Auf Reisen in Italien und im Orient fand mein Karl die Wege stets mittels Compaß und Plan; diese Kunst ist ebenso einfach, wie unfehlbar, wenn man sich nicht irrt, und im Treptower Park durchaus nothwendig, sobald das Dickicht sich so belaubt, daß selbst das Auge der Aufseher nicht durchdringt, um Jemand zu entdecken, der heimlich den Bleistift zieht und notirt, Zeichnungen aufnimmt oder vielleicht photographirt, worauf so gut wie Todesstrafe steht. Es ist nämlich jegliches verpachtet und unerlaubt; deshalb Vorsicht, Ottilie, daß Dich die Wärter nicht anzeigen, von denen, dem Ton nach zu urtheilen, viele auf der Unteroffizier-Akademie geschliffen wurden."

„Ich werde mich in Acht nehmen."

„Du kennst doch einen Compaß?" kehrte ich zu unserem Gegenstand zurück.

„Und wie; sehr genau. Das heißt, im Examen hab' ich ihn gehabt – – – in der Hand noch nicht. Er wird im Norden vom Nordpol angezogen und im Süden vom Südpol und war bereits im Jahre 2133 vor unserer Zeitrechnung den Chinesen bekannt."

„Vergiß die Jahreszahl nicht, die gebrauchen wir in unseren Berichten. Die Leute sollen sich wundern. Selbst nachgezählt hast Du wohl nicht? Ich meine blos, wenn Einer es noch genauer wüßte und verlästerte uns nachher öffentlich – das möchte ich Onkel Fritzens wegen nicht. Der höhnt gleich. Aber Du bist ja darauf geprüft."

„Wenn eine Kanonenkugel mit der Fluggeschwindigkeit von fünfhundert Meilen in der Stunde sich von der Erde auf den nächsten Fixstern zu bewegt, erreicht sie denselben erst nach vier Millionen fünfmalhunderttausend Jahren," sagte Ottilie rasch und fließend.

„Hilf daran denken, wenn wir über das Riesenfernrohr schreiben, obgleich ich für meine Person es für Unsinn halte, nach den Sternen zu schießen, es sei denn aus rein wissenschaftlichen Zwecken. Da geschieht ja manches. – Hier hast Du den Compaß, nun suche zunächst Norden."

Die magnetische Nadel machte ihr Spaß, aber sie konnte sich nicht daraus vernehmen und je mehr ich ihr es auseinandersetzte, um so weniger faßte sie es, bis ich zuletzt ebenfalls das feinere Unterscheidungsvermögen verlor. Auf Reisen war es ja auch hauptsächlich mein Karl, der gleich die Richtung heraus hatte. „Ottilie," sagte ich deshalb, „in unseren wissenschaftlichen Abhandlungen gehen wir um das Magnetische bogenartig ausweichend herum. Im Park kann man am Ende fragen. Auch stehen an vielen Orten Wegweiser."

„Entzückend!" rief Ottilie, und legte den Compaß weit weg."

„Ferner müssen wir Bedacht nehmen, daß die Berichte umschichtig gelingen. Erst die Haupthalle, dann Photographie, dann meinetwegen Unterricht und Erziehung, hierauf Hagenbecks Affenparadies, das sich an das Kindliche schließt. Gasindustrie kann mit Gärtnerei abwechseln, dann nehmen wir die vereinigten Destillateure, die Volkswohlfahrt, die größte Kanne, Fischerei, Stufenbahn, Harzbahn, Volksbrausebad ..."

„Ich kann keine Brause vertragen."

„Nur ansehen."

„Pfui!"

„Ottilie, ich habe Dich schon einmal ermahnt, diese Redensart zu pensioniren. Sollen die Leute fragen, wer mag die junge Dame sein, die so schwach mit Lebensart ist? Bei solcher Gelegenheit müßte ich Dich verleugnen und Dich wieder siezen."

„Es ist das letzte Mal gewesen, ganz gewiß," betheuerte sie.

„Schön, passirt es noch einmal, kommst Du nicht mit nach Kairo, das sie so naturgetreu aufgebaut haben, als wäre man leibhaftig in Egypten."

„Ach ja, Sie waren ja dort. Wie himmlisch! Wie ich für Kairo schwärme, kann ich garnicht sagen. Diese Lotosblumen, die Palmen mit beschwingten Papageien, die Muselmänner in goldgestickter Seide; alles Marmor und Elfenbein im Glanze des Morgenlandes ..."

„Halt' die Luft an, Ottilie, Du machst Dir eine total umgedrehte Vorstellung. Die natürliche Echtheit ist das Bezaubernde; das Zerfallene, die malerische Ungewaschenheit ..."

„O, Pf ... pfie, wie schade!"

„Na ja, das wollt' ich mir auch ausgebeten haben. Du wirst die Schönheiten Kairos schon unter meiner Leitung herausfinden und, soweit ich das Arabische von damals her noch beherrsche, mit den Beduinen und Fellachen, den Händlern und Eseljungen in Dialog treten. Sie verstehen uns nämlich bedeutend leichter als wir sie. Mit den Neu-Guinea-Leuten am Karpfenteich, der halb die

Spree und halb den stillen Ozean vorzustellen hat, stehe ich jedoch in keiner sprachlichen Beziehung."

„Gehen die Wilden wirklich wie abgebildet?"

„Ich glaube je nach der Witterung, weiß es aber nicht genau."

„Wollen wir sie nicht lieber auch umgehen?"

„Sie sind unvermeidlich als unsere Kolonialbrüder, wir müssen sie kennen lernen und sie uns, damit ein bürgerliches Gesetzbuch geschaffen wird, das ebenso für Klein-Popo und Kamerun klappt wie für das große Berlin."

„Die Gesetze werden doch mit den Menschen geboren!" bemerkte Ottilie.

„Deshalb sind sie auch danach, denn was wird nicht Alles verheirathet? Er zu lang, sie zu kurz oder umgekehrt, und auch in der Breite uneinig, jedoch wegen geistiger Vernachlässigung gegenseitig nichts vorzuwerfen. Talent höchstens zum Absätze krummtreten; Literatur: Litfaßsäulen; Ideal: wo's die größten Portionen giebt. Und solche Leute insultiren die Lehrer, wenn ihre Kinder es nicht weiter bringen als zu Sitzquartalisten und verlangen vom Staate garantirte Carrière für die Blasenköpfe. Darum ein völlig frisches Gesetzbuch von der gediegensten Jurisprudenz verfertigt mit peinlichster Rücksicht auf die herrschenden Zustände, die manchmal schon keine mehr sind, wie oft habe ich gehört, daß das römische Recht, wonach sie sich richten, mit dem deutschen nicht stimmt, und das kann es unmöglich, was wußten die alten Römer von Clavierspielen nach zehn Uhr oder von Maulkörben oder von unlauterem Wettbewerb? Ueberhaupt, was geht uns Rom an?"

„Sie waren dort ja auch! Sagen Sie, Frau Buchholz, macht Italien wirklich den Eindruck eines Stiefels, wenn man darin herunterfährt?"

„Nicht völlig," gab ich zur Antwort. Dann sagte ich langsam: „Ottilie, die Welt und die Bücher sind zweierlei, Du mußt noch viel lernen und viel vergessen."

„Warum noch lernen? – Ich habe mein Examen gemacht und Zeugnisse, daß ich genug weiß. Die Quälerei hab' ich hinter mir. – Aber ich meine, es ging doch ausgezeichnet mit den vorhandenen Referendaren."

„Mit den vorhandenen Gesetzen, wolltest Du sagen. Früher langten sie vielleicht, aber seitdem wir uns kolonial ausbreiten, steigern sich die Ansprüche ungeahnt. Bedenke, wie schrecklich, daß unsere wilden Afrikabrüder bis jetzt die Sonntagsruhe nie ordentlich gehalten haben, daß das Auswärtige Amt einen

Extra-Sonderbefehl hinüber senden mußte, alle Arbeiten bis auf die dringlichsten an den Sonntagen in Afrika, so weit wir zu sagen haben, an den Nagel zu hängen. Die Missionare haben sich beschwert wegen Radau. Nun lernen die Wilden auf der Ausstellung die Berliner Sonntagsruhe aus eigenster Anschauung, wo sie den vorüberdrängenden Menschenströmen ihre Tänze vorspringen müssen und rudern und Matten flechten und fechten und was sie sonst auf der Walze haben zur Verbreitung anthropologischer Studien. Ob sie solches des Sonntags dürfen, wenn sie retour gekommen sind, das steht auf einem anderen Brett. Ich habe schon Herrn Kriehberg empfohlen, sobald seine Ausstellungsthätigkeit beendet ist, nach Deutsch-Afrika überzusiedeln und einen stilistischen Ausschank mit Vergnügungsgarten zu eröffnen, womit er nach Einführung der Sonntagsruhe dort glänzende Geschäfte machen muß."

„Was werden die Missionare aber dazu sagen?"

„Die sind dem Gesetzbuch unterworfen und haben stille zu sein. Gleiches Recht für Alle. Geld erwerben am Sonntag ist große Sünde, Ottilie, aber Geld verthun darfst Du, und wenn Du hinterher am Montag abgespannt bist, als hättest Du vierundzwanzig Stunden hart geschuftet."

„Das verstehe ich nicht."

„Gesetze sind eben schwer verständlich für den Mittelstand."

„Wer ist Herr Kriehberg, den Sie eben erwähnten?"

„So zu sagen unser Mitarbeiter in Architektur und Bauwissenschaften."

„Wie entzückend! Ist er hübsch?"

„Ottilie, kennst Du die Jungfrau von Orleans?"

„Wieso?"

„Der war verboten, sich um die Herren zu kümmern, damit sie ihre Aufgabe unentwegt erfüllte. Als sie sich für einen jungen wann interessirte und nicht mehr auf dem Posten war, lag sie drin."

„Aber ich ..."

„Jawohl. So wie von Sachlichem die Rede ist, sind Dir Deine Gehörnerven zu kostbar und jetzt, blos da Kriehberg's Name genannt wird, spannst Du wie eine Elster. Ich warne Dich, Ottilie! Es kann lange dauern, ehe Kriehberg's Wirthschaft mit Karussel und Schießstand hinter dem Aequator blüht, und wenn er auch sonst Gaben besitzt, die beste Eigenschaft eines Mannes ist ein gesichertes Einkommen. Und die fehlt ihm."

Ottilie machte ein langes Gesicht. Sie fühlte sich ertappt.

Ich brach die Vorstudien ab und gab ihr den Ausstellungs-Katalog zu lesen. Der überhitzt ihre Phantasie wenigstens nicht.

Ich selbst aber fürchte, Meine Phantasie malt mir allerlei Unerfreuliches an die Wand.

Das erste Lichtfest

Wie theile ich Ottilie ein?

Dies war die Frage, die mich wie eine Fliege piesackte, von denen es nach meiner Selbstbeobachtung mehrere Sorten von Banditen giebt, nämlich solche, die sich auf Eßbares setzen, weshalb die Butschen ihr Apfelmus stets mit Korinthen bestreut, sie durch die Aehnlichkeit zu vertuschen, und solche, die sich mehr auf menschliche Verfolgung legen, bis man die Bestie nach endlosem Vorbeigelingen getroffen hat oder irgend etwas Zerbrechliches, das in der Ziellinie stand.

Ottilie kennt Berlin nur aus im zweiten Lebensjahrs gewonnenen Jugendeindrücken und weiß besser in den spanischen Provinzen Bescheid, als in der Reichshauptstadt nebst Umgebung, was man ihr auch nicht verdenken kann, da sie in Geographie mit einem Einser siegte und zwar besonders durch einen fehlerfreien Aufsatz über Madrid, das sie für ihr Leben gern einmal sehen möchte, um zu vergleichen, ob es wirklich so ist, wie sie es beschrieben hat.

Ich sagte: „Ottilie, zwischen uns und Hispanien liegt zu viel Landkarte. Und wenn auch Sevilla und Granada sehr gepriesen werden, in diesem Sommer geht nichts über Treptow. Damit Du jedoch nicht zu dem Glauben verleitet wirst, Berlin bestände bloß aus Vergnügungspartieen nach der Ausstellung, ergiebt sich für Dich die Nothwendigkeit, erst die Residenz als solche zu ergründen und natürlich Potsdam dazu und ein paar Kilometer Charlottenburg oder bis zum Spandauer Berg, wo man Aussicht auf ungeheuer viel Geld hat, auf den Juliusthurm nämlich, worin die Millionen des Kriegsschatzes schlummern. Dieser Anblick in Verbindung mit dem vorzüglichen Bier ist beruhigend für den Staatsbürger und dessen Gattin, sobald sie über das erforderliche Verständniß verfügt, denn das schönste Militair nützt nichts ohne das nöthige Großgeld."

„Gerade die Entzückendsten machen reiche Heirathen des Goldes wegen. Aber sie werden schrecklich unglücklich ohne Liebe."

„Wen meinst Du?"

„Die Offiziere."

„Ach so. – Ottilie, nimm Dir zur unbeugsamen Richtschnur: was in Romanen steht, ist so gut, als hätte die Krausen es Dir erzählt, die von der Wahrheit nur Gebrauch macht, um die Gefühle ihrer Nebenmenschen zu verletzen. Ich empfehle Dir daher, des Morgens mit Dorette in die Markthalle einholen gehen, damit Du Berlin vom Haushälterischen wie vom Statistischen beurtheilen lernst. Es sind enorme Zahlen, die dort umgesetzt werden, ohne was nicht umgesetzt wird, sondern nebenbei von auswärts kommt und sich der Kontrolle entzieht, weil es nichts taugt oder gesundheitsschädlich ist. Hier greift die Polizei in die Margarine ein oder verschüttet die Milch und beschlagnahmt lungensüchtiges

Fleisch und erweist sich hochgradig nützlich, denn siehst Du, heut zu Tage geschieht Alles der Gesundheit wegen.“

„Wir leben in dem Jahrhundert der humanitatairen Bestrebungen,“ verrieth sie ihre Kenntnisse auf diesem Gebiete.

„Sehr richtig, und es wird noch tatärer mit der Zeit, wovon die Ausstellung eine unvergeßliche Probe liefert, wohin Dein Auge sich richtet, trifft es auf die Empfehlung von der Unfallstation. An den Brückengeländern ist sie als Beruhigung festgenagelt: wenn Du Dir das Bein zerstolperst, haben sie Syndektion, es wieder zu leimen. In den Schänken, in den Kaffeehallen, in den Weinstuben, überall ermahnt Dich die Unfallstation, wie unsicher das menschliche Dasein ist, und gewissermaßen schwebt die Carbolflasche am seidenen Fädchen über Dir, und es riecht auch danach, wo man essen und trinken will aus sanitätlichen Rücksichten hingegossen, daß man lieber gleich wieder geht. Wo die Hygiene aufdringlich wird, erregt sie Uebelkeit.“

„Dies würde meine Nerven schrecklich angreifen.“

„Stärke sie, Ottilie, stärke sie, Du wirst es nöthig haben, denn selbst meine hatten verschiedene Anprälle zu überwinden. Denke Dir blos das Leichenbrennhaus ...“

„Ich hasse Leichen."

„Ottilie, Du hast mitunter Ausdrücke an Dir, unter denen die deutsche Sprache leidet. Du darfst sagen, sie erschüttern Dich oder Du bebst zurück oder Du träumst davon, aber doch nicht hassen. Wie bald werden die Todten vergessen; gönne ihnen doch die Liebe, die ihnen bis zum Grabe folgt und auch nicht unsterblich ist, so ewig sie sich gebärdet."

„Wie ist es mit dem Leichenbrennhaus?" lästerte Ottilie. „Ist es schrecklich zu sehen?"

„O nein, wie so 'ne Kapelle im Grünen, und unterscheidet sich von den übrigen Ausstellungsunternehmungen dadurch, daß kein Ausschank damit verbunden ist. Auch inwendig ist sie gediegen, mit kirchlichem Fußgetäfel und Fenstergemälden und Sargkränzen."

„Werden welche verbrannt?"

„Es sind nur Probeöfchen vorhanden, und an den Wänden Abbildungen von Verwesenden und was dazu gehört, um das Begraben zu verekeln und für das Einäschern zu gewinnen. Auch sieht man in Silberstangen-Nachbildung, was das Todtbleiben an verschiedenen Orten der Erde kostet, so daß Jeder sich sagt, das Sterben ist zu theuer, es muß billiger werden. Und dann steht da in einem Glashafen die Asche eines neunzehnjährigen jungen Mädchens."

„Wie furchtbar!"

„Und von einem dreiundsechzigjährigen alten Manne."

„Pfui!"

„Ottilie! Was kann der alte Mann dafür, daß seine Asche keine Ruhe findet, indem die Besucher sie in die Hand nehmen und schütteln? vielleicht verdient er es, denn seine Asche ist schwärzlich, wogegen die des jüngeren, unschuldigen Mädchens beinahe Schneeweiße erreicht. Man sagt ja auch zuweilen: „Einer taugt nicht bis in die Knochen. – Und Schwarz ist nun einmal verdächtig."

„Haben Sie die Asche auch in der Hand gehabt?"

„Nun ja, ich hob den Glastopf, worin sie ist, und habe den alten Mann auch 'mal geschüttelt. Aber nachher hat es mich gereut."

„Wieso das? Die leblose Asche ist doch aus dem Kreislauf des Seins geschieden und ohne Nervenketten, die das Geistige auf animalischem Wege vermitteln."

„Es war nachher, als ich im Hauptgebäude die trauernde Familie sah.“

„Wie interessant! Die Angehörigen des Verbrannten?“

„Wenigstens eine Familie in Schwarz und Schmerz, hinter Glas, naturgetreu ausgestopft und der Herr Prediger lebenswahr in Wachs photographirt, wie er sie erbaut und auf die Firma hinweist, wo die Costüme für tiefste Trauer bis zum lila'nen Uebergang am vortheilhaftesten bezogen werden. Mir gefiel besonders der eine Umhang mit echt Jet; auch bemerkte ich, daß die überlebensgroßen Aermel nicht mehr hochmodern sind. Gieb Acht, es wird wieder ganz eng und glatt gegangen.“

„An Stoff wird man sparen.“

„Wer weiß jedoch, welche Art Plissé sie aufbringen, wozu dann ebensoviel dazu gehört, wenn nicht mehr.“

„Und die Aenderungen kosten.“

„Deshalb muß man sich nie zu viel machen lassen. Dein marineblaues Kleid ist mindestens überflüssig, es läßt Dich auch nicht ersten Ranges; ich an Deiner Stelle würde es in Berlin nicht tragen.“

„Meinen Sie? Ach, ich hatte mich so schrecklich darauf gefreut. Alle fanden, es stände mir entzückend.“

Das Wasser trat ihr in die Augen, und sie wurde mit einem Male kopfhängerisch, daß ich erschrak und mich auf einen sofortigen Nervenausbruch gefaßt machte. Sie that aber nichts dergleichen, sondern blieb still und traurig.

Das bedrückte mich. Stilles Leid ist wehestes Leid, wie etwas Todtes, das kein Beklagen und kein Getröste wieder in's Leben zurückruft. Und wer hatte ihre Freude erschlagen, ihre Herzenslust an dem blauen Kleide, wo sie so selten zu etwas Außergewöhnlichem kommt, und es sich erdarbte und in ihrer Gedankenwelt damit spielte wie ein Kind mit der Puppe? Wer hatte diese Greusäligkeit begangen?

Es war genau Diejenige-welche, – die kurz vorher sich über die giftige Wahrheitsliebe der Krausen aufgehalten hatte und die nun selbst mit ihrer Rede schmerzlich verwundete und das mit Erdichtung obendrein, blos weil sie durch Verbreitung der Modenzeitung und der Stoffe ganz dasselbe Kleid hatte und mit Ottilie nicht aus einem Topf auf der Bildfläche erscheinen wollte.

Es war keine Nothlüge, sondern eine Eitelkeitsunwahrheit, der nun eine Beruhigungsflunkerei folgen mußte, wer lügt, steigt in einen verkehrten Zug und muß vorwärts und schließlich Strafe zahlen und hat zum Schaden den Aerger.

„Ottilie," begann ich daher langsam, nach Ausflüchten angelnd, „was ich eben sagte, trifft wohl nicht eigentlich buchstäblich zu. Es war auch mehr als Turnübung für Deine Nerven. Jawohl, nur deshalb, wenn Du es so mächtig gern hast, zieh es an. Ich lege mir ein Aehnliches zu, so gut gefällt es mir. Du siehst doch ein, daß Deine Nerven von Zeit zu Zeit geknufft werden müssen, das ist Massage für sie, heilkräftig, stärkend und aufmunternd. Nicht wahr, Du fühlst förmlich, wie gut es thut, daß ich eben über das Blaue scherzte?"

Es war jedoch nichts mit der Beruhigung. Sie mochte wohl merken, daß ich selbst nicht glaubte, was ich sagte. Kinder und Kranke haben feine Fühlhörner an ihrer Seele.

„Ottilie, Deine Augen verlieren ihre Blänke, wenn Du so weinst. Das wäre doch zu schade."

Auch dies half nicht, die Nerven wurden facultativ.

„Ottilie, bist Du leidend? Geh' lieber in's Bett."

„Ich, ich will nach Hause; ich mag nicht mehr in Berlin sein. Ich haß es."

„Stuß! wenn Du retour kommst und hast die Ausstellung nicht gesehen, was wird man sagen?"

„Ach, da schmäht man nicht den ganzen Tag und mäkelt und häckelt nicht – in einemfort – immerzu."

„Wer thut denn das?"

„Ich will weg. Zu Hause fanden Alle mein Blaues ideal."

„Ist es ja auch."

„Nein. – Sie mögen es nicht – und nun – mag ich – es auch nicht mehr."

„Ottilie, so mußt Du nicht mit den Thränen aasen; das sind die ganzen Lappen nicht werth," nahm ich strenge das Wort, weil sie sich immer tiefer in ihren Kummer versenkte, der, bei richtiger Beleuchtung besehen, eigentlich keiner war. Ist sie denn derartig vollkommen, daß unsereins bewundernd still sein soll wie 'ne dodige Plötze? O nein. Die Wahrheit muß heraus ... das heißt, man muß sie vorher doch einigermaßen prüfen, ob sie auch vertragen wird. Manche trinken eine Flasche Bitterwasser und Andere haben von einem Weinglase vollauf Beschäftigung, weil eben die menschliche Kreatur auf das verschiedenartigste beschaffen ist. Was jeffen sie sich im Reichstage gegenseitig für vernichtende Grobheiten über und ihnen fehlt nicht die Bohne danach. Ich werde Ottilie auf die Tribüne schicken, damit sie ihre Zimperlichkeit einsieht und sich die Hurtigkeit der Landboten zum Muster nimmt. Daraus wird jedoch nichts, falls es zum Bruch kommt und sie abreist, nachdem sie kaum angelangte. was hilft alles Kochen, wenn das Ei hart ist? Es wird nicht wieder weich.

Es galt einen Entschluß fassen und obgleich mir durchaus nicht ausstellerig zu Muthe war, sagte ich:

„Ottilie, wenn Du vorziehst, Trübsal zu blasen, bleiben wir in der Stadt und gehen heute nicht nach Treptow, wo die erste Illumination stattfindet."

„Wir wollten doch erst morgen hin," entgegnete sie mißtrauisch mit langsamer Eindämmung der Thränenbäche.

„Zur wissenschaftlichen Durchforschung bei Tage, ganz recht", antwortete ich mit einer neuen Verschiebung der Thatsachen, denn meine Absicht war, die Beleuchtung erst in der Zeitung zu lesen, ob sie glanzvoll gelungen oder mit welchem unverzeihlichen Fehler das Comité sich beladen und zu erfahren, ob man die Mark Entree mit hinterheriger Befriedigung verschwenden darf, um die nächste Wiederholung mit unserer Gegenwart zu beleben. Hieraus mir einen Vorwurf zu machen, wäre unrecht, denn eine Sache findet bei uns doch nur erst dann begeisterte Aufnahme, wenn sie bald nicht mehr wahr ist oder die Spatzen sie von den Dächern ausschreien. Aus eigenem Antriebe einen Nickel riskiren ist nicht Sitte, so sehr auch Unternehmungslust dadurch gelähmt wird. Deshalb entschließt mein Karl sich nur nach längerem Zögern zu sogenannten hautes Nouveautés.

„Zieh' Dein Blaues an, Ottilie; wir gehen. Das Wetter hält sich; ich habe tüchtig gegen die Barometerscheibe geklopft."

„Hilft das?"

„Wo doch. Blos um zu sehen, wohin der Zeiger sich rührt. Er schnippte einen halben Strohhalm breit nach Schön."

„Wie entzückend!"

Und munter war sie; aufgesprungen und ab, um sich zu schmücken. Der Mensch ist doch eine ziemliche Wetterfahne.

Ich war zufrieden mit dieser Wendung zum Trocknen, und nahm mir vor, gut zu machen, was ich Ottilien möglicherweise Leides gethan haben konnte, indem ich ihren Erziehungsgang nicht hinreichend berücksichtigte und unbewußt schroff wurde, wie sie es nicht gewohnt ist. Sie weinte zu sehr, das arme Ding. Es ist aber auch zu dumm, daß sie das nämliche Kleid hat. Vielleicht laß ich meins schwarz besetzen oder dunkelrothbraun, was auch nicht übel zusammenschattirt.

Wir fuhren mit der Stadtbahn hinaus und da Ottilie keine Ahnung von der Anlage des Ganzen hat, zog ich sie mit mir nach der Spreeseite in die große grüne Branntweinskirche, wo alle Verzehrungsgegenstände in ästhetischer Zusammenstellung aufgethürmt sind. Solche Mengen und Abarten von Bonbons hatte Ottilie noch nie gesehen, und auch ich konnte nicht umhin, zu bemerken: „Die Kinder wissen jetzt garnicht, wie genußreicher die Welt gegen uns geworden ist. Wir hatten Zuckerkante und Huststangen und Rothe und Weiße oder auch von den Dunkelbraunen, jedoch nicht an die Neuerungen im Bonbonwesen zu denken von allen Formen und Farben wie im Tuschkasten.“ – Der Essig, die Liköre, Fruchtweine und Riesenwürste fesselten sie weniger.

Von hier begaben wir uns in's nasse Viereck und nahmen einen Kaffee. Die Lampen brannten und Ottilie hielt diese Ecke für die völlige Ausstellung und schwärmte für die vom Musikcorps des Kaiser Alexander-Garde-Grenadier-Regiments No. 1 erzeugten Töne. So stromweise „himmlisch“ und „entzückend“, wie sie hier verzapfte, wurden mir schier zu viel. Ich ließ jedoch gewähren. Nur nicht kränken, nur nicht weh thun. Sie hat wirklich Nerven.

Je mehr es dunkelte, um so bescheerungsaufgeregter ward ich. Hatte Ottilie mich mit ihrer Ankunft überrascht, wollte ich Revanche nehmen und sie wieder überraschen. Ein Kanonenschuß krachte von der anderen Seite her und neugierig, wie ich selbst war, sagte ich: „Komm!“

„Ach, noch nicht gehen,“ bat sie.

Durch die dämmerigen Laubwege schritt ich mit ihr. Durch die Lücken schimmerte hin und wieder farbige Gluth. „Aha,“ dachte ich, „gerade recht, die Illumination brennt schon.“ Und dann über die flammeneingefaßte Brücke und grade, als die Musik auf's Neue begann, standen wir vor dem See und rund um uns und vor uns und wohin das Auge blickte Licht, Licht und Licht, Flammen und Flämmchen, weiß und roth und grün und auf dem See schwimmende Lichtboote und die Nasen mit farbig leuchtenden Blumen und die weißer:

Gebäude in rother Feuergluth. Ottilie klammerte sich an mich. Sie fürchtete sich, so fest hielt sie sich.

„Ist Dir was, Kind?“ fragte ich.

„Wo bin ich?“ flüsterte sie. „wache ich oder ist es Traum? O wie schön, wie schön.“

Wir wandelten in die Lichtalleen hinein, in die Laubengänge und schritten mit Tausenden zugleich unter den Lichtbögen um den See. Rubinrothe Flammengehänge säumten ihn ein. Die hingen von grün brennenden Weihnachtspergamiten herab und spiegelten sich im Wasser.

Und in all diesen Feuerzauber hinein sang eine Nachtigall.

Die Wandelnden blieben stehen und schaarten sich zu Hunderten um den kleinen Sänger.

„Die haben wir auch zu Hause,“ sagte Ottilie. „Nachtigall ist doch das Allerschönste.“

„Das ist die Natur stets,“ entgegnete ich. „Und darum ist die Kunst so schwierig. Bedenke, was dazu gehört, mit der Nachtigall zu konkurriren?“

„Ach bitte, bitte, nicht denken heut Abend. Nur genießen will ich all das Schöne: das Lichterfest, die Musik, den singenden Vogel, die vielen vielen frohen Menschen, wie schön, wie schön. Ach, Frau Buchholz, wie hab' ich Sie lieb!“

Nun war mir der Abend auch froh und lichthelle. Ganz froh.

Bei den Maschinen

Es kommt mir mitunter der Gedanke, als wenn zum Berichten über die Ausstellung die menschliche Veranlagung doch vielleicht zu kurz sei. Das Enorme, was dort aufgestapelt wurde, erdrosselt das Einprägungsvermögen und wer ist mit so viel sachlicher Erkenntniß beglückt, daß er über das ihm Unverständliche ein richtiges Urtheil abgiebt? Und ich bin doch im Grunde genommen keine Fachfrau.

Wollte ich meinem Karl klagen, wie mir dies allmählich aufgeht, sagt der, ohne daß ich fragen brauche: „Wer sich mehr aufpuckelt, als er tragen kann, stöhnt." Darum schütte ich ihm meine Sorgen nicht aus.

Nun könnte ich es mir leicht machen und über den Vergnügungspark schreiben und das Industrielle verabsäumen, aber dagegen sträubt sich mein Berlinisches Empfinden.

Allerdings: Kein Fest ohne Vergnügen. Ist jedoch die Ausstellung blos zur Erheiterung der Mitbürger in die Welt gesetzt? Nein, sie will zeigen, was Berlin als einzelne Stadt und zwar als die Hauptstadt des Reiches in Gewerbe und Industrie zu leisten vermag. Sie legt gewissermaßen eine öffentliche Prüfung ab, damit sie zur Einsicht kommt, wo sie mit Glanz besteht und wo es noch nicht genau genug ist. wenn Einer fühlt, daß er was kann, wächst ihm der Muth, noch mehr zu können und es giebt Traute. Und wer sich überzeugt, daß zugelernt werden muß, findet auch den Lehrmeister. Mancher kümmert sich in Folge dessen vielleicht weniger um Politik und Partei und gewinnt mehr Zeit für Vervollkommnung in seinem Fach.

In diesem Nachdenken störte mich Onkel Fritz mit einer Zeitung aus London, worin zu lesen war: der Patriotismus des Deutschen bestände in der Vorliebe für die Länder anderer Völker und sähen diese noch so sehr auf ihn herab.

„Was soll ich damit?" fragte ich.

„Dir's zu Gemüthe führen."

„Fritz, sie booßen sich, daß Deutschland in Handel und Industrie so bedeutend und selbstständig geworden ist, daß sie's spüren, wem aber der schimpfliche Tadel paßt, mag ihn sich anziehen und sehen, wie ihm die Hausknechtsjacke sitzt. Es giebt ja leider Fremdlandslakaien."

„Ich dachte, Du würdest einen großen Transch machen."

„Bitte, bleibe bedeckt, was verschlägt das? Sie hören's ja nicht. Aber weißt Du, von Treptow aus weht ein frischer Wind in Deutschlands Segel: paß acht, wie flotten Kurs es nehmen wird. Dann haben sie die gebührende Antwort."

„Und doch hat sich nicht die gesammte Industrie Berlins betheiligt, es fehlen viele große Nummern."

„Das nächste Mal machen Alle mit; das ganze Reich macht mit; die ganze Welt macht mit."

„Wenn Du meinst?"

„Jawohl, meine ich. Und Redensarten will ich mir verbeten haben."

„Hab' ich was gesagt ...?"

„Ei ja doch! Gerade wenn Du manchmal Nichts sagst, bist Du am deutlichsten. Aber was weißt Du von den mit der Ausstellung verbundenen Schwierigkeiten, da Du auf Mäkelbrüder und Nörgelmeier hörst, die natürlich reden, wie sie's nicht verstehen."

„Sei milde, Wilhelmine. Nimm mich unter Deine Flüchtel und gängle mich mit Deiner Weisheit, wie denkst Du über eine Bierreise im nassen Viereck? Ich habe gerade Zeit und Lust."

„Bedaure. Ich habe die Maschinen vor und für Getränke keine Zeit."

„Das ist dumm; für Maschinen bin ich nicht anschläg'sch. Hingegen das Moabiter Marinebräu, das ist was für meinen Vater seinen Sohn, ganz so wie Faust sagt: zum Verweilen schön!"

Es war nichts mit ihm anzufangen, wenn er schon die Klassiker verhohnackelt – wozu der Faust Gottlob immer noch gehört – hat er vor unsereins erst recht keine Ehrfurcht. Aus den einfachsten Aeußerungen macht er Männerken, daß man an der eigenen Klarheit zweifelt. Und das ist doch kein Genuß. –

Ich verabschiedete ihn und stadtbahnte mit Ottilie hinaus, die mir das Elektrische verdeutschen sollte.

Wir nahmen unsern Eingang gleich unmittelbar bei dem riesigen Kesselhause, das so zu sagen das Treibende vom Ganzen ist und, wie Ottilie sagte, auf Oxydirung beruht. Die Kohle verbindet sich mit dem Sauerstoff, der in Waldgegenden von bester Güte ist, so daß schon aus diesem Grunde Treptow als glückliche, wenn auch etwas entlegene Wahl gut geheißen werden darf. Hieraus entsteht wissenschaftlich Licht-und-Wärme-Erscheinung.

„Wir nannten es sonst, glaube ich, Feuer," bemerkte ich.

„Das gilt nicht im Examen. Feuer ist ja auch nichts wirkliches, sondern sieht nur so aus. Man kann es nicht wägen oder messen, weil es keine Schwere hat. Es ist nicht greifbar."

„Weil man sich daran verbrennt."

„Weil es kein Körper ist."

„Ottilie, die Wissenschaft in Ehren, aber wenn es eine bloße Erscheinung wäre, wie könnte man darauf kochen? Und es ist bewiesen, daß alle Erscheinungen Einbildung sind, wie Gespenster oder Spiritismus oder sonstige Augentäuschungen. Nein, ich bleibe dabei: Feuer ist Feuer, nur daß Coaks mehr Plätt-Hitze geben und Kien zum Beispiel wenig austhut und sich besser zum Anmachen eignet. Und das ist ferner klar, ohne Feuer kriegst Du keinen Dampf, und ohne Dampf geht keine Maschine."

Wir traten in die Halle.

Wenn man Maschinen sieht, entflieht Einem unwillkürlich der Vers: „Da hab' ich Respekt vor dem menschlichen Geist," namentlich mit großen Schwungrädern und in hampelnder Bewegung. Stillstehendes dagegen macht keinen Eindruck, weil man von allem Drehbaren erwartet, daß es schnurrt, und unbefriedigt vorüberschreitet, wenn es sich nicht rührt. Das ist, als wenn man um Auskunft ersucht und wird keiner Antwort gewürdigt.

Manches steht da unscheinbar, aber wenn es arbeitet, ist es von höchster Schläue, zumal mit Erläuterung vom Erbauer. Da fabriciren zum Beispiel die Pappenfritzen eine billige Pappe mit so viel Stroh und Sandstaub mang, daß sie dem Buchbinder beim Biegen in der Hand zerbricht. Was thut nun der Maschinenmensch? Der denkt so lange, bis ihm ein Geräth einfällt, worin die brüchige Pappe sich krümmt wie ein Regenwurm und zur Verwunderung der gesammten Buchbinderei ganz bleibt, die hierauf schleunigst die Maschine anschafft.

Aber auch der Pappmann sieht die Maschine. „Aha," sagt er sich, „noch mehr Sand mang und noch mehr Stroh" und der Buchbinder ist wieder aufgeschmissen, denn wenn er noch billigere Pappe haben kann, wird er nicht so thöricht sein und bessere, theuere nehmen. – Nun muß der Maschinenmann wieder erfinden. Und so umzüchig weiter, bis die Waare sogar für einen Fünfzig-Pfennig-Bazar zu lekrig geräth. Und dann ist das Geschäft aus.

Ottilie meinte, es müßte bei Jedem dabei geschrieben stehen, was es vorstellte, allein das wäre zu viel verlangt. Zum Beispiel Röhren. Der Röhrenmacher weiß unmöglich, wozu diese oder jene Röhre verwendet wird, was hindurch laufen soll, und ob sie sich verstopft oder birst und kann nicht für jede Einzelne Lied und Beschreibung herausgeben, und andererseits bedarf man z. B. bei Wring-Maschinen keiner Abhandlung. Und doch sind vielleicht Neuerungen daran, die den Herrschaften zur Geldausgabe und den Philippinen zur Erleichterung der Arbeit verhelfen. Von den sogenannten technischen Verbesserungen des Hausgeräthes hat die Hausfrau das Wenigste, und ob die Küchendonnas Einem Dank wissen, ist sehr die Frage. Sie sträuben sich gegen Neuerungen. Blos mit dem Bräutigam sind sie willfähriger.

Meine Dorette auch. Seitdem ihr Tapezier durch sinnlosen Streik seine Arbeit verloren und ihre Spargroschen verthan hat, ist's mit ihm aus. Ihr Kummer war heftig, aber vergänglich, und um ihrem Ehemaligen die Rückkehr in das Küchenparadies für ewig abzuschneiden, hat sie sich mit einem Schutzmann verlobt, der dem Tapezier mit dem Schwert auf die Finger klopft, wenn er herein will. Er ist ein großer, ansehnlicher Mensch mit rothblondem Schnurrbart und grauen Augen, und wie Dorette sagt, durchaus nicht stolz, obgleich er schon drei Einbrecher gefaßt hat, und wenn es ihm glückt, einen Mörder zu packen, sprungweise avancirt. Nach meinen Speisekammer-Wahrnehmungen ißt er Alles. Der Tapezier ward zuletzt schon so kiesätig, daß Dorette unterschiedliche Gerichte nur gezwungen aus den Tisch brachte.

Fleckweise ein Schutzmann im Hause ist rathsam. Er verbreitet für die Schlechten das Gefühl der Furcht, für die Guten das Gefühl der Sicherheit, und Dorette ist wieder brauchbar. Soviel Geschirr hat sie zuvor nie geliefert, als in den Wochen des zerbrochenen Verlöbnisses.

Genug, ich bin mit dem Tausch zufrieden und rechne die Kalbsbratenreste als stillschweigendes Gehalt. –

Die Braupfannen, die Bierfilter, die Wasserreinigung regten uns ungemein an und nicht minder die Nähmaschinen, die auf das Niedlichste sticken und das junge Mädchen von früher vollkommen ersetzen, von dem man Fertigkeit in jeder feineren Handarbeit verlangte. Auch eine Handschuh-Nähmaschine sahen wir, die überwendlich näht, wohin soll das führen? Die Fähigkeiten der Frau werden verschoben, sie begiebt sich auf das geistige Gebiet, wo sie die Männer verdrängt. Der Mann macht Maschinen, die Frau wird immer unabhängiger, bis der Mann schließlich nur noch den Dampfkessel zum Gesammt-Hausstandsbetriebe heizt, und die Frau die Welt regiert. Dies werde ich, im Gegensatz zu der Pappe und der Biegemaschine, die aufsteigende Linie nennen. Sind wir erst mit Damen-Universitäten und Mädchen-Polytechniken ausgerüstet, ist es Kleinigkeit, einen Standpunkt zu erreichen, von dem aus die Frau das Ganze beherrscht, und ich glaube nicht, daß dann noch viele Männer bis Mitternacht und darüber in den Kneipen sitzen dürfen. Die elektrische Gasuhr wird einfach abgestellt und es giebt nichts mehr.

„Unausstehlich, die Drehbänke," murrte Ottilie, als wir vorwärts wandelten und Vieles Kurbelige nicht im Gange war.

„Ottilie," antwortete ich besonnen, „das Nothwendige kann wohl den Eindruck des Unausstehlichen machen, ist es aber nicht. Die Bedürfnisse der Menschen weichen eben stark ab. was wolltest Du in der Sahara mit Schlittschuhen und in Grönland mit einem Eisspinde, wogegen eine Drehbank Dir vielleicht dringend fehlte."

Ich war ihr diesen kleinen Vortrag schuldig, weil sie doch vorhin gewaltig mit Eindruck und Erscheinung um sich geworfen hatte. Hängt sie Bilder heraus, ich hab auch 'ne Galerie.

Allmählich gelangten wir an die Badezimmer mit Wasch- und Reinlichkeitsvorkehrungen und zu den Kesseln und Oefen zum Desinficiren.

Was wußte man vor einigen Jahren davon? – Nichts.

Da erfand die Wissenschaft die Bacillen und das Karbol und haste nicht gesehen: wohin der Mensch sich begiebt, überall Bacillen und Sanitätsgestank. Denn den können die Menschen kaum vertragen, viel weniger die Mikroskobien, indem sie sich nicht zu entfernen vermögen und in dem Dunst elendiglich krepiren.

„Wie merkwürdig," sagte ich zu Ottilien, „daß solche kleine Thiere Veranlassung zu so großen Apparaten geben. Welches Geld muß jetzt ihretwegen versalicylt werden, das die Nationen vor ihrer Errungenschaft sparten oder in Dömen anlegten oder sonstigen Kunstdenkmälern aus dem Mittelalter als Reiseziele für die Fremden."

„Es ist die Addition des Kleinen, wie ja das ganze Universum aus der Multiplication der Atome mit den Kräften besteht und somit auf das Gebiet der höheren Mathematik übergeht."

„Das Mathematische nimmt allerdings einen geachteteren Stand ein," setzte ich hinzu, um Ottilien bei ihrem Gedankengange zu erhalten. „Früher erzählte man sich meistens Lächerliches von den Professoren, wie sie statt des Hutes mit einem Topfdeckel unter dem Arm ins Colleg gingen und thatsächlich den in Gedanken stehengebliebenen Regenschirm geschaffen haben."

Mir schien nämlich, als ob ein junger Mann absichtlich an denselben Gegenständen Antheil nahm, die wir betrachteten und besprachen, wodurch ihm Aufklärung ward, die er bei den Saalwärtern schwerlich fand. Folgte er aus Wissensbedürfniß ... gut. Hatte er jedoch ein Auge auf Ottilie geworfen, sollte er inne werden, daß eine höhere Kulturschranke sie umgiebt, die jeden Annäherungsversuch abschlägt. In Ausstellungen gilt zwar das Drängelrecht, aber es giebt auch geistige Ellenbogen.

Bei den Telephonanlagen hielten wir uns nicht auf, da wir selbst eins haben, mit dem wir recht zufrieden sind und dessen Anschluß selten versagt. Dagegen mußte ich mit Ottilien in verschiedene „himmlisch“ und „entzückend“ ausbrechen, als wir den elektrischen Theaterschmuck in Thätigkeit sahen. Da waren Diademe, Halsperlen, Kronen, Blumenkränze, Gürtel in einem Spinde, die in allen Farben erglühten, sobald sie durch einen Druck mit der Leitung verbunden wurden. Besonders ein Strauß aus Gräsern und Feldblüthen war geradezu elfenhaft. Wie Aschenbrödel stand er zwischen Silber und Gold und Edelgestein, mit einem Male aber entzündeten sich die Mohnrosen und Gänseblümchen und die Käfer und Schmetterlinge roth und blau und grün und sonnenstrahlig, schöner als ringsum alle kalte Pracht, eine wahre Gabe des Märchenlandes, in Berlin angefertigt.

„An Deinem Polterabend kleide ich mich als Fee aus und gaukle mit solchem Zauberstrauß,“ rief ich hingerissen von dem Anblick, ohne weiter etwas dabei zu denken.

Ottilie erröthete und der junge Mann schlängelte davon.

„Aha!“ ward mir klar, „nun der verliebte Hecht von Polterabend gehört hat, glaubt er Ottilien in festen Händen und macht sich dünne.“

Ottilie seufzte.

„Das Rasseln der Maschinen fällt mir auf die Nerven,“ begann sie nach einer Weile, „ich möchte ein wenig Ruhe.“

„Gewiß, Kind. Meine Fußnerven sengern auch schon. Ich denke, wir nehmen ein Gläschen Bier dort in der Brauerei, die zur Rast einladet. Unser Fleiß verträgt nachgerade eine Belohnung.“

Ottilie seufzte noch einmal und schaute sich nach dem Adonis um, der jedoch nicht zu erblicken war. Nirgends kann man besser Versteck spielen, als hinter den Ausstellungsaufbauten. Ein Schritt um die Ecke und weg ist man.

Wenn ich Adonis sagen wollte, so war dies eine Nachwirkung der Glühschmuckpoesie. Ich denke mir die Adonisse moderner in Zeug, und mit sauberster Wäsche und nicht mit Schirmmütze und mit ohne Manschetten, wie es bei dem Menschen zutraf, der, wer weiß wie, in die Ausstellung gerieth, da ja mit den Eintrittskarten enorm geschmuggelt worden ist, selbst bei solchen oberen Zehntausenden, die es nicht nöthig haben.

Kaum saßen wir an einem Tischchen und sahen dem Springbrunnen vor dem Kesselhause zu und nippten an unserem Biere, als der junge Mann an unseren

Tisch trat, fragte, ob der freie Stuhl besetzt sei, und auf Ottiliens „Nein“ sich unverfroren hinplatzte.

Ottilien war dies ersichtlich wonnevoll, wenn Eine noch so dumm ist, den Anbeter wittert sie auf der Stelle. Und Ottilie ist gescheidt.

„Schönes Wetter!“ warf der junge Mann hin.

Ehe Ottilie ein „entzückend“ abfeuern konnte, sagte ich: „Wegen der Witterung sind wir nicht hier, sondern wegen Gruppe dreizehn: Maschinenbau, Schiffbau und Transportwesen, sowie namentlich Elektrotechnische Gruppe vierzehn.“

Adonis machte ein mehr als begriffstutziges Gesicht.

„Wissen Sie, was Elektricität ist?“ fragte ich ihn.

„Nein.“

„Ach, Ottilie, Du wolltest es mir ja erklären. Nicht wahr, das Kesselhaus ist das Treibende?“

„Die Verbrennung,“ verbesserte sie, „durch diese entsteht die Dampfkraft mit unglaublich rascher Rotation mehrere Hundert Mal in der Sekunde.“

„Daß eine Maschine das so kann,“ schaltete ich ein, um Ottilien über eine Nachdenkpause wegzuhelfen. – „Und dadurch entsteht der Strom,“ fuhr sie fort, „den sieht man nicht, weil er unsichtbar ist. Leitet man ihn durch einen Draht, verwandelt der sich an dem anderen Ende in elektrisches Licht.“

„Einfacher, als man annehmen sollte,“ lobte ich sie. “Wirklich sehr einfach.“ – Dann wandte ich mich herablassend an den jungen Mann, der ganz verwundert dasaß:

„Haben Sie das verstanden?“

„Nein,“ lächelte er. „Nein ... ich bin nämlich Elektrotechniker.“

Er löschte den Rest seines Durstes sehr rasch, stand auf, verbeugte sich und schlug sich seitwärts ins Lokal.

„Es war ein Schwindler,“ belehrte ich Ottilie.

„Aber so hübsch!“

„Er gestand selbst, daß er nicht wüßte, was Elektricität sei, also, vielleicht ist er Ritzenschieber bei der elektrischen Bahn und rechnet sich auf diese Weise verwandt mit Siemens und Halske.“

„O nein; er hatte so intelligente Hände und einen Diamantring am kleinen Finger.“

„Wird wohl Simili gewesen sein. Ottilie, was gehen Dich die Hände der Mannsbilder an? Traue keinem. Du hast jetzt ein Exempel, wie falsch sie sind. Aber sei ruhig: dieser ist entlarvt; der wagt sich nicht wieder heran.“

Sie seufzte.

„Komm, Ottilie. Die Maschinen und die Elektricität sind erledigt, nun wollen wir Musike hören. Deine Kenntnisse haben Dich vor einem Reinfall bewahrt; danke Deinem Schöpfer, daß Du so gründlich studirt hast.“

Sie seufzte noch einmal und nur langsam folgte sie mir.

Aber ich werde ihr schon Menschenkenntniß beibringen.

Ueber Architektur und einiges Andere

Nun ist Tante Lina auch da.

Aber ihre Handtasche nicht. Die reist ohne Fahrschein weiter und hat sich bei der Eisenbahnfundstelle noch nicht angemeldet. Einer ist immer unterwegs nach der Koppenstraße, entweder mein Karl oder Jemand aus dem Geschäft oder Dorette oder ich mit Ottilie und Tante Lina in eigener Person.

Tante Lina kann den Verlust nicht überwinden, ihr Gedankengang führt sie immer und immer wieder auf die Tasche. Dies ist ihr Morgen-, Abend- und Tischgebet.

„Waren denn Werthpapiere drin?“ fragte ich.

„Nein.“

„Oder Goldsachen?“

„Meine Uhr habe ich zu Hause gelassen und meine Ohrringe auch. Die werden den Leuten in Berlin ja auf offener Straße ausgerissen.“

„Mir neu!“

„Bäcker Lorenz hat es erzählt. Den haben sie in Berlin rein ausgeplündert; in den Blättern stand es auch.“

„Liebe Tante, es ist wohl mit Kindern vorgekommen, aber mit erwachsenen Bäckermeistern noch nicht.“

„Die betäuben sie. wenn mir einer was zu riechen giebt, ich rieche nicht.“

„Sehr vernünftig!“

„Ich hatte mein Eau de Cologne in meiner Tasche.“

„Wir kaufen frisches.“

„Nein, nein, ich bekomme meins zu Neujahr von Apotheker Bahnsen, der setzt es selbst an. Es ist viel besser als das echte, viel kräftiger. Er hat sich jetzt wieder verheirathet, die erste Frau starb, mit Erlaubniß zu sagen, im Wochenbett. Nun saß der Mann da mit den drei Kindern. Sie sagten, er würde wohl die Schwester nehmen, aber die war ja so gut wie versprochen mit dem Steuereinnehmer Möller, das ging doch nicht und da nahm er dann die Aelteste von Kaufmann Milberg am Markt. Ob sie in das Gewese hineinpaßt, darüber sind die Ansichten verschieden, ich will aber nichts gesagt haben, nicht das Leiseste, sie kann sich ja noch gewaltig ändern. Und das wollen wir hoffen. Und wer weiß, ob es ein Glück für Möller ist. Und Bäcker Lorenz ...“

„Liebe Tante, ich habe ein Fläschchen, unangebrochen, darf ich es Ihnen anbieten?"

„Ach nein, das kann ich ja gar nicht verlangen, und das ist ja auch nicht nöthig, wenn ich meine Tasche wieder habe."

„Vielleicht hat sie Jemand mitgenommen, der sie gebrauchen kann."

„Oh, oh! das kann doch nicht angehn? *Meine* Tasche? Er wird doch nicht, mit Erlaubniß zu sagen, meine Zahnbürste gebrauchen?"

„Wir kaufen eine neue."

„Nein, nein. Meine ist von Viedt in der Kuhstraße, ich bin nun mal an Viedt seine gewöhnt, schon beim alten Viedt. Der junge Viedt arbeitet ebenso solide wie der alte Viedt. Der alte Viedt war gediegen, aber der junge Viedt ist es auch. Das muß man ihm nachsagen. Ueberhaupt die Viedt's: ich sage immer, solche Bürsten wie Viedt's ihre findet man nirgends in der Welt; sie halten Jahre. was sage ich, Jahre? Jahrende."

„Wenn die Tasche aber weg ist?"

„Sie findet sich wohl wieder an. Wir müssen blos das Nachfragen nicht vergessen. Ist jemand hin?" –

Meinem Karl machte weder die Taschenjagd Vergnügen, noch hatte er Sinn für Tante Linas chronisches Gedächtniß. Sie wußte von allen Verwandten und Bekannten, wen sie geheirathet, wann sie geheirathet, wann und was für Kinder geboren, wann und wen die geheirathet und wer gestorben und wann und wo, und ob etwas hinterlassen wurde oder Schulden, und von den Cousinen kannte sie wieder die Cousinen und wen die geheirathet und wann und mit wie viel.

„Karl," sagte ich, als er brummte, „jedenfalls ist die Behälterigkeit der alten Dame anzuerkennen."

„Wie so? Sie thut ja nichts, als sich mit Familienmuff vermüffeln."

„Lohengrin und sein Schwan kommen nicht in ihre Gegend, also was bleibt ihr? Und außerdem hat sie Moneten. Und in ihren Briefen schrieb sie, sie wollte Berlin gerne sehen, ehe sie ihr Testament machte. Das ist ein Wink, Karl, wenn man sie richtig nimmt, vermacht sie ihr Vermögen den Enkeln, die doch studiren müssen."

„Ich schleiche nich erb," lehnte er kurz ab. „Die Tante mag sich bei uns wohl fühlen, das wünsche ich, aber ihr Schwägerschaftsgeklöne auszuhalten, habe ich nicht kontraktlich. Und ödet sie mich noch einmal mit Lieferanten aus der Kuh- und Kälberstraße, werde ich auch öde."

„Wenn Viedt aber doch die besten Bürsten macht?"

„Kommst Du mir auch schon mit dem? Ich verbitte mir Viedt ein für alle Mal."

„Wer fängt von Viedt an? Du fängst von Viedt an. Und was geht mich Viedt an? warum fährst Du nicht mit Tante Lina nach Treptow, ihr Welteindrücke beizubringen?"

„Nein, mein Kind. In einem Coupee mit Tante Lina und Viedt und Kompagnie und nicht herauskönnen ... ich würde rasend."

„Du rasest nie, mein Karl. Du bullerst selten genug auf. Ein Mann muß geeignet dazwischen fahren, die Umgebung auf den Trab zu bringen. Dorette wird obstinat, mein Karl, wegen Tante Linas Eigenheiten."

„Ich meinte, sie wäre anspruchslos."

„Aeußerlich. Sie sträubt sich allerdings mit vielem Gerede gegen Umständemachen, aber wenn nicht jegliches auf den Tippel nach ihrem Kopf geht, nimmt sie's übel."

„Laß sie knurren."

„Sie bleibt immer gleichmäßig zurückhaltend und duldsam und zwirnt Dir blos eine bezügliche Geschichte aus der Gevatterschaft vor, ganz lang und ganz langsam mit Spitzen darin, ein Schleppkleid zu garniren. Du hast Deine Pillen weg und weißt nicht wie. und die alte Dame verzichtet lächelnd auf Dank."

„Das erträgst Du kaltblütig?"

„Ich leide für die Enkel, besonders für Fritz, der schon jetzt Anzeichen von Rechtsbewußtsein äußert, indem er sich nichts nehmen läßt. Und wer kann heutzutage Assessor studiren, ohne eine Erbtante in der Hinterhand?"

„Warum kein Geschäft ergreifen? Du siehst doch auf der Ausstellung, daß außer den Studirten auch noch Leute leben. Und wie hoch steht der Mann da, der aus eigener Kraft der Stadt und dem Staate zur Ehre gereicht!"

„Der Jurist steht höher. In Moabit trifft sich zuletzt Alles. Die Seelenseligkeit kriegst Du nur durch den Geistlichen und Dein Recht nur durch den Juristen. Der Geistliche kriegt keinen Juristen in den Himmel, aber der Jurist bringt den Geistlichen in's Loch, je wie die Verhältnisse liegen. Nein, Fritz studirt Rechtsgelehrtheit, dann ist er allen Ständen über. Der Junge ist ja so süß."

„Er macht den Eltern mehr Verdruß als Franz."

„Weil sie den Knaben nicht verstehen, wer sich Zwillinge leistet, darf keinen von Beiden, vorziehen. Gleiche Wäsche und gleiche Liebe. Also was haut Er Fritz?"

„Weil der Bengel sagte, ein Hund hätte ihm die Hosen zerrissen, worauf der Vater nach Bißwunden sucht und findet, daß Fritzchen gesohlt hat. Warum log er?"

„Um von Jemand Strafe abzuwenden."

„Von wem denn?"

„Nun von sich selbst. Ihm war das Malheurchen beim Treppengeländerrutschen passirt, was sie ja eigentlich nicht sollen. Aber anstatt sich über das Talent des Kindes zum Advocaten zu freuen, drauf losgedroschen, wie auf kalt Eisen. Und ich sage Dir, ehe Tante Lina Berlin verläßt, hat sie Fritzchen in ihr Herz und ihr Vermächtniß geschlossen."

„Deine großmütterliche Verblendung geht zu weit, warte doch ab, was die Zeit bringt.“

„Die Zeit läßt sich zu viel Zeit. Die Karre geht nur, wenn sie geschoben wird. Nächstens machen wir eine große Kinderpartie nach der Ausstellung, Tante Lina als Mittelpunkt, damit sie Gelegenheit hat, Fritzchen lieb zu gewinnen. Uebrigens frage doch wieder nach der Tasche, wie wäre es, wenn der Knabe sie der Tante überreichte?“

„Mit einem Prolog? Wilhelmine, ich kenne Dich kaum noch, was hast Du?“

„Karl, viele Freuden des Daseins machen erst dann Freude, wenn sie glücklich überstanden sind. Die Ausstellung dauert noch bis zum Oktober.“ – „Adje,“ sagt er.

Ein Glück, daß er in der Fabrik schläft. Tante Lina steht schon um vier auf und Dorette muß heraus und ich muß heraus. Ottilie liegt wegen ihrer Nerven durch bis sieben. Natürlich zweimal Kaffee trichtern. Tante Lina ißt bei sich zu Hause um zwölf Mittag, wir essen um dreien. Sie geht früh spazieren, traut sich aber nicht allein auf die Straße. Ich muß mit nach dem Friedrichshain. Mein Mann trinkt den Kaffee mit Ottilie. Er findet ihre Augen hübsch. Und dabei soll man Ausstellungsberichte schreiben.

Aber wozu ist Kriehberg?

Ihn allein mit Ottilien durch die Gefilde Treptows streifen zu lassen, das geht nicht, bewacht jedoch Tante Lina sie als Schutzgeist, kann ich ruhig sein. Sie hat so runde betriebsame Augen, und hört auch gut für ihre Jahre, die an den Fältchen im Gesichte kenntlich sind, namentlich auf der Stirn. Auch marschiren kann sie rüstig. Das regelmäßige Leben in der Abgeschiedenheit macht alt und dauerhaft. –

Herr Kriehberg hat mir Beschreibungen von den Baulichkeiten der Ausstellung gesandt, sogar mit Entwürfen, sauber ausgeführt auf Glanzleinewand, metergroß, wofür ich ihm die Auslagen erstatte, obgleich sie so nicht zu verwenden sind, es sei denn als Hochzeitsgeschenk für einen Baubeflissenen

Anfangs tadelte Kriehberg sehr, jetzt ist er zu der Einsicht gelangt, daß die Bedingungen der freien Entfaltung Hemmschuh anlegten und selbst er unter solchen Umständen die schwierige Aufgabe nicht glücklicher gelöst haben würde, wo war auch wohl je auf einer Ausstellung ein Gebäude, durch das mitten hindurch eine garnicht mal nothwendige elektrische Eisenbahn fährt, wie durch den Riesenbau für Unterricht und Erziehungswesen, Gesundheitspflege und Wohlfahrtseinrichtungen und es so zerschneidet, daß man vom Vorderen zum Rückwärtsigen über eine Treppe hinauf und hinab steigen muß? Hier wird gezeigt, wie elektrische Bahnen angelegt werden können: immer durch die Häuser, wo welche im Wege stehen und nicht erst Tunnels unter der Straße buddeln oder Hochbahnen an den Etagen vorüber, daß jeder sich scheniren muß, halb angezogen ein Vorderzimmer zu betreten, wenn der Draht versagt und die Fahrgäste plötzlich vor den Fenstern halten und das Privatleben bekritteln.

Leicht faßlich war Kriehbergs Arbeit nicht, zumal er mit verschiedenen Standpunkten kommt und massiv im Ausdruck wird. Was ihm unschön erscheint, das fällt Tausenden nicht auf und warum Kunstblinde sehend machen, da sie sich in ihrem Zustande wohlig fühlen? wird nicht an allen Ecken und Kanten hinreichend zur Unzufriedenheit aufgestachelt? Dies ist nicht mehr gut genug und das taugt nicht mehr, dieses ist veraltet, jenes unzeitgemäß, darum weg damit, als der Menschheit unwürdig. Nun kommen die Gewaltsbeglücker mit ihren Plänen, die passen wie ein paar sechsfach patentirter Schuhe aus ausgesuchtestem Leder, blos mit dem einen Fehler, daß sie nicht nach Maaß gearbeitet sind, wer darin vorwärts will, den kneifen sie und statt der versprochenen goldenen Berge hat er eine Hühneraugenzucht. –

Die Spreu vom Weizen zu sondern braucht' ich Ruhe und Sammlung.

Tante Lina und Ottilie mußten für einige Stunden unschädlich gemacht werden.

Sie gingen auf meinen Vorschlag ein, die Residenz in Augenschein zu nehmen, die Denkmäler, die Palais, die neuen Stadttheile und was sonst für Fremde in den Führern ausgezeichnet ist, vom Abgeordnetenhaus an bis zum Zellengefängniß. Ich verfrachtete sie in einen distinguirten Taxameter und erklärte ihnen den Sprechanismus. Es gefiel Tante Lina ungemein, daß man keinen Nickel mehr zahlen braucht, als der Apparat beziffert. „Als ich in die Nähschule ging," sagte sie, „bei Madame Werner, die konnte so fein spinnen wie Seide, da hatten wir einen Haspel, woran man sehen konnte, wann fünfzig Touren herum waren beim Garnwinden, wenn man nicht aufpaßte, gab es doppelte Strähnen und dann schalt sie. Dies ist wohl auf die nämliche Art von dem nämlichen Drechsler?"

Der Kutscher versprach mir, die Damen auf das Sehenswerthe aufmerksam zu machen und fuhr mit ihnen ab, zunächst nach der Koppenstraße wegen der Tasche.

Ich athmete auf. Endlich Ungestörtheit, den Bericht über Ausstellungsarchitektur zu erledigen, wenn ich auch einsah, daß ich wenig von Kriehberg benutzen konnte, höchstens wo er sich in Renaissance oder frühe und späte Gothik versenkt und von Risaliten spricht und Fialenwerk, Profilirung, Friesen, Motiven, Originalität, Rabitzwänden, Stabilität, Blenden, Dachreitern, Krabben u. s. w. Was er in gewöhnlichem Deutsch schreibt, darüber läßt sich streiten und ich will mich hüten, hinterher für seine Ansichten verantwortlich gemacht zu werden. Etwas muß ich von seiner Arbeit verwenden, denn es geht ihm nicht besonders, da er nach Vollendung der Ausstellung mit einem Viertelsposten vorlieb nehmen muß. So baronisirt er wenigstens nicht gänzlich.

Ich war Willens, den Bericht mit sachlichem Ernst zu beginnen, aber du lieber Gott, sonne Architektur! Man hat wohl Tinte in der Feder, schöne schwarze Tinte und stippt nochmal ein und nochmal, aber Bauliches fließt nicht heraus. Man sinnt und stippt wieder ein. Allein schon die Ueberschrift. Eine gute Ueberschrift ist der halbe Aufsatz. Soll man sagen: „Ueber Gebäude“ oder „Architektonische Wanderungen“ oder „Sommerwohnungen des Gewerbes“ oder “Vom Palast zum Wigwam“ um die Wilden mit hineinzunehmen und gleich das Mächtige des Hauptrestaurants anzudeuten? Nicht schlecht schien mir: „Die Wunder des Gipses.“

Nach langer Ueberlegung entschied ich mich für „Das Häusliche auf der Ausstellung“, weil mit Haus alles bezeichnet werden kann, sowohl die Moschee wie der Katalog-Kiosk und wollte grade losorgeln, als Tante Lina und Ottilie zurückkehrten.

„Schon?“ fragte ich.

„Ueber eine Stunde ist genug,“ antwortete Tante Lina. „Blos Geld verfahren, dazu hat man es nicht.“

„Und wie gefällt Ihnen das neue Berlin?“

„Berlin?“ fragte sie nach. „Man sieht ja nichts von Berlin. Nein, ich kann nicht sagen, daß ich was von Berlin gesehen hätte.“

„Hat der Kutscher sie denn um die Stadt herum gefahren?“

„Das glaube ich nicht.“

„Und Du, Ottilie, Du freutest Dich doch so ungemein auf die Fahrt, war sie denn nicht entzückend?“

„O ja,“ antwortete sie, als wäre das Ja eine Gummistrippe.

„Hat der Kutscher nicht beim alten Fritzen gehalten und bei Wrangeln und den übrigen Plastizitäten?“

„Die Uhr ging ja auch weiter, wenn er hielt,“ sagte Tante Lina spitz. „Es ist Alles Betrug. Für's Halten kann man doch nicht bezahlen?“

„Welche Uhr?“

„Das runde Dings am Kutscherbock, wir haben genau Acht gegeben, nicht wahr, Ottilie?“

„In einem fort.“

„Bis es mir zu theuer wurde, da mußte er umwenden.“

„Also blos auf die Uhr haben Sie gesehen?“ fragte ich erregt. „Blos auf den Fahrpreisanzeiger und nicht rechts und nicht links? Da haben Sie ja völlig nutzlos im Wagen gesessen!“ Für mich fügte ich hinzu: „Was sagt Berlin zu solchen Runden?“

„Immer wurden es zehn Pfennige mehr,“ warf Tante Lina mir vor. „Wie sich das ansummt.“

„Man wendet kein Auge von dem Zeiger,“ suchte Ottilie sich zu entschuldigen, die meine Entrüstung merkte, „ob man will oder nicht, wie magnetisirt.“

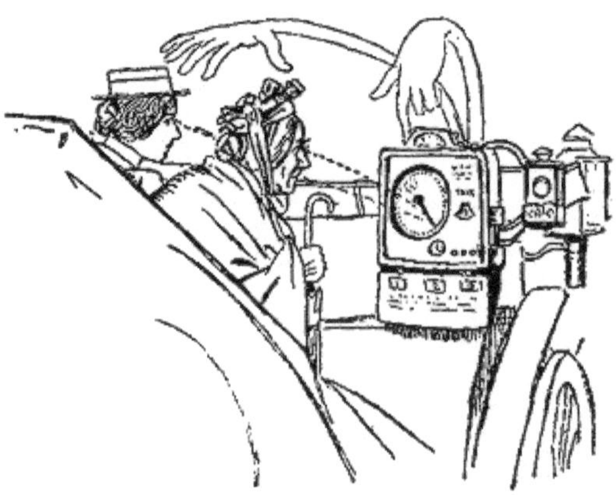

„Gewiß," sagte ich, „dazu sind die Zähldroschken extra erfunden. Das nächste Mal nehmt Ihr keinen Weißlackirten, sondern einen einfach Schwarzen."

„Und dann fahren Sie mit," sagte Tante Lina, „und zeigen uns Alles, damit ich zu Hause erzählen kann, wie Berlin eigentlich aussieht. Die Zwei Mark vierzig heute sind rein weggeschmissen. Gut, daß Oberlehrer Kranz das nicht erfährt, der behauptet immer, Frauen können nicht rechnen. Seine Frau versteht es allerdings nicht, sie giebt viel zu Unnöthiges aus; ihr Vater machte bankerott; das Geld lag in der Ofenröhre, und wer was brauchte, nahm welches, das konnte nicht bestehen. Und mehr als knappe Aussteuer brachte sie nicht mit. Kranz giebt ihr nie über drei Mark, aber die Leute sagen, sie läßt anschreiben. Er hätte sich besser mit Viedt's Tochter gestanden, Viedt's stehen sich breit ..."

„Bitte, entschuldigen Sie mich; ich muß in die Küche." – Halb verzweifelt flüchtete ich ins Kontor.

„Was ist? was giebt's?" fragte mein Karl bestürzt, als ich, dem Weinen nahe, auf das Kanapee sank.

„Viedt," stöhnte ich.

„Armes Weib."

„Karl, eine Postkarte! Ich schreibe der Redaction: auf Architektur müßte sie Umstände halber verzichten. Aber spotte nicht. Ich bin so mürbe, so mürbe."

„Minchen, weißt Du 'was? Wir Beide ganz allein machen hinaus nach Treptow. Ich habe im Weinhäus'l einen vorzüglichen Tropfen ausbaldowert. Wir ganz allein, Minchen."

„Ja, mein Karl. Sicherer wäre am Ende nach dem Grunewald. Aber wie Du willst."

Es giebt doch keinen heilenderen Balsam als ein liebendes Wort. Das empfand ich so recht einmal wieder.

Ein freier Tag

Wenn es gewittert, fürchtet Tante Lina sich. Dann kriecht sie ins Bett.

Ottilie sagt, der Strauß macht es ebenso. Ich weiß nicht, ob der sich auch das Kopfkissen über die Ohren zieht, um den Donner nicht zu hören und bei jedem Blitz aufjucht wie Tante Lina, würde es ihm jedoch nicht übel nehmen, wenn er es thäte, weil er als Wüstenvogel für die neueren Erfindungen kein Verständniß hat, wie man von Mitgliedern des neunzehnten Jahrhunderts verlangen kann.

Tante Lina lebt und liest in der Jetztzeit und müßte daher wissen, daß Gewitter auch im Kleinen mittels Elektrisirmaschinen hergestellt werden können, wie Ottilie ihr beruhigungs- und aufklärungshalber aus Krüger's Lehrbuch der Physik vorgelesen hat, worin ein Papphäuschen abgebildet ist, das durch den positiven Funken auseinanderklappt.

Bei dem geringsten Gewitterverdacht bleibt sie daheim und bei dem ersten fernen Grollen des Horizonts flüchtet sie in die Federn.

Mein Karl findet das altfränkisch; Ottilie meint, es wäre Idiosynkrasie gegen elektrische Spannungsverhältnisse, obgleich im Meyer unter diesem Worte mancherlei steht, was ich von Tante Lina unmöglich annehmen kann und sich auch mehr in Widerwillen gegen Speisen äußert, der mir bis dato bei ihr nicht ausgefallen ist. Dorette beschwert sich über das mehrfache Bettenmachen, zumal wenn mehrere Gewitter am Tage sind, und schilt Monologe. Ich für meine Person behaupte, es ist das Alleinstehende, das sie ins Bett treibt.

Wenn es so recht graulich wird, beinahe Nacht am Tage, und ein Blitz fängt an, den anderen zu überbieten und das Rollen wird zum Knattern, dann gehe ich zu meinem Karl, oder er kommt zu mir, und ich fühle mich geborgen, denn ohne etwas Bänglichkeit ist man doch nicht, wenn Blitz und Schlag eins sind und man sich sagen muß: es steht gerade über uns, mit den dunklen Wolken, den Schwingen des Todes. Gottlob, wenn sie verschweben und der Himmel lichtet sich wieder.

Warum Tante Lina sich unvermählte, danach frage ich sie nicht. Vielleicht, daß Solche warben, die weniger sie, als ihr Vermögen begehrten, vielleicht, daß sie sich zu lange jugendlich dünkte, und als sie sich besann, mit Schrecken bemerkte, daß sie bereits zu den Kaltgestellten zählte. Und dann ist das Assortiment der Heiraths-Candidaten in kleinen Städten meist nur gering kompletirt, und ist keiner darunter, für den das Herz schlägt: warum den Prediger zu einer Traurede verleiten, die zum Höllensegen wird anstatt zur Segnung irdischen Glücks?

Und darum geht Tante Lina ins Bett, wenn es donnert.

Man darf die Schwächen seiner Nebenmenschen eigentlich nicht ausnutzen, aber wozu sind sie da, wenn sie nicht verwendet werden sollen? Als es wieder heiß und schwül war und Tante Lina ihre Zuflucht zur Baba nahm, weil sie das Gerummel eines Bierwagens in Kinderüberfahrgeschwindigkeit für die Stimme der erzürnten Vorsehung gehalten hatte, sagte ich zu meinem Manne: „Karl, sie liegt fest, ich habe frei. Was meinst Du, wenn wir zwei Beide alleine gingen? Ottilie sucht die Tante Lina mit dem Physikbuch zu bekehren und hat auch noch Briefe zu schreiben. In den nächsten Tagen kommen Ungermann's und dann Kliebisch's ... Die Gelegenheit ist heute günstig."

„Ich muß so wie so hinaus und nachsehen, ob der letzte Regen meiner Ausstellung Schaden zugefügt hat. Der Reichsadler aus den schwarzen Socken auf weißem Grunde reicht dicht bis an das Glasdach."

„Und die Blauholz-Brühe läuft in Strähnen herunter?"

„Nicht doch, die Strümpfe sind goldecht gefärbt."

„Wie Dein Herz, mein Karl. Nein, Du stellst nichts Unredliches aus, selbst nicht in der dekorativen Verzierung. Dir müßte die Stadt eine Statue setzen."

„Unter einer halben Million thäte die es schwerlich. Und noch leb' ich ja, und heute wollen wir vergnügt sein."

„Nicht so laut, Karl! Du scheuchst Tante Lina auf. Seit einer Viertelstunde bullert kein Wagen, der sie niederhielte. Aber weißt Du was ...?"

Ich hinaus nach der Küche und die Blechplatte geholt worauf ich familiäre Konditorwaare backe, und die zum Gewittermachen gebraucht wurde, wenn die Kinder Puppen-Theater spielten, wie Onkel Fritz ihnen gezeigt hatte.

„Karl, faß es an den Ecken oben an und schüttle es; erst langsam, dann mit zunehmender Gewalt und dann ganz balbarisch."

Er übte einige Male bei verschlossener Thür, und als er es konnte, brachte er aus dem Gange einen so natürlichen Donner heraus, daß ein staatlich angestellter Meteorologe nicht im Stande gewesen wäre, ihn von einem echten zu unterscheiden.

Sogar Dorette eilte herbei und fragte, ob es eingeschlagen hätte.

Ich reichte ihr das Blech und sagte, der Herr hätte ein neues Rostschutzmittel probirt, weil sie das Geschirr nach dem Aufwaschen nie ordentlich austrocknete, worauf sie mit länglicher Gesichtsbildung abzog.

Wir haben aber gelacht, mein Karl und ich. Nein, wie haben wir gelacht! Immer wieder, und uns Tante Lina ausgemalt, wie sie sich ins Bett eingräbt und die Ohren verpanzert. Und lachenden Sinnes verließen wir das Haus wie die großen Kinder.

Wir hatten ja einen freien Tag.

Uns lächelte das Glück. An meines Karls Aufbau war der Regen vorbeigeglitten, um einen Konkurrenten einzunässen; der Adler prangte siegreich in seiner ganzen künstlerischen Schönheit, wir betrachteten die Sündfluth nebenan, denn kein Mensch ist so hartherzig, daß ihn das Mißgeschick seines Nächsten nicht zur Begutachtung einlüde und als wir den Schaden verhältnißmäßig gering fanden, waren wir zufrieden. Es hätte uns ja das Nämliche blühen können.

In dem Hauptgebäude naschten wir hier und da im Vorübergehen an den gewerblichen Leistungen und strebten dem Freien zu. Im Grünen sitzen, das schöne Konzert der badischen Leibgrenadiere aus Karlsruhe anhören, das war unser Plan. Sie spielen ausgezeichnet, auch ältere Stücke aus altmodischen Zeiten, die mir besser gefallen, als welche die Jüngeren machen. Die fangen an, die Musik windet und krümmt sich, und wenn man meint, nun kommt da 'was, ist die Geschichte aus.

Der Blick auf das weiße Eß- und Trinkschloß mit dem Wasserthurm ist bei Nachmittagsbeleuchtung einzig. Von der Sonne angeglüht, hebt es sich italienhaft von dem blauen Himmel ab, und spiegelt sich in dem See, den Gondeln und Barken beleben. Auch die in den Park hereingeleitete Spree muß verdienen helfen, und das thut sie, indem Hunderte sich für einige Nickel nach dem Karpfenteich hin und zurück wricken lassen. Da ich ebenfalls Gelüste äußerte – Wasserfahrt mit Walkürenritt-Orchesterbegleitung ist eben zu ideal – willigte mein Karl ein, aber gerade, als er die Schwimmscheine für uns lösen wollte, redete ihn ein Herr an.

„Endlich erwische ich Sie," sagte der ... „Kommen Sie man gleich mit. Sie haben mir versprochen, unseren Pavillon zu besuchen; jetzt hilft kein Sträuben."

Mein Karl stellte ihn vor: „Herr Schulz, städtischer Beamter, Freund vom Stammtisch."

Dieser Zusatz wirkte vergällend, denn alle Erfahrungen die ich bis dato mit diesem Möbel gemacht habe, sind unerfreulich. Ich halte den Stammtisch für eine Art Magnet, der nichts Gutes an sich zieht, wodurch die Besseren verdorben werden und sollte thun als wenn ich mich geschmeichelt fühlte. Diesem zu entgehen sagte ich: „Mir wollten gerade ein wenig gondeln."

„Das ist bei Abend viel schöner," entgegnete Herr Schulz, „und wir machen um Achten zu. Gehen wir gefälligst."

Sich mit städtischen Beamten anlegen, halte ich für riskant; ich fügte mich daher, als hätte das Gesetz gesprochen. Auch kam mir unwillkürlich der Gedanke: sollte dieser Schulz wohl gar die Strafe für den Unfug sein, den wir mit Tante Lina getrieben?

Es giebt eine Nemesis, nur daß der Eine früher hineinrennt, der Andere später. Aber gerannt wird.

Herr Schulz hakte meinen Mann unter und zog ihn wie einen Arrestanten vorwärts. Ich folgte, bis vor einer Einbuddelung mit Mauerarbeit gehalten wurde.

„Nur heran," sagte Herr Schulz. „Nur heran, Madamchen. Hier können Sie sich mit dem Haupt-Kanalisationsrohr der Stadt Berlin anfreunden und Ihre geehrten Vorurtheile gegen die Rieselfelder ablegen. Oder gehören Sie schon zu denjenigen, welche eine höhere Stufe erklommen haben und nichts gegen den Kohl einwenden, den wir bauen?"

„O nein," erwiderte ich mit einiger Anstrengung zu lächeln.

„Schönecken, womit die Stadt am meisten zu kämpfen hat, das ist der Unverstand. Sehen Sie dieses Rohr aus besten Klinkersteinen – bitte treten Sie ein – stellt die unterirdische Leitung dar, durch das die Abwässer entfernt werden. Hier an der Seite die Hausanschlüsse. In der Mitte der Einsteigeschacht."

Wir also hinein in das Rohr. Es war trocken und propper, worauf es beim Gebrauch allerdings keinen Anspruch macht, aber trotzdem war ich froh, als wir es nach Herrn Schulz Meinung hinreichend kennen gelernt hatten, wir waren doch gekommen, um uns zu vergnügen. Und Kanalisation ist kein Vergnügen.

Hierauf mußten wir uns die Filteranlage gefallen lassen, woran der Fachmann sieht, wie das Trinkwasser für Berlin gereinigt wird. Für die Stadt und ihre Bewohner ist dies von größter Wichtigkeit, Epidemien hängen davon ab und Armenpflege. Aber wenn man Lust hat, fein zu speisen, schwindet das Interesse an den unterirdischen Wohlfahrtseinrichtungen.

Mein Karl und Herr Schulz lagen bei der Besichtigung bald in Meinungsverschiedenheiten und fochten, wie mir schien, alte Stammtischscharmützel über die Stadtverwaltung aus.

Zuletzt legte ich mich ins Mittel und fragte, ob die Herren keinen Durst verspürten?

„Erst das Geschäft," entgegnete Herr Schulz, „und dann die Weiße. Sehn Sie, Buchholz vertritt die Abfuhr an unserem Tisch ..."

„Karl," nahm ich strenge das Wort, um Herrn Schulz darauf zu stoßen, daß er Rücksicht auf meine weibliche Anwesenheit nähme, „Karl, was geht Dich die Politik an? Du geräthst noch so tief hinein, daß wir von dem schönen Abend nichts mehr haben, verzeihen Sie, Herr Schulz, unsere Absicht war, uns zu amüsiren."

„Sollen Sie auch. Kommen Sie man mit. Buchholz macht uns jedesmal Opposition im Bezirksverein, das muß ihm ausgetrieben werden."

Ich war empört. Aber ein städtischer Beamter ...!

Der Pavillon der Stadt Berlin gefiel mir. Außen ansehnlich und inwendig lustig und sinnvoll gemalt, gestattet er dem Steuerzahler einen Einblick in die Mühewaltung der Oberleitung für das Gedeihen und die Entwickelung der Residenz.

„Sind dies Telephondrähte?" fragte ich bei einem Plan, in den Stäbe gestochen waren, von denen feine Fäden nach einzelnen Punkten gingen, kurze und längere.

„Sehen Sie's man gründlicher an," forderte Herr Schulz auf. „Das sind nämlich die Schulwege, wieweit die Kinder zu laufen haben, bis sie an die für sie bestimmte Bildungskrippe gelangen."

„Da haben manche eine gehörige Ecke."

„Irgendwo wohnt man in der großen Stadt immer weit ab," sagte Herr Schulz. „Aber Sie sehn, wie durch solche Pläne Licht in die Sache dringt und darauf hin, wie es nur geht, Aenderung geschaffen wird. Jedoch wird trotzdem auf die Verwaltung geschumpfen."

„Fällt mir gar nicht ein," erwiderte mein Karl. „Ich behaupte ja blos: vom national-ökonomischen Standpunkt ist Abfuhr eindringlicher ..."

„Karl, bist Du parlamentarisches Fractionsmitglied, daß Du denselben Ekel immer wieder aufrührst? Also Schluß. – Und was ist dieses?"

„Handarbeiten der Blinden, aus der städtischen Anstalt."

Ich betrachtete die Sachen, Wie sauber das Geflochtene und Gehäkelte und die Pantinen und was sie Alles herstellen! In ewiger Nacht mit dem Tastsinn gearbeitet! Und viele, viele, die ihr Augenlicht haben, sind faul und ungeschickt. Führt sie her, daß sie sich schämen.

Aus den verschiedenen Fortbildungsschulen sind Fachleistungen ausgestellt. An die Stellen der Handwerksmeister sind Schulen getreten. Wie die Zeiten sich ändern. Ich hatte keine Ahnung davon, wie die Stadt in diesem Sinne sorgt und strebt. Gut, daß man es hier gewahr wird, wenn auch, wie es ja nicht anders durchführbar, blos in Proben.

„Herr Schulz," sagte ich, „wenn ich eben solchen Hut trüge, wie mein Mann, würde ich ihn hochachtungsvoll abnehmen." – Mein Karl lüftete pflichtschuldigst seinen spiegelblanken Zylinder, neu aufgebügelt, ohne die kleinste Krampfader darin, den er zur Erhöhung der Festfreude aufgesetzt hatte.

„Lassen Sie den Tintenproppen man sitzen, Buchholz," entgegnete Herr Schulz. „Besser reden Sie am Stammtisch weniger Unsinn."

„Wenn Jemand Unsinn redet, liegt es am Hörer," fuhr ich auf.

„Stimmt! Es giebt Horchlappen, die auf Vernunftgründe nicht reagiren," sagte Herr Schulz.

„Wie die geehrten Ihrigen," wischte, mein Karl ihm aus.

Ich wollte auch noch einen Satz hinzufügen, aber die Beiden sahen sich an und lachten. Es war nur eine kleine Neckerei gewesen, ein sogenanntes Wortgefecht ohne tödtliche Beleidigung, wie sie, hieraus zu schließen, unter sich gewohnt sind.

Herr Schulz erklärte uns das Rieselfeldmodell, die einzelnen Ackerflächen, wo Getreide gebaut wird und wo Gemüse und wie das Pumpstationswasser durchsickert, daß es klar und rein wird und selbst Goldfischen zum Aufenthalt dient, ohne daß sie an Typhus zu Grunde gehen, wie zwei lebende Beispiele kund thaten. Fischen ist bekanntlich in Gedichten und kleineren Erzählungen immer wohl, allein wer sagt, ob sie in Wirklichkeit nicht doch schon Leibschneiden oder Rollern haben, da sie in eins weg blos Glupaugen machen? Ich kenne nichts Melancholischeres als Goldfische.

„Muntere Thierchen, nicht wahr?" sagte Herr Schulz, als er sie wieder wegthat.

„Schon mehr Schlummerköpfe mit Flossen!“ wollte ich antworten, aber ich nahm eine andere Wendung. So darf man städtischen Beamten doch wohl nicht kommen? „was ist dieses inmitten der Rüben und Radieschen?“ fragte ich, „dies Rothe und Weiße?“

„Wenn ich Ihnen das sage, das glauben Sie ja doch nicht.“

„Versuchen Sie's!“

„Das sind nämlich Rosen, Damascener Rosen und daraus wird hier in Berlin in der ›Rothen Apotheke‹ Rosenöl destillirt.“

„Was Sie sagen!“

„Sehen Sie, wie ich schon wußte, kein Deibel will's glauben. Und doch ist es so. In Sachsen fingen sie mit den Rosenpflanzungen an und wir versuchen es jetzt auch mit Erfolg. Denn das deutsche Rosenöl wird in Paris um die Hälfte theurer bezahlt als das beste türkische, weil es mehr hergiebt, feiner ist und garantirt unverfälscht, was sagen Sie nun?“

Ich war stumm. Dann rief ich verwundert aus: „Karl, was wir so nach Osdorf rieseln, wird Rosenöl! Das übersteigt die kühnste Phantasie.“

„Einfache Ausnutzung der Naturkräfte durch Stadtverordnete, weiter nichts,“ sagte Herr Schulz mit bescheidenem Stolz, der hier auch am Platze war, wenn man bedenkt, daß die Behörde aus Abscheu köstlichen Rosenduft gewinnt, während die jüngste Dichterrichtung das Leben aller Kränze entkleidet und die Menschheit mit Sielschlamm begießt.

Die Riesen-Riesel-Kartoffeln, Kohlrabi, Salat, Hafer, Roggen- und Weizenstauden fesselten uns ebenso sehr wie die goldverzierten Fläschchen mit der Rosenessenz und, eh' wir es uns versahen, war Schluß des Pavillons. wir dankten Herrn Schulz, der darauf bestand, uns zu einer Weißen einzuladen, die wir ihm als städtischem Beamten nicht abschlagen durften.

Mein Karl hatte eine kleine Verschwendung bei Dressel und Adlon nach der Gondelung vorgehabt, die fiel jetzt in Weißbier mit Sülzcotelette und Bratkartoffeln, was durstlöschend und sättigend war, wenn auch ohne die immense Vornehmheit, die wir uns dort unter den Spitzen Berlins angethan hätten.

Wir bauten daher bald ab. Herr Schulz erläuterte uns noch die Straßenpflasterung und kam dabei wieder unter die Erde auf die Rohrlegung, und die Kabbelei von vorhin stand vor erneutem Ausbruch. Der Vernünftige aber zieht rechtzeitig vor dem Streit Leine. Ich sagte: „Wir gehen!“ Auf dem Heimwege fragte ich: „Was Tante Lina wohl macht? Das Wetter hat sich wundervoll gehalten.“

„Hoffentlich hat sie nichts gemerkt,“ sagte mein Karl.

Als wir zu Hause anlangten, war weder Tante Lina vorhanden noch Ottilie. „Dorette,“ rief ich, „Dorette, wo sind die Damen?“

„Mit einen jungen Herrn ausjefahren. Was die Tante is, meinte, mit den einen dollen Schlag wäre das Gewitter wohl alle jewesen.“

„Wer war der junge Herr?“

„Kennen duh ick'n nich, aber die Freilein Ottilie, die schien als wenn't en intimer Fremd von sie sein dähte.“

„Es ist gut, Dorette, Sie können gehn.“

Ob es der junge Mann von neulich war? Oder ein anderer? Tante Lina und Ottilie haben sich auf ihren gemeinschaftlichen Gängen sehr aneinander geschlossen. Man hätte sie nicht ohne Aufsicht lassen sollen.

„Karl,“ rief ich. „Da haben wir uns was Schönes zusammengedonnert.“

„Deine Idee, Minchen.“

„Du thust sonst doch nie, was man Dir sagt. Warum denn gerade heute den Unsinn?“

„Gute Nacht, Minchen. weißt Du, das Schlafen in der Fabrik hat doch etwas für sich.“

Er ging. Ich wartete auf den rückständigen Hausbesuch. Als sie endlich kamen, that ich, als sei ich nicht im Geringsten neugierig. Ottilie erzählt mir von selbst bei Gelegenheit haarklein, was war. Und verschweigt sie den jungen Mann, zwick ich ihn aus Tante Lina, was zwei Weiber wissen, ist so gut, als hätte die Dritte es schriftlich.

Kindervergnügen

Als Großmutter ist man den Enkeln schuldig, ihre jungen Seelen mit Geistessämereien fürs Leben zu bestellen und, da ich ihnen von den Löwen und Elephanten und den Eisbären erzählt hatte, die, wenn sie auch weniger ins Gewerbliche, so doch ins Verdienliche schlagen und deshalb ausstellungsberechtigt sind, ließen die lieben süßen Wesen keine Ruhe, bis der Vater schalt: „Hat sie Euch den Kopf voll geschwatzt, scheert Euch zu ihr, ich gebe bei den schlechten Zeiten kein Geld für Allotria her."

Dies vernahm ich unbemerkt im Nebenzimmer sitzend, auf meine Tochter wartend, die zu ihrer Schneiderin geeilt war, um bei der verabredeten Kinderpartie ihren Stand tadellos zu vertreten. Und beispiellos billig: einfach ein älteres Schwarzes aufgedoktert, mit einem maigrünseidenen goldgestickten Schultereinsatz durchaus nicht auffallend knallig, sondern hochdezent, nebst schwarzgarnirtem Hut, aus dessen Federn und aufgerichteten Schleifen schmale, ebenfalls maigrüne, mit Goldlitze eingefaßte Sammetbändchen hervorlugen, so daß durch die Mitwirkung ihres rosigen Teints meine Tochter in dieser Zusammenstellung sich als sogenannte Farbensymphonie sehen lassen kann.

Und dies Vergnügen wollte der eigene Gatte stören, weil ihm die Löwen zu theuer waren. Freilich kannte er das Kostüm noch nicht, da sie ihm wohlweislich nie mit der Kleiderfrage kommt, bevor sie drin sitzt und er sein Wohlgefallen äußert. Er mag es, wenn seine Frau liebreizend aussieht, und, wenn sie ihm vorrechnet, wie sparsam sie sich verschönert hat, giebt er ihr einen Kuß extra.

Ich wollte mein Maisgelbes anziehen, Betti hatte sich für helles verwaschenes Blumenmuster entschieden, Ottilie, wie immer, in ihrem Blauen, und Tante Lina Grünbräunlich-Changeant. Die Kinder waren sämmtlich in Weiß gedacht, die Knaben mit Marinekragen, weil, wenn man zufällig jemand aus maßgebenden Sphären anrennt, dieser sagt: „Sieh da, eine Familie, die die steigende Bedeutung des Seewesens erfaßt hat. Wer mag das sein? – Und man kann nicht wissen, ob solcher Zufall dem Fortkommen der Enkel nicht von Vortheil ist? In den Schicksalen berühmter Männer liest man stets, wie ähnliche Nebenthatsachen die Wandlung zur Größe verursachten.

Und dann hatte ich Frau Butsch mit den beiden Stief-Kinderchen eingeladen. Sie möchte ihnen gern mehr gewähren, als Herr Butsch gestattet wegen ihrer Groschensiebe von Händen und da dachte ich: nimm sie auf Dein Konto, Wilhelmine, sie übertragen es aus die Stiefmutter, und in das Wurachen um den Erwerb scheint ein Tag der Liebe hinein, an dem die Herzen einander zublühen, wie Erika sagte, als ich ihr meine Ansicht mittheilte und sie fragte, ob sie und klein Wilhelmine sich anschlössen?

Sie hatte Lust, aber Onkel Fritz war verweigernder Meinung.

„Mein Töchterchen ist noch zu harmlos, die Verdienste des Arbeits-Ausschusses zu würdigen.“

„Wird auch nicht verlangt, für sie sind die übrigen Schaustellungen.“

„Zu zart.“

„Die wilden Thiere.“

„Zu ängstlich.“

„Aber die Aeffchen im Affenparadies?“

„Die Affen überläßt sie ihrem Vater.“

„Also Du willst nicht?“

„Nein!“

„Warum nicht?“

„Beantworte mir: was bleibt dem Erwachsenen, wenn er als Kind schon alle Reizmittel durchkostet, die zum Todtschlagen der Zeit geboten werden? – Uebersättigung. Man badet einen Säugling in der Wanne und hält ihn nicht unter den Rheinfall.“

„Seit wann bist Du so weise."

„Seit ich Vater bin."

Er sprach das mit einem Ausdruck tiefinnerer Glücklichkeit, der alles weitere Anpurren hinfällig machte. Seine Liebe ist es, die über dem Kinde schützend die starken Arme ausstreckt. Und wenn Liebe übertreibt, wer möchte sie darum schelten?

Erika heißt stillschweigend gut, was er bestimmt oder vielmehr, er vollführt, was ihr Denken und Sinnen ist, und das Töchterchen gedeiht dabei; ein wahres Herzeken. –

Mein Grundsatz ist, wenn Kinder mitgenommen werden, sie erst tüchtig satt zu machen und am weitesten langt man mit Napfkuchen. Der ist nahrhaft, stopft und hält vor.

Es war ein liebliches Bild, als das halbe Dutzend Jugend um den Tisch saß und den Kuchenteller meuchelte: Fritz und Franz, Betti's Karla und Willi und Butschen's Peter und Edmund, alle in weiß, wir Aelteren tranken Kaffee, ebenfalls mit Napfkuchen, von dem Tante Lina sich sogar das Rezept ausbat. Daß sie sich in gehobener Laune befand, betrachtete ich als eine Mahnung aus oberen Regionen und als Gutheißung meiner Absicht mit der verlorenen Tasche, die sich endlich reumüthig angefunden hatte. Die Zahnbürste und das Gläschen Kölnisches Apothekerwasser hatten zum Besitzausweis genügt.

Tante Lina ahnte nicht, daß ihr sehnlich vermißtes Handgepäck im Nebenzimmer auf das Wiedersehen harrte und erst als abgegessen und ausgetrunken war, nahm ich Fritzchen nebenan, gab ihm die Tasche und sprach: „Wenn ich Dich rufe, kommst Du und überreichst sie Tante Lina mit einem höflichen Diener und sagst: ›Liebe Tante‹."

„Ich hab' ihr garnicht lieb."

„Doch, mein Fritzchen. Tante Lina wird großmüthig an Dir handeln."

„Wir wollen bei die Löwen."

„Erst giebst Du Tante Lina das Täschchen und sagst: ›Liebe Tante, dies hab' ich gefunden, nimm es freundlich hin.‹ Dann umarmt sie Dich und küßt Dich."

„Will ich nicht."

„Doch, Fritzchen. Nun sei artig; gleich rufe ich Dich."

Tante Lina erzählte der Butschen gerade eine Geschichte von Viedt's. „Viedt's haben die schönen Ländereien und könnten viel mehr daraus machen, aber sie sind mit Erlaubniß zu sagen für reichlichern Dung und nicht für das Auspowern der Aecker und sind so thätig im Geschäft, indem sie jede Kleinigkeit mitnehmen und dadurch das Ihrige erreichten. Sie sagen nicht, wie viel sie haben, aber man weiß es doch so ziemlich."

„Rechnen Sie gern in Anderleuten Portemonnaie herum?" fragte die Butschen.

Tante Lina wurde spitznäsig und dann glimmt es in ihr. Es war höchste Zeit, den Vesuv auszutreten und deshalb sagte ich rasch: „Liebe Tante, bevor wir aufbrechen, wünscht Fritzchen Ihnen einen kleinen Beweis seiner Verehrung darzubringen." Es war dies zwar nicht ganz zutreffend, aber in der Eile entwegen die Sätze leicht. „Komm, Fritzchen."

Er kam nicht. Die Kröte tückscht, dachte ich und öffnete die Thür. „So komm doch, Fritzchen!"

Da kam er. Aber wie!

Ihm war wohl die Zeit lang geworden und neugierig, wie Kinder sind, hatte er in Tante Lina's Tasche gekramt. Ihre Korkzieherlocken hatte er sich über die Ohren gehängt und ihr neues Gebiß trug er in der flachen Hand wie ein Vogelnest, die geöffnete Tasche über dem Arm. Und so schob er seelenvergnügt auf Tante Lina zu.

„Meine Tasche!" rief sie und aufgesprungen und die Schönheitsbeihülfen an sich gerissen und weggestochen. Sie flog vor Aufregung und pustete, wir war der Vorfall mehr als peinlich. „Liebe Tante!" begann ich.

„Schon gut! Schon gut!" stieß sie hervor. „Das war ein starkes Stück. Sie haben wohl nichts dagegen, wenn ich noch heute abreise?"

„Aber nein ..."

„Aber ja, und dabei bleibt's." Und mir einen furchtbaren Blick zuwerfend, fügte sie hinzu: „wir sind für ewig geschieden – Mein bischen Hab und Gut vermach' ich dem Waisenhause, da sind artige Knaben drin und, mit Erlaubniß zu sagen, keine ungezogene Rangen."

Emmi wollte Petroleum ins Feuer gießen, weil sie doch die Range nicht auf Fritzen sitzen lassen konnte, aber ich rief: „Wenn jemand Schuld hat, bin ich es," und entfernte mich mit Tante Lina. Es half jedoch kein Bitten und Beten, sie war zu aufgebracht und ließ keine Entschuldigung gelten.

Auf ihren Wunsch blieb Ottilie bei ihr, packen zu helfen, und wir karawanten nach Treptow.

Unterwegs machten mir Emmi und Betti Beide Vorwürfe: was der Sanitätsrath sagen würde, wo ich doch hätte wissen müssen, daß die Tante den Knaben unbedingt etwas ausgesetzt hätte und sie deshalb ganz anders zu behandeln gewesen wäre. Die Butschen meinte, selbst im Schauspielhause fielen Stücke durch, ich hätte mir es wohl anders gedacht, wie es hinterher kam.

„Sie verstehen mich, Frau Butsch," entgegnete ich. „Meine Absichten waren lauter und rein."

„Wieviel hat die Olle denn?" fragte sie.

Ich war zu zerklüftet, um sie zurechtzustoßen.

„Mama," sagte Emmi, „denke Dir, ich habe meine Börse vergessen. Du bist wohl so gut und legst aus?"

„Ich bezahle Alles!" erwiderte ich ergebungsvoll. – Durch diese Versicherung wurden sie heiterer und dachten nicht mehr so nagend und anhaftend an Tante Linas Testament. Und war es so bombensicher, daß sie die Enkel hineingenommen hätte, auch wenn nichts passirt wäre? Denn erstens ist die Verwandtschaft nur weitmaschig und zweitens: wenn irgend ein Viedt Wittwer wird ... sie ist im Stands, in den heiligen Ehestand hineinzuschliddern.

Betti und Emmi wollten erst nach dem Damenheim, wo die neuesten Moden alle acht Tage wechseln, und dann mit den Kindern nach den wilden Thieren; die Butschen hatte ihren Beiden versprochen, den Walfischkopf in der Fischerei zu zeigen, worüber Uneinigkeit auszubrechen drohte.

Unter lebhaftem Für und Wider langten wir an. Ich löste die Eintrittszettel. In Summa fünf Mark.

Oben von der Ueberbrückung aus gewahrten die Kinder sogleich den Riesen-Elephanten, der als bewohnbares Symbol des Gregory'schen Exportbieres dasteht, das in Hunderttausenden von Flaschen in die heißen Länder versandt wird, wie die Inschrift besagt.

„Merkwürdig," sagte die Butsch, „daß der Durst allerwärts derselbige ist. Oder kriegen sie ihn erst, wenn das Bier hinkommt?"

Es freute mich, hieran wahrzunehmen, daß sie anfängt, sich auf überseeische Kulturfragen zu werfen, was sie früher nie fertig gebracht hätte. Wegen der Kinder war jedoch eine gründliche Erörterung unstatthaft. Denn was ist, genau genommen, Durst? Wo fängt er an und wo wird er sträflich?

„Gehen wir jetzt ins Damenheim?“ fragte Betti in einem Tone, als wenn wir uns nach ihr richten müßten. Ich verstand sie natürlich nicht und sagte: „Was meint Ihr zu einer Nordpolfahrt? Seht doch diese Gletscher und Eishöhlen, täuschend aus Gips geklackst, belehrend für jedermann, der keine Aussicht hat, je in seinem Leben den wirklichen Nordpol zu erreichen.“

„Ich habe mir erzählen lassen,“ bemerkte die Butschen, „der Nordpol wäre blos, daß einer sich berühmen kann, dagewesen zu sein, und Butsch sagte, wenn man hinkommt, ist er es gar nicht! Ob sie dort auch wohl solche Sitzbänke haben, die von selbst in'n Gang gehen?“

Ich hatte mittlerweile für Fahrscheine eine Mark vierzig abgeladen, wir selbst luden uns auf die fahrbaren Bänke und sausten in den Gips hinein mit der sich steigernden Besorgniß: „Wo ist die Umstürzecke?“ wir hatten mehr Glück als Vergnügen, indem wir unzerbrochen landeten und waren herzlich froh, diese Belustigung hinter uns zu haben.

Betti beantragte nunmehr die elektrische Rundbahn. wir rasch zur Haltestelle, für eine Mark Nickel zusammengesucht, den Automaten gefuttert, durch das Drehkreuz gezwängt und am Halteplatz waren wir. Die Bahn kam; zwei Wagen voll, wir sahen ihr mit gemischten Gefühlen nach, als sie schnöde davon fuhr.

„Wir benutzen den nächsten Wagen.“

Der war noch völler.

Dann kamen wieder zwei mit Platz, aber schlecht gemessen für uns alle.

Der folgende Solowagen war auch zu klein.

„Wir lassen uns unser Geld wieder geben,“ sagte Emmi ärgerlich.

„Von wem denn? von dem Automaten? Der ist, wie die Steuer, nicht aus Herausrücken eingerichtet.“

„Wir müssen suchen, enzelnt mitzukommen und treffen uns bei den wilden Thieren,“ schlug die Butsch vor.

Und so geschah es, wenn auch nicht gleichmäßig hintereinander, sondern je nach der Ueberfüllung in mehrfachen Abständen. Schließlich war ich allein die letzte, die eine Stehgelegenheit auf der elektrischen Ortsveränderung heranlauerte.

Die Fahrt war beharrlich genug, um an Tante Lina zu denken. So in Bitterniß scheiden ... das wurmte mich und gar zu gerne hätte ich sie wieder gut gehabt. Nicht wegen ihrer Groschen – nein. Aber wer weiß, ob wir je wieder zusammenkommen und wir haben den Groll nicht begraben, bis es zu spät ist. Ich hätte doch wohl bei ihr bleiben müssen? Aber ich hatte den Kindern doch auch den Nachmittag versprochen.

Die kleinen Lämmer – sie waren in ihren weißen Anzügen ganz wie Lämmer – freuten sich, als ich endlich anlangte – „wo bleibst Du, Mama?“ schalt Emmi, „wir stehen hier wie die Narren.“ – „Kind,“ entgegnete ich, „warum verdrießlich über so kleines Ungemach? Es giebt Schwereres, als ein bischen warten in schöner, freier Natur. Aber kommt.“

Der Hagenbeck'sche Thiercirkus war justement zu einer neuen Vorstellung geöffnet. Für drei Mark fünfzig bekamen wir Plätze, von denen der große runde

Käfig gut zu sehen war. Die Kinder saßen vor uns und planschten in Erwartungswonne. Und als es los ging, als drei Seehunde gebracht wurden, die Pfeife rauchten, eine Wiege schaukelten und Pistolen abschossen, brach heller Jubel bei ihnen aus.

„Rauchen die Seehunde immer?" fragte Franz.

„Nur wenn sie müssen," sagte Emmi. „Sie sind abgerichtet."

„Ist Papa auch abgerichtet?"

„Dummes Zeug. Papa raucht zum Vergnügen."

Die beiden Jungen warfen sich Blicke zu, aus denen ich entnahm: Nächstens spielen sie Papa oder Seehund, je nachdem ihnen der Tabak bekommt.

Vier Elephanten machten darauf ihre Kunststücke bewunderungswürdig. Ich bin überzeugt, es giebt Menschen, die nie lernen, auf Weinflaschen spazieren zu gehen, wie diese unvernünftigen Creaturen, oder es liegt am Erziehungswesen, daß sie hoffnungslos bleiben. Der Elephant kann solche Kunst in seiner Heimath allerdings nicht verwerthen, aber man sieht doch, was ihm beizubringen ist. Und wie viel muß der junge Mann sich einrammen, ehe er einjährig dienen darf. Und doch sollen zuweilen Professoren sich anmaßen, mehr wissen zu wollen als ein Einjährig-Freiwilliger.

Nun kam die Glanznummer. Hunde, schöne deutsche Doggen, sprangen herein. Drei Löwen folgten, zwei Tiger, zwei Jaguare, zwei Bären, ein Eisbär. Die setzten sich in der Runde, jeder auf sein Brett und der Bändiger ging mitten unter sie und ließ sie arbeiten. Ein ausgewachsener Königstiger fuhr Zweirad, ein anderer lief auf einer Kugel, ein Bär tanzte aufrecht gehend Seil, kaum wiedererzählbar unwahrscheinlich und doch ohne Augenverblendung. Ein Löwe fuhr auf einem Wagen, mit Krone und Purpurmantel angethan, von zwei Tigern gezogen und zuletzt bildeten alle Thiere, auf Säulen vertheilt, eine malerische Gruppe, worin der Eisbär oben lag, der vorher nie ruhig auf seinem Platz blieb, sondern die anderen wohlerzogenen Mitwirkenden störte und anschnauzte und von ihrer Pflicht abzulenken suchte.

Ich dachte mir mein Theil. Starker Wille und Unbeugsamkeit mit Güte und richtiger Erkenntniß zwingen selbst wilde Raubthiere zu friedlichem Zusammenleben. – Aber ohne einen Stänker geht es auch hier nicht ab.

Wir waren alle hochbefriedigt, nur die Kinder wünschten noch mehr Löwen und Tiger, gaben sich jedoch, als es hieß, nun gehen wir zu den Aeffchen.

Neben dem Thier-Cirkus ist das Hagenbeck'sche Affenparadies. Zweihundert Affen in einem Käfig, wo sie Holzpferde haben, russische Schaukeln und Klettergerüste, die Glieder geschmeidig zu halten. Und nur eine Mark vierzig für uns alle. Man athmete ordentlich über die Billigkeit auf, denn zuletzt kommt man sich auf der Ausstellung vor wie in Umlauf gesetzte Scheidemünze.

Die Kinder waren glücklich, und es läßt sich nicht leugnen, der Affe ist possierlich. An dieser alten Wahrheit rüttelt selbst der Ernst der Zeit vergebens. Aber er ist auch boshaft. Ein kleines Aeffchen war, wie man so sagt, drunter durch, wohin es kam, spielten die anderen Affen ihm übel mit, daß es gellend schrie und sich flüchtete. An die Stäbe des Gitters floh es, als wenn es weit, weit hinweg möchte und bewegte die Lippen und quäkte und schalt und zog Falten vor der Stirn und die blanken Augen flogen hin und her.

Da riefen die Kinder: „Das ist Tante Lina! Das ist Tante Lina!“ Und lachten und riefen: „Tante Lina!“

Ich verbot ihnen die Unart. Es half nichts, „wer das noch einmal sagt, kriegt 'ne Abrundung,“ drohte Emmi mit einer entsprechenden Handbewegung. Das steuerte etwas. Aber sie lachten innerlich „Tante Lina“.

Ich dankte meinem Schöpfer, daß die Tante nicht zugegen war. Kinder wissen ja nicht, wie grausam sie in ihrer Einfalt sind. Ich nahm Betti abseits, gab ihr ein noch zum versaufen bestimmtes Zehnmarkstück und sagte: „Bleibt Ihr hier und amüsirt Euch, ich muß nach Hause.“

„Wegen Tante Lina?“

„Ja. Sie ist gekränkt, wenn auch das Donnern mehr Scherz war ...“

„Welches Donnern?“

„Nichts! Nichts! Ich habe Eile! Geht mit den Kindern in die Milchhalle, wenn sie hungrig werden, und habt gut acht auf sie!“ – Ich eilte heim.

Ich nahm den hinkömmlichsten Omnibus so besetzt er auch war. „Bitte,“ sagte der Schaffner, „möchten die Herren sich nicht auf das Blumenbrett bemühen,“ worauf die Stehgäste eine Etage höher stiegen. Ich blickte den Fahrdirektor fragend an. – „Wenn ich ›Deck‹ sage,“ antwortete der, geht Keiner rauf, aber auf's ›Blumenbrett‹ gehen sie, indem sie sich dann hübscher vorkommen. Und nächstens werden die Decksitze auch für die Damen freigegeben. Blos daß die Treppen noch die öffentliche Sittlichkeit scheniren. Da muß was'rum.“

Da durchzuckte mich die Lösung der Gleichberechtigung. „Einfach Uniform," hallte es in mir. Wenn die Frau erst Reservelieutnant wird, hat sie das Ziel erreicht. Und wie Mancher würde das zweierlei Tuch bezaubernd stehen. Blos auf Damen im Majorsalter wäre Rücksicht zu nehmen und ich für meine Person, ich glaube, ich bleibe doch lieber unten.

Tante Lina war nicht abgereist. Gottlob! Ottilie hatte ihr zugeredet. Das werde ich ihr gedenken.

„Mir war mit Erlaubniß zu sagen, die Galle hochgekommen," erklärte Tante Lina ihren Zorn, „und ehe ich reise, möchte ich, daß etwas Gewisses in die Reihe kommt." Sie sah mich scharf an und fragte: „Finden Sie nicht auch, daß Herr Kriehberg ein sehr netter Mann ist?" –

„Kriehberg? Nein."

„O doch, er erinnert mich etwas an Johannes Viedt. Und Ottilie ist ihm geneigt."

„Ottilie," rief ich, „hinter meinem Rücken, wo ich Dich so gewarnt habe?"

„Da ist nun nicht viel mehr bei zu machen", sagte Tante Lina scharf. „Hätten Sie mehr Zeit bei uns übrig gehabt, hätte Herr Kriehberg uns nicht herumzuführen gebraucht. wenn junge Leute sich lieben, so soll man ihr Glück nicht hintertreiben. Einmal verjagt, kommt es nimmer wieder. Niemals. Nie."

Sie zog viele kleine Stirnfalten und auch ihre Augen glänzten bald mich an, bald Ottilie.

Ein Glück, daß die Kinder nicht da waren.

Verwickelungen

Wo man nicht direct selbst dabei ist, werden Verkehrtheiten vollführt, auf die man nach mehrtägiger Ueberlegung nicht gekommen wäre. So auch dieses Mal.

Bei meinem Schwiegersohn, dem Sanitätsrath, hat es nämlich einen Krach gegeben. Und worüber? – Ueber mich!

Betti hat mir es wiedererzählt. Die hat es von ihrer Schwester, der Frau Sanitätsräthin, und hatte auch wohl damit hinter dem Berge gehalten, wenn wir nicht in einen Kampf wegen vier Mark fünfzig gerathen wären, die sie als Auslagen für die Kinder-Expedition nach Treptow heraushaben wollte.

„Betti," sagte ich, „nachdem ich Unsummen für Eintritte in's Ganze und Sonderspecialitäten und ein freiwilliges Zusatz-Zehnmarkstück gespendet, verthut Ihr noch volle vier Mark und fünfzig auf mein Konto? Das finde ich heftig. Und ein für alle Mal – ich zahle nicht. Für Gewaltsachen habe ich kein Gemüth. Womit habt Ihr denn das viele Geld verprezelt?"

„Die Kinder mußten doch das Eismeerpanorama sehen!"

„Was war denn da los?"

„Denke Dir, Mama, eine riesige Eiskute."

„Reelles Eis?"

„Warum nicht gar Vanille-Eis? Gott bewahre, aus Farbe, wie so Panoramen überhaupt, vorne Gewässer mit Seehunden und Möven und im Hintergrunde mit mindestens elf Stück lebendigen Eisbären."

„Betti, die Kinder hatten im Thiercirkus Bären genug gesehen und Kunstgletscher vorher. Das war unnöthig, weil verschwenderisch."

„Und zwei Eskimos und eine Eskimofrau".

„Was hatte die an?"

„Pelzjacke und Pelzhosen, gerade so wie die Männer."

„So weit sind sie schon da oben in der Aufklärung?"

„Und denke Dir, die Eisbären nahmen der Frau Fische aus dem Munde, ganz zahm. Und kriegten was mit dem Stock auf den Rüssel und rissen aus wie die Hämmel."

„Betti, sag' selbst, ist das noch Naturgeschichte? Wenn der Lehrer den Kindern erzählt, der Eisbär ist das gefährlichste und grimmigste Raubthier des Nordens, – Ottilie hat den Brehm mitgebracht, da steht es drin – das den Menschen auf dem Lande und in Schiffen angreift und nach blutiger Gegenwehr auffrißt, lachen sie ihn ohne Frage aus, weil sie den Gegenbeweis erlebt haben. Die Folge ist Nachbleiben, Strafarbeit, schlechtes Zeugniß und elterliche Senge. Und dazu gebe ich kein Geld her."

Betti murmelte etwas.

„Wie meinst Du?"

„Du hattest uns doch eingeladen."

„Du sagtest eingeladen?" – Ich verstand Blaak oder so ähnliches. „Mit den zehn Mark konntet Ihr übrigens gut rund kommen. Freilich Extravaganzen hatte ich nicht vorgesehen?"

„Sollten wir mit den Kindern verhungern und verdursten?"

„Ich rieth Euch ja die Milchhalle an."

„Aber ehe wir dahin fanden bei der Hitze! Die Butsch entdeckte eine Weißbier-Niederlassung und wir waren alle so erschöpft, daß wir ihr folgten und ihren Falkenblick lobten."

„Nun ja, Weißbiergläser kennt sie nachgerade auch von Weitem; aber es kostet doch enorme Anstrengung, zehn Mark in Weißen zu verprassen, selbst mit hinzugerechneten Stullen!"

„Wer that denn das?" brauste Betti auf. „Und dann wurde Karussell gefahren."

„Das kann man Kindern nicht verweigern. Die sechs Groschen sind bewilligt."

„Die langen nicht. Wir fuhren doch alle."

„Die Butschen auch?"

„Sie kriesch nur immer so furchtbar, weil die Sitze sich wieder um sich selbst drehen wie ein Triesel. Mama, Du mußt nächstens mal mitmachen."

„Damit mein Gehirn verschoben wird? Nein. Jedoch ist es mancher vielleicht heilsam, indem, was an der falschen Stelle saß, an den richtigen Platz hinkreist. Möglich, daß die Butsch sich aus unbewußtem Instinct in diese Drehkur begab."

„Sie war so karmoisinvergnügt mit den kleinen Butschens."

„Schön, dann nehme ich das Karussell auf mich. Es bleibt aber immer noch ein ansehnlicher Rest."

„Der schmolz in der Milchhalle ein."

„Was?" rief ich entsetzt. „Milch? Ihr habt Milch getrunken?"

„Wie Du uns anbefohlen hattest.“

„Kalte Milch auf das Weißbier und Karussell fahren? war nicht noch Gurkensalat bei der Hand, um die Speisefolge zu vervollständigen?“

Betti schwieg verlegen. „Der war nicht mehr nöthig,“ sagte sie dann etwas bedrippt.

„Sind die Kinder noch am Leben?“

„Meine ja. Emmis auch. Von den Butschens haben wir keine Nachricht,“ antwortete Betti lächelnd.

„Die haben abgehärtete Mägen, wenigstens wenn die Butschen noch so kocht, wie sie es früher nicht gelernt hatte“.

„Gerade die fingen zuerst an. Sie hatten vorher auch am meisten Napfkuchen vertilgt.“

„Mein Napfkuchen hat noch nie einen Menschen compromittirt, weil er von Hause aus mit Citronat ist, das ich weglasse, weil es schwer liegt und zweitens billiger kommt. Den können Sterbende essen, ohne daß er ihnen schadet. Na, also, Ihr mußtet nach Hause, wo blieb der Saldo von dem Gelde?“

„Wärst Du bei uns gewesen, würdest Du es wissen.“

„Wieso?“

„Mama, es muß ja für alles draußen bezahlt werden.“

„Da, ja! Kinder machen Sorge und Kosten, besonders bei ungesunder Verpflegung; das merke Dir für die Zukunft. Aber Fritz und Franz hatten doch keine weitere Anfechtung?“

„Ich möchte fast annehmen, daß Du Fritz übermäßig Napfkuchen zugesteckt hattest ...“

„Betti, was hast Du gegen Fritzchen? was hat denn das Kind gegessen? Knapp so viel als in einen hohlen Zahn geht.“

„Wenn Du Elephantenzahn meinst ...“

„Betti, ich verbitte mir solche Scherze, selbst wenn wir allein sind. Ich will wissen, ob der Knabe ernstlich in Gefahr schwebte?“

„Der Vater hat ihm Medicin verordnet und nicht schlecht gescholten.“

„Sein gutes Recht.“

„Er hat gesagt ...“

„Was hat er gesagt? Heraus damit, warum stockst Du? Also was?“

„O, nichts.“

„Ich kann mir's schon denken – über mich hat er raisonnirt – hat er? Sag', hat er? Nicht wahr – er hat?“

„Nun ja. Aber sehr. Und dabei weiß er noch nicht einmal, wie Du die Kinder um Tante Lina's Erbschaft gebracht hast, wenn er das erfährt, gerathet Ihr mindestens ein halbes Jahr auseinander.“

„Siehst Du, Betti, das hat man davon. Man opfert sich auf, man sucht alles zum besten zu wenden und, wenn man das Resultat besieht, hat man in Modder gegriffen. Ich geh' gleich und sehe, was der Junge macht.“

„Das würde ich nicht thun.“

„Nicht den süßen Engel auf seinem Schmerzenslager besuchen?“

„Der ist längst wieder kreuzfidel. Aber der Rath möchte noch grollen.“

„Den lad' ich auf Krebse ein. Ausgesucht, lauter Hengste und er kriegt die größten. Da wird er fromm. Und Du willst noch vier Mark fünfzig heraus haben?“

„Ja, Mama. Soll ich Dir jeden Posten einzeln vorreiten?“

„Nein, nein, laß nur. Aber merke Dir eins: Weißbier und kalte Milch vertragen wetterfeste Landbewohner kaum, viel weniger gebildete Stadtkinder.“

Ich gab ihr die Groschen, die sie schmunzelnd in ihr Portemonnaie knippste, wobei ich sofort ahnte, daß sie mich um eine heimliche Provision überlistet hatte. Aber was hilft die richtigste Rechnung, wenn sie nicht bezahlt wird? Ich lag drin, jedoch es blieb in der Familie. –

Mit diesem Kummer hatte ich mich abgefunden, nicht aber mit dem Verdruß, den Ottilie mir durch ihre Neigung zu Kriehberg bereitet. Nie wäre es dahin gelangt, wenn ich sie straff unter meiner Aufsicht gehalten hätte, anstatt sie während meiner Abwesenheit Tante Lina anzuvertrauen, von der ich alles erwartet hätte, nur nicht die Begünstigung eines Liebesverhältnisses, das, wenn auch nicht direct ins Armenhaus, so doch nicht weit davon führt.

Denn die Sache liegt so.

Kriehberg hatte noch eine kleine, mit dem Bauwesen verknüpfte Stellung, Ausbesserungen zu leiten, wenn die Bedachung undicht geworden und was es sonst gab, denn wenn auch alles ein Ende nimmt, die Reparaturen an einem Neubau hören nie auf. Und die ganze Ausstellung ist ein Riesengesammtneubau.

Man sagte mir, weil das richtigste bei einem vor der Verlobung Stehenden ist, seine Verhältnisse zu erkunden, er wäre nicht ohne Fähigkeiten, aber die Häuser, die er entwürfe, ständen schon irgendwo. Mit der bloßen Verlegung von Fenstern und Thüren, daß nachher die Treppe nicht hineinpaßte oder ganz dunkle Räume erzielt würden, sei selbstständiges Fortkommen unmöglich. Man würde ihn seines Fleißes wegen in zweiter und dritter Linie beschäftigen, wenn er nicht die Manier hätte, sobald er sich warm fühlte alles besser wissen zu wollen. Das könnte er ja auch, aber er müßte seine Weisheit bei sich behalten.

Was thut jedoch mein Kriehberg? Er nicht auf den Bureau-Maulkorb geachtet und eigene Meinung gehabt und den Vorgesetzten und beleidigende Scharaden gekommen.

Was hat er über das Thorhaus zu quesen und zu sagen, es wäre nicht viel dahinter? Und wie sie ihn fragen, wie er sich erdreisten könne, einen gothisch-romanisch-altdeutsch-renaissancenen Bau so zu despectiren, hat er geantwortet, es wäre auch nicht viel dahinter, nämlich blos ein Stück Treptower Chaussee.

Da ließ sich freilich wenig drauf antworten, weil die Eingangsfluren zur Ausstellung einen überraschend nuttigen Eindruck machen, gegen den das rechts und links verstreute Bedeutende stark zu kämpfen hat, um die erste Enttäuschung allmählich zu verwischen.

Und auch was er über die Drahtgeflechtthür beim Hauptportal geäußert hat, ist nicht ohne Berechtigung. Er sagt: für einen Hühnerhof eignete sie sich einigermaßen, für eine Ausstellung, die der Welt zeigen sollte, was Berlin vermöchte, sei sie belemmert. Diese Kritik haben sie ihm besonders verargt.

Und dabei stehen in der großen Halle im Schatten, als vertrügen sie weder Sonne noch Regen, die schönsten Thore, die man sich denken kann, der Stolz der Berliner Kunstschmiede, deren Arbeiten es nicht nur siegreich mit jeder Concurrenz des Auslandes aufnehmen, sondern auch mit dem berühmtesten Mittelalter. „Wie man sich so im Lichte stehen kann!“ hat Kriehberg gesagt. Und da gaben sie ihm Feierabend.

Und was sagte er da?

„Es ist das Unglück der Comites, daß sie die Wahrheit nicht hören wollen.“

Draußen war er.

Auf solche Aussichten hin ihm Ottilie zu geben, wäre eine Unverantwortlichkeit, gegen die Alpdrücken liebliches Gekose ist. – Und wenn sie sich auch noch so lieben, von Butter allein kann man nicht leben, es gehört das tägliche Brot dazu ...

Ich band mir Ottilie vor, sie müßte Kriehberg abgeloben.

Sie hätte ihn nicht ermuthigt, erwiderte sie, hoch vom Thurme herab, als geschehe ihr wer weiß welche Bezichtigung.

„Hast Du nie in seiner Gegenwart mit den Augen geklappert?“

„Ich verstehe Sie nicht.“

„Ottilie, es giebt verschiedene Sprachen, und eine davon ist die Augensprache, die ist in allen Dialekten die nämliche. Ein Blick sagt mehr als ein dickbändiger Briefsteller. Ich frage Dich, ob Du auf die Art etwa zu viel geredet hast?“

„O Nein. Ich beschäftige mich mit dem gewaltigen Pulsschlag des Residenzlebens, der täglich Neues und Großes bringt und der geistigen

Förderung durch die entzückenden Darbietungen des Gewerbes und der Industrie.“

„Doch wohl nicht ausschließlich. Reichliche Zeit verbringst Du, Dich zu bewundern.“

„Wer sagt das?“

„Betrachte Dir den Teppich vor dem Spiegel, wie er leidet und stets und immer mit frischen Fußspuren. Das ist auch eine Sprache: Teppichsprache nämlich.“

Sie that schnippisch.

„Du bist jung, Ottilie, Du weißt noch nicht, ein wie theurer Lehrer die Erfahrung ist. Nimm meinen Rath an und verkriehberge Dich nicht.“

„Aber Tante Lina meinte, er müsse gut sein, gerade so gut wie Johannes Viedt, an den er sie erinnere, der nach Amerika gegangen ist, weil er Eine nicht unglücklich machen wollte, die er liebte, und ohne den Fluch der Eltern nicht die. Seine nennen durfte.“

„Ob sie das selber gewesen ist?“

„Ich glaube fast.“

„Die Alten haben keinen Bürstenbinder als Schwiegersohn gemocht; natürlich, so liegt der Roman. Ottilie,“ fuhr ich warnend fort, „und Kriehberg ist nicht mal Bürstenbinder ... er ist augenblicklich garnichts.“

„Er hofft.“

„Ich auch. Ich hoffe, daß er einsehen wird, wie es keine größere Selbstsucht giebt, als wegen kurz verküßter Flittervierzehntage ein leichtgläubiges Mädchen mit sich in endloses Elend zu ziehen. Das Leben ist lang, Ottilie, und die Feuerung theuer. Mit Liebe allein kannst Du nicht einheizen. Der Winter kommt, Kind, der Winter des Lebens. Liebst Du Kriehberg wirklich? Möchtest Du um seinetwillen blos in Kattun gehen und nie nach der Mode, immer denselben alten Mantel?“

„Das würde er doch nicht verlangen?“

„Er nicht; aber die Noth und die ist unerbittlich. Man kann sie miteinander tragen, wenn sie hereinbricht, ohne eigene Schuld und fest und innig verbunden den Kampf mit dem Schicksal aufnehmen. Aber Uebereilung ist eigene Schuld.“

So redete ich und sie hörte zu, aber mich dünkte, sie war klüger als ich. wenn jemand eine Unterhaltung nicht behagt, besieht er die Zimmereinrichtung und Ottilie ließ ihre Blicke wandern, als wären alle Stuhllehnen und Tischkanten ihr noch nie vorgestellt.

Mir bleibt nur noch ein Ausweg. Mein Karl muß Kriehberg aufs Dach steigen und ich – ich nehme Tante Lina in die Beichte.

Dies muß geschehen, ehe Ungermann's eintreffen, denen ich mich zu widmen habe. Ungermann ist, wie es in der Geschäftssprache heißt, ein großartiger Kunde. Der muß warm gehalten werden.

Meine Einquartierung

Ungermann's wohnen in der guten Stube, Tante Lina rastet immer noch im Fremdenzimmer, Ottilie theilt mein Schlafgemach mit mir, mein Karl ist in die Fabrik verdrängt ... wo bleibe ich mit Kliebisch's?

Es ginge, wenn ich ebenfalls in die Fabrik ziehe, Ottilie in die Mädchenkammer verfügt wird und Dorette auf dem Boden schläft. Das will sie aber nicht, und da sie vermehrte Arbeit hat, kann ich ihr schlaflose Nächte nicht zumuthen. Sie sagt, es wäre auf dem Boden nicht richtig, mit schleichenden Schritten im Dunkeln, daß sie kein Auge zukriegte und lieber ginge, als sich krank graulte. Auf Schudderigkeiten hätte sie sich nicht vermiethet.

„Dorette," sagte ich, „Spuk ist überwunden. In unserer aufgeklärten Zeit kommt er nicht mehr vor, er ist wie weggeblasen durch den Fortschritt, durch Telegraph und elektrisches Licht."

„Uf'n Boden is et duster," entgegnete sie.

Nun kann ich Kliebisch's doch nicht schreiben, die schwarzen Pocken wären bei uns ausgebrochen, oder was sonst Mieths-Contracte aufhebt, und sie nebenan bei Betti einquartieren, das scheitert sowohl an ihr, wie an ihrem Manne. Sie hilft mit Lagerstätten aus und was drauf und drunter gehört, aber über ihre Schwelle steigt kein Fremdling.

„Ich bin nicht so blödsinnig, ein Hotel aufzumachen,“ sagte sie theilnehmend.

Damit hatte sie das Rechte getroffen. Wir sind Hotel! Aber doch nur aus Geschäfts- und Freundschafts-Rücksichten mit Hinblick auf das Allgemeine. Jeder Einzelne ist für die Ausstellung verantwortlich, und für den Besuch kann nicht genug gethan werden, theils daß er heran-, theils daß das Unternehmen herauskommt. Berlin kann doch nicht alle Eisbären und Rutschbahnen alleine bezahlen.

Ungermann's sind, soweit ich beurtheilen kann, zufrieden. Am ersten Morgen sagte sie: „Mein lieber Mann ist noch ein Kopfkissen mehr gewohnt,“ und er sagte, „meine liebe Frau frühstückt Cacao, wenn es Ihnen keine Mühe macht,“ und so einen kleinen Wunsch nach dem anderen, bis sie es hatten, wie sie wollten. Mich rührte diese Zärtlichkeit, denn sie sind Beide keine Jünglinge mehr, namentlich vermuthe ich sie ihm im Taufschein bedeutend über, dagegen ist er würdevoller, als Männer in seinen Jahren zu sein pflegen. Er betrachtet die Welt vom ernsten Standpunkt, hat sich aber vorgenommen, Berlin zu durchforschen, selbst wenn er Elemente nicht vermeiden könnte, deren Berührung zu falschen Schlüssen Anlaß gäbe. Die sociale Frage zu studiren, sei die Aufgabe eines jeden, der das Wohl des Staates im Herzen trüge.

Wir kennen einen Polizeilieutenant a. D., sagte ich, „der wird Ihnen angeben, wo Sie Bauernfänger an der Quelle beobachten können, und das Asyl für Obdachlose und Plötzensee und die Armenpflege und was sonst gefällig ist.“

„Ich danke Ihnen sehr. Das ist, was ich will. Ja, ja, das ist es. Unser Bürgermeister ist noch jung. Sehr jung. Wir Stadträthe müssen gut unterrichtet sein, damit wir die Bürgerschaft vor Mißgriffen schützen.“

„Sehr edel gedacht, Herr Stadtrath,“ erwiderte ich.

„Wenn mein lieber Mann nicht wäre, es ginge drunter und drüber,“ nahm Frau Ungermann das Wort. „Aber wir bilden uns nichts darauf ein und überlassen Anderen den Vortritt, wenn das Einkommen auch nicht so groß ist. Man weiß ja doch, was man ist.“

„Ganz meine Meinung, Frau Stadträthin.“

„Die Frau Bürgermeisterin käme ja sehr gern nach Berlin, aber es wird den Leuten zu kostspielig. Sie müssen im Winter repräsentiren und da bleibt für den Sommer höchstens ein billiger Landaufenthalt. Ja, ja, jeder Stand hat seine Last." –

Herr Ungermann besuchte die Ausstellung fleißig, aber immer nur das Gewerbliche; das vergnügliche verurtheilte er stark. Sie, die Frau, hatte weder Sinn für das Eine noch das Andere. Es ist ihr zu weitläufig draußen und zu mühsam.

Endlich und endlich kam sie jedoch mit ihren Anliegenheiten heraus, wozu sie mich ausersehen hatte.

Ich ließ sie sich ruhig aussalmen, und als sie mich fragend anblickte, sagte ich: „Meine verehrte Frau Stadträthin, das geht nicht. Eine Schneiderin ins Haus nehmen, ist schon längst nicht mehr an der Tagesordnung."

„Aber man kann selber mithelfen, und es kommt wesentlich billiger."

„Es fehlt mir an Platz."

„Das große Eßzimmer ist doch da."

„Im Berliner Zimmer wird table d'hôte gehalten, wie Sie selbst wissen."

„Es ist ja bald wieder aufgeräumt."

„Dazu hat das Mädchen keine Zeit. Nein, wollen Sie sich ausstaffiren, sehen Sie sich in der Ausstellung die über alle Begriffe schöne Gruppe ›Bekleidungs-Industrie‹ an, wo Sie die herrlichsten Sachen finden, vom einfachsten Hauskleids bis zur Galarobe im Preise von achtzehntausend Mark."

„Ich möchte nicht in Toiletten erscheinen, die Parade gestanden haben und aller Welt bekannt sind. Außerdem habe ich meinen eigenen Geschmack."

Den hat sie allerdings, aber er ist auch danach. Was sie anzieht, sieht alles so versonntäglicht aus, so besuchsmäßig, und sitzt dabei doch nicht ordentlich zu Maß. Aus ihrem Gespräch entnahm ich indes so viel, daß sie wohl fühlt, nicht auf der Höhe zu stehen, und die Frau Bürgermeisterin keineswegs aussticht, wie sie möchte. Die geht vielleicht ganz simpel, aber schick, und was sie anhat, läßt sie reizend, und das verdrießt die Ungermann, die die erste Toiletten-Violine spielen will, wie manches Kostüm ist im Schaufenster eine stille Pracht, aber so bald eine sich hineinbegiebt, verlieren Beide, Las Kleid sowohl als der innewohnende Rumpf. Sich wirklich „kleiden" ist eine Begabung. Nachdem ich genügend überlegt hatte, sagte ich: „Kaufen Sie fertig, da wissen Sie, was Sie haben."

„Nimmermehr. Nein, meine Figur opfere ich nicht der Schablone."

Ich sah mir ihren Umriß an. Wie ein solches Gestell sich noch lange mit Figur betituliren mag, finde ich kühn. Und ist es hübsch, sich neu zu behängen, um Aergerniß zu verbreiten? Und war es rücksichtsvoll, mir eine fremde Person zuzumuthen, wo ich nicht aus noch ein weiß? So viel ward mir klar: die Ungermann bleibt vier Winter.

„Meine Liebe," begann ich daher trocken, „das Fertige sitzt am besten, wollen Sie jedoch nicht das Hochmodernste, werden Sie in einem großen Geschäft nach ihren eigenen Angaben immer rascher bedient, als im Hause. Besehen Sie mit Ottilie die Leistungen auf der Ausstellung, das regt die Phantasie an, und Sie können sich nach den vorhandenen Motiven etwas bauen lassen, daß die Frau Bürgermeisterin platt hinfällt."

„Sie mißverstehen mich," sagte sie süßlächelnd. „Die Dame ist viel zu erhaben, als daß ich nur daran dächte, ihr zu imponiren. Ach nein. Aber mein lieber Mann wünscht, daß, wenn ich doch einmal in Berlin bin, ich meine Toilette wahrnehme. Und warum auch nicht? wir können es ja. Für wen sollen wir sparen? Wenn wir mal todt sind, mein lieber Mann und ich, fällt unser Bischen einem Neffen zu, der es gar nicht einmal gebraucht. Der übernimmt die Fabrik meines Bruders."

„Was kommt es denn auf die paar Möpse mehr an? Ich empfehle Ihnen Gerson."

Es verdroß sie sichtbar, daß ich mich nicht erweichen ließ, aber als Hotelverwaltung muß man sich einen Marmorbusen zulegen. Saueren Herzens schwamm sie mit Ottilie und Tante Lina ab, zu Dritt sich in die Confection zu stürzen.

Aus Tante Lina ward ich in den letzten Tagen nicht mehr klug. Sie war rein versessen auf die Ausstellung, und war schon draußen, wo die Morgenstunde vor zehn eine Mark im Munde hat, wahrscheinlich um das Frühaufstehen mit erhöhtem Eintritt zu bestrafen, was wollte sie dort und warum war sie so ausgewechselt, daß sie mehr schwieg als erzählte und träumend da saß? Und dann wieder war sie ganz aufgeregt. Und einen Stoß Zeitungen hatte sie bei sich zu liegen, die sie in allschlafender Nacht durchbuchstabirte. Sie hatte sich heimlich Kerzen gekauft, damit wir es nicht merken sollten, aber Dorette kam gleich dahinter und fragte, ob wir nicht einen Eimer Wasser vor Tante Linas Thür stellen wollten, sie läse am Ende das Bett noch in Brand.

Und zum Abreisen nicht die schwächste Anstalt.

Ich verhörte Ottilie. Die sagte, sie wären mit Herrn Kriehberg in Kairo gewesen und als Tante Lina das Kairo-Kleine-Journal, worin die Musiknummern stehen, durchgesehen hätte, wäre sie mit einem Male blaß geworden und wie ohnmächtig. Und seit dem Abend hätte sie es. Am liebsten säße sie auf einer Bank im Wandelgang und rührte sich nicht vom Fleck, immer nur die vorübergehenden anstarrend, ganz wie Leonore, die um's Morgenroth fährt, wie Kriehberg sich geäußert hätte.

„Sehr unpassend," schalt ich. „wer das Alter nicht schont, ist auch anderer Unmoralitäten fähig, wie stehst Du mit ihm?"

Sie schwieg.

„Genickt hast Du, aber hoffentlich nicht Ja gesagt. Ottilie, Kriehberg paddelt noch; hängst Du Dich an ihn, geht er unter in dem Strome des Lebens, warte wenigstens, bis er auf dem Trocknen ist. Binde nicht Dich, binde nicht ihn. Und wenn er geht, was bist Du für ihn gewesen? Eine Sommerliebe, die um's Morgenroth flattern kann."

„Nein, nein. So schändlich kann er nicht sein."

„Schändlich nicht, aber leichtsinnig. Er hält ja nirgends aus, also auch nicht bei Dir. Und Tante Lina hat ihn auch erkannt; er hat sie nämlich gräßlich angelogen."

„Nein, nein!"

„Das hat sie mir selbst gesagt."

„Wie ungerecht. Ich war ja dabei."

„Na also."

„Das kam so. Er erzählte uns, wie kolossal der Betrieb im Hauptrestaurant sei. Da sind fünfundvierzig Köche und fünfzig Spülfrauen und gegen zwanzig Messer- und Silberputzer und über vierundvierzigtausend Tischtücher und Mundtücher und, denken Sie sich, achttausend tiefe, neunzigtausend flache

Teller und achtzehntausend Beitellerchen und zwölftausend Messer und Gabeln. Und das wollte Tante Lina nicht glauben. Durchaus nicht."

„Sie hätte sich ja blos überzeugen brauchen."

„Sie sagte, so viel Geschirr gäbe es überhaupt nicht und das nahm er selbstverständlich übel."

„Wann war das?"

„An demselben Abend."

„Jetzt verstehe ich. Sie hat auf ihn gehalten und glaubt, sich in ihm getäuscht zu haben und bereut, daß sie seine Annäherung an Dich begünstigte. Sehr einfach."

„Aber Kriehberg hat nicht gelogen."

„Wenn Du eine kleine Stadt ausschüttelst, fallen nicht so viel Teller heraus, als im Hauptrestaurant täglich gebraucht werden, das ist klar. Und deshalb hält Tante Lina solche Porzellan-Anhäufungen für kalten Aufschnitt. Es giebt eben Wahrheiten, die manchmal keine sind. Kriehberg fehlt es an Welterfahrung und das ist bei einem Manne schlimm. Am Schlimmsten aber für die Frau, denn Dämlichkeit des Gatten ist kein Scheidungsgrund."

Doch: „Rathet mir gut, aber rathet mir nicht ab" sagt die Braut im Sprichwort. Ich verkündete darum gewissermaßen prophetisch: „Ja, es ist wahr, die Liebe ist blind, aber sie merkt es erst, wenn sie hinterher den Schaden besieht." –

Mein Karl sucht eine auswärtige Stellung für Kriehberg, ihn aus Berlin weg zu unterstützen. Das wäre für ihn Hut und noch guter für mich. Ottilie stelle ich die Wahl zwischen ihm und einem billigen, aber geschmackvollen Lodenanzug des Vereins Berliner Damenmode, Ich denke, sie nimmt den Anzug. –

Und deshalb machte ich mich auf, den Dreien nach, die in Costümbetrachtungen schwelgten, wenn die Ungermann sagt: „Solches würde ich mir machen lassen und jenes und das noch dazu und das und das und das, erwacht in Ottilie gleiches Begehren und sie läßt mit sich handeln. Ich kenne das. Was die eine hat, will die andere auch haben. Geht man in ein Geschäft und der junge Mann versichert, dies wird viel genommen ... schwapp hat man's.

Es ist mit Bräutigämmen ganz dasselbe. Hat eine einen, ruht die andere nicht, bis sie ebenfalls einen Verlobten unterärmelt, und wenn sie sich blos einbilden muß, ihn zu mögen. –

Ich traf sie in der Moden-Abtheilung. Ottilie und die Ungermann, die an allem, was sie sah, zu tadeln fand. Gefiel ihr der Stoff, verwarf sie den Schnitt, was gelb war, sollte roth sein und was mit Besatz war, wollte sie gesteppt haben. In mir siedeten bereits Bemerkungen, die ich nur unterdrückte, weil sie bei uns hotelisirt. Wäre sie die Butschen gewesen oder gar die Pohlenz ... ich hätte einen Ton geredet, wie das Nebelhorn an der Spree, bei dem ältere Leute einknicken, wenn es unangemeldet lostutet.

„Wo ist denn Tante Lina?“ fragte ich, da ich sie nicht gewahrte.

„Die wird wohl draußen auf ihrer Bank in der Wandelhalle sitzen.“

„Dann helfe ich ihr spazieren sehen,“ entgegnete ich. drehte mich kurz um und dampfte ab. Ich kann viel vertragen, nur keine Besserwisserei aus Dünkel.

Tante Lina saß richtig auf der Bank. Ich beobachtete sie aus einiger Entfernung eine ganze Weile.

Sie saß und sah. So merkwürdig selbstvergessen saß sie da, wie todt und jeden vorübergehenden schaute sie forschend an, mit den Augen, die allein lebend waren, scharf und fragend und hell.

Ich setzte mich zu ihr. Sie merkte es nicht.

„Tante Lina,“ sagte ich.

Sie schrak ein wenig zusammen. „Ach Sie sind es,“ sagte sie und sah wieder wie abwesend in die vorüberwogende Menge.

Auf einmal überkam sie heftiges Zittern, ihr Athem ging rasch und hörbar. „Was ist Ihnen?“ rief ich besorgt und war schon auf dem Sprung, die Sanitätswache zu alarmiren.

Ein Herr ging daher, ihm zur Seite in einem Zähluhrfahrstuhl eine Dame. Sie sprach zu ihm, er neigte sich und antwortete freundlich aus ihre Fragen. Es war abendkühl. Er legte ihr seinen feinen, seidengefütterten Paletot über die Füße.

Sie lächelte ihm Dank zu. Eine recht nette Frau und ein stattlicher Mann, schon etwas weißlich an den Schläfen, aber das kleidete ihn gut.

Als das Paar in unserer Nähe war, rief Tante Lina: „Johannes. – Johannes!“

Der Herr wandte sich um. Hatte ihm der Ruf gegolten, der so weh klang und erstickt, als hätte ein verlassenes Rind nach der Mutter geweint?

Er blickte mich an, er blickte Tante Lina an. Dann schüttelte er leicht sein Haupt und schritt weiter.

Tante Lina war zusammengesunken; die Kunstlocken hingen vornüber und beschatteten ihre Augen. Es durchzuckte sie ruckweise, wie große Qual den Menschen durchbebt.

„Tante Lina, um Gotteswillen, was ist Ihnen?“

„Er war es,“ flüsterte sie. „Er.“

„Wer denn, Tante Lina?“

„Johannes. Johannes Viedt. Es war wohl seine Frau, die neben ihm? – es war seine Frau.“

„Sie müssen sich geirrt haben, wo soll denn der herkommen?“

„Er ist es. Ich las seinen Namen unter den Besuchern des Tempels, die sich einschreiben, ganz deutlich: Johannes Viedt aus St. Louis. Ich hab' in allen Zeitungen die Fremdenlisten nachgesehen, sein Hotel herauszubringen, ich fand ihn nicht. Da habe ich auf dieser Bank gewartet, jeden Tag. Ich wußte, er würde kommen.“

„Und das that er auch.“

„Er sah mich und ich sah ihm in die Augen, wie damals, als er ging. Er hat mich nicht wieder erkannt. Nicht wieder.“

Sie weinte. Stille Thränen, schwere Thränen.

„Tante Lina, wollen wir nach Hause?“

„Ja. Und morgen reise ich. Ich habe Alles in Ordnung: mein Sterbekleid liegt im Schubkasten unten im großen Spinde. Und Tischler Grawert weiß Bescheid, blos ein einfacher Sarg, ganz einfach. Alles in Ordnung“.

„Nicht doch, Tante Lina. Ich lasse Sie nicht eher, als bis Sie wieder froh und heiter sind, weg mit so trüben Gedanken. Sehen Sie, wie schön und golden die Sonne auf die Kuppeln und Thürme scheint.“

„So?“ fragte sie theilnahmslos. „Ich hatte eine Sonne, hier drinnen, die ist untergegangen. – Ob er wohl glücklich ist mit seiner Frau? – Ob wohl Kinder da sind? – Viedt's haben mir nie gesagt, daß er sich verheirathet hat. Sie wollten mir's wohl verheimlichen. Ja, Viedt's sind gut und Johannes ist der Beste."

Sie erhob sich müde und wankend.

„Liebe Buchholz," sagte sie sanft. „Haben Sie Dank, daß ich bei Ihnen sein konnte, daß ich ihn noch einmal sah. Ihm geht es gut; ich bin zufrieden."

Wir verließen die Ausstellung und nahmen eine Droschke. Das Gewühl auf der Eisenbahn war nichts für Tante Lina.

Sie sprach unterwegs kein Wort. Ich glaube, sie begrub die Vergangenheit.

Täuschungen

Was dem Menschen im Buche des Schicksals angekreidet steht, das wird ihm besorgt. Für mich stand eine Nähmamsell drinn und ich habe sie. Hinter meinem Rücken hat die Ungermann sie gedungen und in Thätigkeit gesetzt, als ich pflichtgemäß außer Hause war. Und wer hat ihr dabei geholfen? Die Krausen.

Hätte ich die Beiden doch nur nicht miteinander bekannt gemacht. Aber es mußte so kommen.

Die Ungermann beschwabbelte mich, mit ihr noch einmal die Costüme zu begutachten und ich ging darauf ein, weil ich später selbst darüber sachgemäß berichten muß, obgleich ich nicht kapabel bin, mich in die confectionelle Schreibweise hineinzuzwängen, wodurch die Modeberichte immer ihre Pompösität kriegen. Ich weiß nämlich nicht, wo ich die Fremdworte alle aufgabeln soll, die kunstvoll in die Sätze vernäht werden, damit sie etwas hergeben.

Und schließlich: was ist Mode? – Es ist dasjenige, weswegen man ausgelacht wird, wenn man es nicht mitmacht, und das man auslacht, wenn es nicht mehr mitgemacht wird. So denke ich darüber.

Man sieht es ja. Raum nehmen die Damen bei dem Trachten-Panoptikum von Moritz Bacher Aufstellung: heiter werden sie und schmunzeln und kichern und machen sich lustig über ein Jahrhundert Mode und halten es für unmöglich, daß verständige Menschen sich jemals so zu Schauten machten, außer auf Maskenbällen. Das Ungreiflichste ist ihnen die Krinoline, aber damals, als sie aufkam, hielt es jeder für heiligste Pflicht, das Birnenhafte den Franzosen nachzuäffen und in allem Ernste schön zu finden.

Wie wohl nach hundert Jahren über unsere Mode gespottet wird? Aber es geht nun einmal nicht anders. Anhaben muß der Mensch etwas. Barfuß bis unter die Arme, wie die alten Griechen, ist nur Statuen erlaubt.

„Da sieht man, auf was für Fahnen die Damen verfielen, um ihre Nebenbuhlerinnen zu ärgern," sagte ich zur Ungermann, die diesen Stich nothwendig versetzt haben mußte, weil sie doch nichts weiter sinnt, als sich mit ihrer Kleedage beneiden zu lassen. Ob sie Glück haben wird? Kaum. Grün mit erdbeercremefarbigem Besatz erregt meiner Ansicht nach höchstens Bedauern. Und das nennt sie eigenen Geschmack. Sie aber gethan, als hätte sie nicht verstanden. „Gottlob, daß wir nicht in so ordinärer Vergangenheit leben," sagte sie, „wir schreiten eben vorwärts; auch die weißen Röcke kommen ab. Haben Sie den Unterrock von gelb und blau chinirter Seide gesehen? Solchen schaffe ich mir an, er ist wie ein Gedicht."

„Aus der goldenen Hundertzehn," ergänzte ich ihre Schwärmerei und dachte, ob sie wohl vorhat, den Leuten das Nähmaschinengedicht auf dem Thurmseil vorzudeclamiren, worüber ich in lächelnde Stimmung gerieth, in der ich den Antrag auf Verweilung im Freien stellte, mit einem Täßchen Eis-Schocolade bei Hildebrand. – wurde angenommen.

Wie wir nun unterwegs das große Becken betrachten, worin der Lichtspringbrunnen emporlodern soll, stößt Ottilie mich an und flüstert: „Da ist er."

„Wer?"

Ich hingesehen und richtig, da steht der Adonis von neulich in Lebensgröße und giebt einem Arbeiter Anweisungen aus einem Taschenbuch. Er wird uns gewahr, zielt scharf herüber und eilt auf uns zu.

„Herrjeh, Tante Ungermann," ruft er, „Du in Berlin? Also täuschte ich mich nicht, als ich Onkel kürzlich im Olympia-Theater zu sehen glaubte."

Tante und Neffe begrüßten sich und sie stellte ihn vor.

„Rudolph Brauns, mein Schwestersohn."

Ich verneigte mich gemessen. Ottilie erröthet.

„Wo kommst Du denn her?" fragte die Ungermann.

„Ich bin als Elektrotechniker engagirt," antwortete er. „Papa meinte, ich sollte es annehmen: bei den kolossalen Anlagen hier könnt' ich mich nur vervollkommnen."

„Elektrotechniker?" redete ich ihn mißtrauisch an. „Als wir vor einiger Zeit, wie der Zufall es so fügte, an ein und demselben Tisch in Unterhaltung geriethen, sagten Sie doch selbst, Sie wüßten nicht einmal, was Elektricität sei."

„Das weiß auch noch Niemand!" entgegnete er unbefangen. „Kein Gelehrter kann bis heute sagen, was sie ist. Wir kennen ihre Erscheinungsformen. Alles andere ist Theorie." – Ich dachte ihn zu überführen, aber wenn die Sache liegt, wie er sagt, dann war unmöglich richtig, was Ottilie über das Wesen der Elektricität vortrug. Mir dämmerte so etwas wie Blamirung auf.

Ottilie war ganz roth geworden, stark lippenpomadenroth.

Tante und Neffe erkundigten sich gegenseitig nach ihren Erlebnissen seit dem letzten Zusammensein; Ottilie und ich gingen voran zur Schocolade, die jedoch mit Hindernissen verbarrikadirt war, und zwar in Gestalt von Herrn und Frau Krause und Butsch und Gattin, die auf uns zu stießen.

Die Krausen hochelegant. Mein erster Gedanke war, „wie kommt sie dabei?" und ehe ich einen zweiten fassen konnte, sie mir vortriumphirt, daß sie alles vermiethet hätte mit Verpflegung und fabelhaft verdiente. Ich zog natürlich gleich die Hälfte ab.

„Feine Leute," schwadronierte sie, „und so zufrieden mit allem, Geld spielt gar keine Rolle. Nun sie merken ja auch gleich, daß sie es mit Bildung zu thun haben. – Sie sind doch auch so schlau, zu vermischen? Oder haben Sie noch Zimmer leer?"

„Alles besetzt," gab ich zur Antwort. „Mein Mann schläft sogar in der Fabrik." – Und das war der Wahrheit gemäß. – „wir persönlich schränken uns auch ein," fuhr sie fort.

„Das sieht man Herrn Krause an," warf ich ihr vor. „Ich, an Ihrer Stelle, würde den Fremden nicht alle die kräftigste Bouillon allein geben oder lieber ein halbes Pfündecken Fleisch mehr nehmen, damit der Mann auch was hat."

Auf diese Enthüllung aus heiterem Himmel war sie nicht vorbereitet, vergebens fischte ihr Geist nach Wiedervergeltung. Aber ich hatte polizeilich beglaubigte Bestätigung ihrer Mierigkeit, indem Doretten's jetziger Bräutigam eine Cousine bei Krauses zu dienen hatte. Schaudervoll geht es her. Von einem halben Pfund Beilage, dreitägige Brühe gekocht und den Zampel mit Rosinensauce aufgetischt, daß der Mann seine eigene Haut als Ueberzieher brauchen könnte, wenn sie zu knöpfen ginge und deshalb gab der Schutzmann das Familienverhältniß auf. Wo die Herrschaft selber Ammi spielt und die Knochen abgnabbelt, hält kein Geliebter aus, da wird die Küche bald zum Kloster mit der Krausen als Aebtissin, worauf das Mädchen sofort kündigt. Warum hat sie sonst alle halbe Jahre eine neue?

Dies hat mir Dorette hinterbracht, die es von ihrem Verlobten weiß, und Schutzleute lügen nie. Als ich fragte, ob die Krause'sche Philippine auch eine wirkliche Cousine von ihm gewesen sei, wurde sie patzig und sagte, er hätte seinen Diensteid darauf gegeben, daß es keine Stiefliebste war: ob ich Lust hätte, mich in Unannehmlichkeiten zu stürzen? worauf ich nicht weiter auf den Fall einging.

Die Butschen hatte meinen Sieg über die Krausen nicht bemerkt. Sie schwamm am Arm ihres Mannes in Festtagslust. Er sah auch gentil aus mit der ihm angeborenen und mit Weißbier weiter gepflegten Stattlichkeit und schwarzblank neu in Kleidung, wozu Herr Bergfeldt sich nie aufschwingen konnte, weil immer nur mit Ach und Krach ersetzt wurde, worauf längst Ventilationsklappen gehört hätten, womit sie ihn nicht gut gehen lassen konnte.

„Butsch wollte erst gar nicht," erzählte sie, „um damit daß nichts im Geschäft passirt, wenn er weg ist und irgend so'n Besoffsky Radau macht, denn gerade in der Abwesenheit erlebt man gewöhnlich den mehrsten Verdruß ..."

„Aber meine Olle mir keine Ruhe gelassen," nahm Herr Butsch das Wort, „bis ich mich bewogen fühlte, zu sagen, wenn es so brüllend schön ist, wie Deine Beschreibung unbegreiflich, denn man hin. Und ich muß gestehen, blos um das Ausgefallenste zu betrachtigen gehören minimumst Zweie."

„Nicht wahr? freute sich die Butsch. „Und so raffinant. Das Industriegebäude und die Hauptrestauration ganz natürlich wie sonne Pendants."

Ungermann's merkten bereits auf und damit die Butschen als meine Bekanntin nicht aus grenzenlosester Kunstunwissenheit ertappt würde, sagte ich: „Beides in italienischer Phantasie stilisirt. Gehen wir."

Die Krausen aber spitzlistig gefragt: „Was verstehen Sie unter Pendants, meine Beste?"

Die Butschen wies erst auf den weißen Wasserthurm und dann auf die blanke Kuppel und sagte grundehrlich: „Na, auf der einen Seite ein Thermometer und auf der anderen ein Barometer, wie es unsere gute Stube auch in der Mode hat.“

„Kein übler Gedanke,“ rief der junge Herr Brauns, „damit ließe sich in der Metall- und Galanteriewaarenbranche vielleicht ein Geschäft machen, wollen Sie mir die Idee überlassen? Wir theilen den Gewinn. Ich übernehme die Musterschutzkosten und die Abmachungen mit den Fabrikanten. Ein paar tausend Märkelchen können dabei herausschauen, Notabene wenn wir Glück haben.“

„Meine Frau willigt ein,“ sagte Herr Butsch. „Olle, Olle, bist Du helle!“ rief er und küßte sie inmitten der Menschheit und sie stand ganz verlegen und glücklich. So glücklich.

„Und wenn's nur ein paar hundert Mark werden,“ fuhr Herr Busch fort, „es wäre auch schon schön. Kathinka, es kommt in die Sparkaste und bleibt Deine. Ich habe ja immer gesagt, wer meine Frau für dumm kauft, der schmeißt sein Geld weg.“

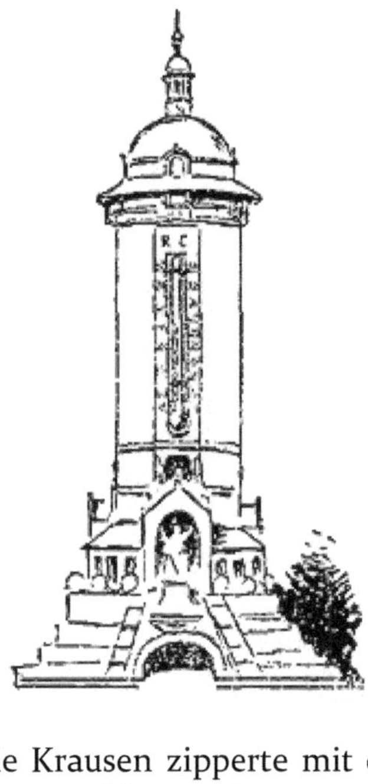

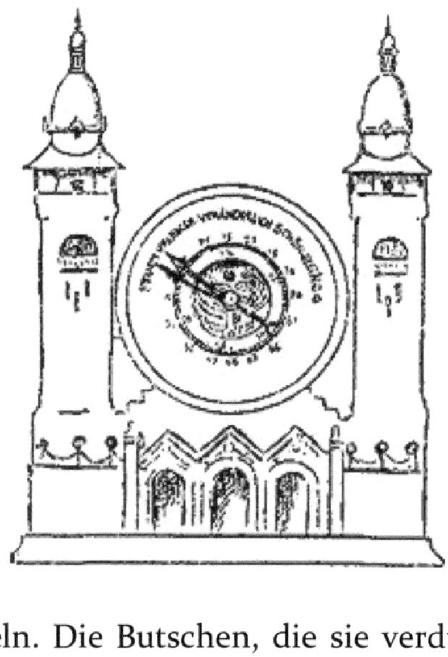

Die Krausen zipperte mit den Eßwinkeln. Die Butschen, die sie verdunkeln wollte, strahlte in Glorie. Das verdroß sie schmählich.

In diesem Zustande war Eis-Schocolade für sie wie von der Vorsehung angerührt. Herr Butsch ließ sich nicht nehmen, die ganze Runde auf die Erfindung seiner Frau hin zu erledigen. Herr Brauns gab eine zweite dagegen.

„Ich finde es abscheulich, daß der junge Mann die Butschen so zum Besten hat," raunte die Krausen mir zu. „So ihre Bornirtheit zu verspotten."

„Erlauben Sie, es war sein voller Ernst."

„Das glauben Sie selber nicht. Außerdem halte ich an die Öffentlichkeit treten für unweiblich."

„Man muß es nur können."

„Aber wie wenige vermögen das? Und dann ist es auch nur Zufall, wenn mal etwas gelingt, wirklich Denkende, wie mein Mann, halten es mit der Würde ihres Standes unvereinbar, ihre Geistesschätze auf dem Markt zu profaniren. Gelehrsamkeit ist eben keine Kuh, die Einen mit Milch und Butter versorgt."

„Er kriegt wohl blos amerikanisches Schmalz," entgegnete ich. Das mußte ich ihr einreiben, erstens wegen ihres Dünkels und zweitens, weil sie mich meinte. Und um ihren Hochmuth ein für alle mal zu dämpfen und neben der Butschen, die doch meine langhergebrachte Freundin ist, nicht wie die Krausen als Nachtschatten betrachtet zu werden, sondern ebenfalls als lebende Magnesiafackel, sagte ich: „Jetzt wird gerade gedruckt; wir sehen uns das Innere des Lokalanzeigers an, wo die Ausstellungsnachrichten entstehen. Da kommen die höchsten Herrschaften und Minister und Excellenzen und alles, was von Bedeutung ist, wie heute unsere liebe Butschen, die einen gewaltigen Schritt in das Erfinderische gethan hat."

„Müssen wir," pflichtete Herr Butsch bei. „willst Du auch einen Kognac auf das kalte Zeug, Kathinka?"

„Nee, nee," dankte sie. „Mir ist so heiß, ich weiß nicht wie."

Die Setzmaschinen in der Druckerei und wie sie das Geschriebene in runde Metallplatten verwandeln, das ist direkt räthselhaft und die Pressen sind so gerieben ausgedacht, daß wir sie nur so lange verstanden, als Herr Brauns sie uns erklärte. Das Papier an sich ist doch ganz vernunftlos, aber in der Presse wird es lebendig und geht seine Wege, wie auf dem Exercierplatz kommandirt und kommt unten als Zeitung heraus. Immer klapp, klapp, klapp ist eine Nummer nicht nur lesbar, sondern auch gefaltet. Dies fesselt stets auf's neue, so oft man es auch anstaunt.

Und nun führte ich meinen Plan aus, gerade jetzt durch die Krausen gereizt.

„Meine Herrschaften," sagte ich so verständlich in dem Maschinen-Geräusch wie möglich: „Sie verweilen wohl einen Augenblick, ich bin gleich wieder zurück."

Sie nickten Einverständniß.

„Ich habe nämlich auf der Redaction zu thun."

„So?"

Weiter nichts als gleichgiltiges So. Die Krausen that, als wollte sie in die Walzen hineinkriechen. Das war Neid. Sie wollte nicht hören. Sie ahnte etwas.

„Ich muß mir nämlich die Correcturen von meinem Bericht holen."

„Dann eilen Sie sich man," sagte die Butschen.

Konnte sie nicht loswundern und einen Strahl über mich als Presse reden? Ih Gott bewahre. Der Effect war vorbei gegangen und die Krausen beleidigend gleichgültig gethan. Aber ihre Blicke hohnlachten.

Ich verabsentirte mich. Der Redacteur war bereits sich erholen oder Beobachtungen machen gegangen, was man nie genau unterscheiden kann, aber ein Umschlag mit den Abzügen, an mich gerichtet, lag zum Absenden da, den ich an mich nahm. Ich behielt ihn in der Hand. Sehen mußten die Anderen ihn. Noch war die Bataille nicht verloren.

Auf die Frage, wo Abendbrot genießen, empfahl Herr Brauns die Brauerei von Berliner hinter der Maschinenhalle und wie manches so hintrifft, kamen wir an denselben Tisch, an dem Ottilie und ich Herrn Brauns erste Bekanntschaft machten. Es wurde angebaut und da gute Prepelung aufheitert, wurden wir bald recht fidel.

Herr Butsch war der Vergnügteste und hielt die Kellnerkräfte in Bewegung. „Kathinka, trink," forderte er sie auf. „Trockene Freude ist halber Schmerz. Trink, Kathinka. Ich geb' noch einen aus. Kellnär!"

„Aber Butsch, bedenke, was Du schon losgeworden bist."

„Wenn't nich Geld genug gekostet hat, gehn wir noch mal wieder her," lachte er. „Was kann das schlechte Leben helfen, n't Vermögen ist doch bald alle. Kellner, zwei Cognac, aber ohne Fußbad."

Ich hatte den Schreibebrief auf den Tisch gelegt, dicht vor Herrn Krause, aber er sah nicht hin. Er aß und trank und es schmeckte ihm. Es war ja auch eine stärkende Unterbrechung der Suppenfleischklopse, an denen er langsam vermickert. Aber es soll thatsächlich Naturen geben, die sich an Vergiftung gewöhnen.

Sie, die Krausen, brannte auf den Brief. Sie faßte ihn ganz unabsichtlich an, tändelte damit und warf ihn wieder hin. Aber sie konnte und konnte nicht davon bleiben.

„Was ist darin?" fragte sie endlich.

„Correcturen von meinem nächsten Bericht. Es hat so leicht Keiner eine Ahnung, wie mühsam die sind."

„Das kann ich mir garnicht denken, wenn Sie es fertig bringen, ist es doch unmöglich so schwer?"

„Versuchen Sie. Da ist ein Bleistift. Zeichnen Sie einmal einige Fehler an."

„Ich werde doch nicht das Ganze durchstreichen," sagte sie und meckerte. Das sollte ein Witz sein.

Rasch hatte sie den Umschlag aufgerissen. Da waren die Correcturstreifen. Sie las. Ihre Züge verklärten sich, als sie weiter schnüffelte. „Ah," dachte ich, „sie wird bezwungen von Deiner Schreibung, Wilhelmine. Sie ist doch am Ende nicht so schlecht und aller höheren Empfindung bar, wie man leider manchmal angenommen hat." – Gerade dieser Bericht war mit besonderer Hingabe abgefaßt, sozusagen mit Begeisterung und doch wieder mit dem sachlichen Pflichtgefühl des hohen Berufes der Presse.

„Darf ich vorlesen?" fragte die Krausen.

„Vorlesen!" lechzten die Anderen förmlich, „vorlesen!"

„Wenn es Ihnen Vergnügen macht," gestattete ich bescheiden und sah auf das Tischmuster, vorgelesen werden sollen ist ähnlich wie in einer Schaukel, nicht schön und doch wieder sehr schön.

Die Krausen räusperte sich und las laut: „Der Glanzpunkt der gesammten Ausstellung, wie noch niemals da war und die Augen der Nationen auf sich lenken wird, befindet sich links im Hauptgebäude. Es ist dies ein aus diamantschwarzen Strümpfen auf weißem Grunde künstlerisch hergestellter Reichsadler, unter Garantie absolut farb- und waschecht mit verstärkten Spitzen und verstärkten Fersen, ein großer Theil der Qualitäten außerdem mit verstärkten Sohlen eine Musterleistung des Hauses Buchholz und Sohn."

Die Krausen hielt inne. „Darf ich weiter lesen?" fragte sie. „Ist es Ihnen auch recht?"

„Gewiß!" erlaubte ich ihr, da alle mit gespannter Aufmerksamkeit lauschten. Sie lächelte mir teuflisch zu und las mit erhobener Stimme.

„Die Güte der Waare fechten wir keineswegs an, aber Glanzpunkt ist zu viel gesagt, in Anbetracht hervorragenderer Objecte, und über das Künstlerische des Adlers ließe sich diskutiren, mehr als wir Raum in unserem Blatte für Erwiderungen zur Verfügung haben, wir ersuchen Sie, einen anderen Eingang zu schreiben. Ganz ergebenst die Redaction. – Das steht hier mit Tinte am Rande. Ihr Glanzpunkt aus Strümpfen ist dick blau ausgestrichen. Sehen Sie, meine Damen."

Wie ich da saß, war mir wie weit weg im Nebel, was ich sagte, war wie hohles Echo. Ich hatte es so gut mit meinen! Karl gemeint, und seine Ausstellung ist auch der Glanzpunkt. Und der Adler ist von einem früheren jungen Akademiker entworfen, also künstlerisch. Rann man sich denn nicht mehr auf die Akademie verlassen?

„Die größten Schriftsteller haben ihre ersten Entwürfe oft genug umgearbeitet," sagte Herr Brauns, „und in unserem Fach ist der erste Plan meist nur ein Anhalt, wir alle müssen corrigiren."

„Pah!" sagte die Krausen, „ich möchte um nichts in der Welt ein Genius sein. In meine Sachen redet mir kein Zweiter hinein, das ist mein Ehrgeiz."

„Der Anfang war auch nicht gut," sagte ich, mich aufraffend. „Mir fehlte es an Zeit und Ruhe. Der, den ich jetzt schreibe, wird besser. Und das wissen Sie alle: über künstlerisch und unkünstlerisch gehen augenblicklich die Ansichten quer auseinander. Der Adler ist mehr nach der alten Schule, und der Redacteur gehört wahrscheinlich zu den Modernen. Wer von den Beiden den Vorsitz hat, kugelt den anderen hinaus. Somit werden meine Ansichten durchaus nicht berührt."

Herr Brauns gab dem Gespräch eine andere Wendung, mehr nach launigen kleinen Geschichten hin, bis Herr Butsch durch das viele Freudenbier zu aufgeräumt wurde.

Als wir aufbrachen, versicherte die Krausen, sie hätte lange keinen gemächlicheren Abend verlebt, als den heutigen, wann wir uns wieder treffen wollten?

„Nächstens“, entgegnete ich, „aber lassen Sie's mich vorher wissen.“

An dem schadenfrohen Lächeln ihrer Larve sah ich, daß sie erkannte, wie ich es meinte, nämlich nicht in die la main. Nun war sie zufrieden, nun sie wußte, daß ich durch ihre Spinnenumgarnung hineingelegt worden war, und machte sich an die Ungermann, mit der sie ein Herz und eine Seele wurde. Da hat sie ihr, mir zum Schabernack, auch noch die Nähmamsell nachgewiesen. Meine Zuversicht ist: der liebe Gott sieht durch die Finger, aber nicht ewig.

Zu Hause angelangt, fragte ich Ottilie, warum sie so gänsehaft dagesessen und nicht ihre wissenschaftliche Unterhaltungsgabe in die Bresche geworfen hätte, der Krausen den Giftschnabel zu stopfen?

„Ach,“ seufzte sie, „Herr Brauns ist zum Verzweifeln schön.“

„Der geht Dich nichts an, Du hast Dich ja schon für Kriehberg entschieden. Troll Dich, Du bist müde. Dir fallen ja schon die Sehluken zu. Ich habe noch stundenlang zu arbeiten.“

Sie verduftete seufzend und ich setzte mich vor das Papier, aber es wollte mir nicht gelingen, den vorherigen Schwung zu erreichen. Ins Wasser gefallen ist der stolzeste Adler, ebenso klatrig, wie ein nasser Spatz. Ich marterte mein Gehirn umsonst. Und dazu die letzten Erlebnisse. Es kribbelte nur so in mir.

Mein Mann kam. „Wilhelmine, willst Du Dich ganz aufreiben? Es ist nachtschlafene Zeit. Sei vernünftig, Kind, und leg' Dich.“

„Bette mich in Daunen vom Zephyr, was die Krausen mir angethan hat, hält mich wach wie Distel und Dorn, selbst im Grabe. Die Person ist noch mein Tod.“

„Mir ist sie auch eine gräuliche Prise, aber laß sie laufen. Denke vornehmer als sie, Wilhelmine.“ – „Das thu' ich lange.“ – „Beweis es mit der That und ärgere Dich nicht.“ – „Ueber so Eine nicht im Geringsten.“ – „Das ist recht. Ein edles Gemüth vergiebt.“

„Gut, ich will vergeben, aber Du, Karl, Du vergiß es nicht. Man kann nie wissen, wie es kommt.“

Eingeregnet

„Verliere Deine Geduld nicht, es hebt sie Niemand auf," sagte mein Karl.

Ich versuchte freundlich zu sein. Allein mehr als wie beim Photographen kam nicht heraus und auch nicht länger. Irgendwo las ich einmal etwas von Lachgas. Das wäre die einzige Stärkung für mich gewesen, aber Dorette kam mit leerem Fläschchen wieder und sagte, in der Drogenhandlung hätten sie es nicht, ob ich nicht Nelkenöl nehmen wollte, das wäre auch gut gegen Zahnschmerzen.

Zahnschmerzen! wenn man ihre Nothwendigkeit auch nicht einsieht, sind sie doch zu bewältigen; wo aber wohnen Aerzte, die Einem den Kummer ausziehen und Aerger und Verdruß?

Ich hatte mich recht aus Kliebisch's Eintreffen gefreut und, da Tante Lina sich in ihre Heimath versammelt hatte, – sie war beim Abschied wehmüthig wie an einem Begräbnißtage – stand das Fremdenzimmer wieder frei, den Amtsrichter Buchholz zu beherbergen, der, als zu meines Karls Linie gehörig, doch auch Anrecht auf verwandtschaftliche Unterkunft hat, zumal das ihm bei Butschen's ausgemachte Logis drei Herren zum Massenquartier dient. Kliebisch's brachten jedoch ihr Töchterchen Anna mit, die Aelteste, und meinten, eine Sophaecke für das Kind fände sich wohl an. Im Uebrigen würde sie mir zur Hand gehen, da sie für häusliche Arbeit außergewöhnlich veranlagt sei.

Was war zu thun? Herr Kliebisch bekam das Fremdenzimmer, sie die Kliebischen mit Tochter übernahm das Vorderzimmer neben Ungermann's, die sich mit der guten Stube behelfen. Im Berliner Zimmer wird geschneidert. Ich bin machtlos. Mein Karl sitzt voller Aufträge, daß die Fabrik nicht ausreicht, und unser Schwiegersohn und Kompagnon Schmidt auf Reisen gehen mußte, um mit Lieferanten abzuschließen; er kann sich dem Besuch nicht widmen. Und das wäre auch nichts für seine Gesundheit, zu so unmöglichen Tageszeiten kommen die Herren nach Hause. Auf meine Bemerkung, daß der Schlaf vor Mitternacht der heilsamste sei, entgegnete Herr Ungermann, er wäre aufgeblieben, um die Brodträger am frühen Morgen statistisch zu kontrolliren, da von der

Umgestaltung des Bäckereigewerbes die sociale Verbesserung aller Stände erwartet würde. Herr Kliebisch lachte kurz auf, als wenn er zweifelte. Ich hielt es mit Kliebisch.

Dorette hat mir nämlich erzählt, daß wenn Ungermann's unter sich sind, die Frau ihren Mann blos mit Brummsuppe regalirt und ihn sogar mit Liederjahn traktirt.

„Dorette," beschönigte ich, „sie wird wohl Biedermann gesagt haben, wo er sie doch stets mit ›meine liebe Frau‹ belegt und sie ihm nie anders als mit ›mein lieber Mann‹ entgegentritt."

„Det is man so duhn," bestand Dorette. „Wat er der Ungermann is, er is 'n richtiger oller Schlieker, und wat sie vorstellt, sie is 'n oller Satan."

„Dorette, unterstehen Sie sich nicht, in solchem Tone über meinen Hausbesuch zu schandiren. Geschieht das noch einmal, wissen Sie, wo die Luft am frischesten ist."

„Ick jeh lieber jleich, indem ick't bis zum Ersten schwerlich aushalte. Is denn det ne Zucht, dettse bei den jetzigen Sauwetter de janze Straße in die jute Stube tritt, viel wenijer, dettse Morjens eigenhändig den Klatthammel abrubbelt un de Plüschmöbeln in Erdreich verjraben sind? Un denn mir vorjeworfen von jründlich Reinemachen? Nee, et is hier schon nich mehr scheen."

„Dorette, wenn es regnet, wird leicht etwas Schmutz ins Haus getragen, das ist naturgesetzlich."

„Sonne Jesetzer ästimir ick nich. Wat boddert se mit de Schleppe in'n dicksten Lehm? Und sind de Flicken und de Fusseln in't Berliner Zimmer ooch Jesetz? Nee, da is de Schneiderei dran Schuld und ick hab' de Arbeet von. Ent- oder weder, die Ungermann zieht oder ick."

„Dorette, ich lege Ihnen zu. Ueberdies haben Sie ja jetzt Hilfe an Fräulein Kliebisch."

Dorette lachte. „Komm die Frau 'mal mit," sagte sie vertraulich und führte mich in Herrn Kliebisch's Zimmer. „Det hat se von alleene besorgt. Seh een Mensch blos det Bett an. Und da soll der eijene Vater drin jeschlummert werden. Det is ja Umjehung von's vierte Jebot, auf daß es Deine Eltern wohljehe und se lange leben uf Erden?"

Es war in der That nicht ersten Ranges, was das Kind vollführt hatte. Das Bett glich einem Gebirge mit Thälern und Schluchten, die Morgenschuhe standen auf der Kommode, den Vorleger hatte sie unter das Spinde gefegt.

„Un ausjejossen hat se jar nischt," höhnte Dorette. „Un det nennt det Wurm en fertijet Schlafzimmer."

„Sie ist noch jung," nahm ich der Abwesenden Partei, „und das sind wir Alle gewesen."

„Aber man nich in solchen Jrade. Will des Fräulein Thuverkehrt mir dajejen in der Küche helfen, bin ick nich abjeneigt, ihr Anleitung zur Vervollkommnung in's Kartoffelschälen zu jewähren. Seit wir die Kliebischen's in Kost haben, sind mir die Hände schon en Endecken kürzer jeworden."

Sie hatte nicht Unrecht, Kliebisch's alle Drei leisten Bedeutendes in Erdfrüchten. Ob es davon kommt oder woher sonst, weiß ich nicht, aber die Kliebischen ist bequem geworden, wie sie früher nicht war. Und alleweil verzagt.

„Wie wird es werden? Die Zeiten sind so schlecht und die Kinder wachsen heran," klagt sie, aber rühren ist nicht und thätig eingreifen und Töchterchen zurechtstoßen auf Geschicklichkeit und Brauchbarkeit, wie ich meine Beiden nie versäumt habe, wo die Tage gleichmäßig auf- und untergehen, wird der Mensch zuletzt auch flachweg und fett und sitzt, wo er sitzt. Mich wundert, daß sie sich aufraffte, ihren Schwerpunkt nach Berlin zu verschieben.

Den großen geräucherten Schinken, den sie mitbrachte, und den Korb Eier und das Geflügel nahm ich als ländliche Zartsinnigkeit von ihr dankend entgegen. Ein Sack Kartoffeln, der als Handgepäck zu umständlich war, ist als Angebinde seinerseits noch unterwegs. Dorette behandelt Kliebisch's daher mit mittlerem Wohlwollen, was sie über Ungermann's sagt, mag zutreffen, obgleich sie weiß, daß ich das Thürenhorchen nicht haben will. Indes kann ich der Nähterin, wenn sie mit Dorette zusammen ist, nicht den Mund verbieten. Die hat gesagt, die Ungermann müßte viel Geld haben, so viel Watte wäre an ihr; wegen ihrer Figur hätte sie knapp einen Mann gekriegt oder er hätte sie schleunigst wieder retour gegeben. Und so eitel! Alles sollte sitzen, als wäre sie im Loth wie eine Probiermamsell Nummer Gelbstern.

Nun war mir erklärlich, warum das Anpassen immer abgeriegelt geschieht und ohne meinen Rath.

Ob der Mann solche vertrauliche Ausputzer wirklich verdient? Halb Liebe und halb Geld giebt eine gute Ehestandsbowle, wenn ein bischen Schönheit als Zucker nicht fehlt. Aber blos Geld und keine Liebe und nicht eine Spur Süßigkeit, da ist das Fest mit der Hochzeit aus.

Spielt sie Komödie, hat er es von ihr gelernt. Sie giert, in der Gesellschaft zu prunken, er strebt, in der Stadtleitung hervorzuragen. Hätten sie ein Kind gehabt, würden sich ihre Küsse auf dem Engelsmündchen begegnet haben und das kleine Bündel Liebe wäre zum Talisman gegen die bösen Geister des Hauses geworden. Es war aber keins da.

Mein Karl theilt meine Ansichten nicht. „Laß' sie sich haken," sagte er, „das kommt in den besten Familien vor."

„Doch nicht bei uns?"

„Dazu gehören zwei. Ich passe."

„Also ich? Mich mit meiner geradezu unerlaubten Sanftmuth ästimirst Du als Zanktippe? Karl, Du verwilderst, seit Du in der Fabrik schläfst. Aber warte, die alte Ordnung kehrt wieder."

Er lachte: „Ich sehne mich nach ihr. Alles nimmt ein Ende, blos Ungermann's können das ihre nicht finden."

„Hat er denn schon bestellt?"

„Noch nicht. Die Waare gefällt ihm, bis auf die Preise. Er versucht abzuhandeln."

„Das darf er nicht. Die gute Stube muß neu gemacht werden, sagt Dorette, und dazu die Näherei, und mess' mal Deinen Weinkeller nach. Nein, drücken darf er nicht. Das wäre unanständig. Er muß mindestens doppelt so viel nehmen als sonst. Und Du schlägst auf. Verstehst Du?"

Mit dem Weinkeller sah es trübe aus. Je mehr Wasser vom Himmel stürzte, um so weniger wurde der Wein; der Regen zwang zur Häuslichkeit und geselligem Beisammensein und mein Karl ist nobel.

Ungermann hatte gleich die beste Sorte heraus, seine Zunge merkte das Unabgelagerte sofort, als ich unsern Tischwein in die Lafitte-Flaschen umgegossen hatte. Kliebisch versteht sich nicht in gleichem Maaße auf Jahrgänge, ihm schmeckt der Billige wie der Theure, so lange eingeschenkt wird.

Ich gönne es ihm. Wenn er einen Kleinen sitzen hat und man bringt ihn nicht darauf, vergißt er die agrarischen Kalamitäten und es ist ihm einerlei, ob die Margarine blau oder grün gefärbt werden soll oder garnicht. Dann ist der Ausstellungs-Musterstall sein Trost, den er mit Vorliebe beschreibt als das Erfreulichste für den Landwirth.

„Da liegt Poesie darin," sagte er. „Ein Pferd bleibt doch immer ein Pferd. Oder haben Sie schon einmal ein Vollblut-Fahrrad gesehen? Kann denn ein Cavalier sich auf solches mit einer Leberwurst beschlagenes Spinnrad klemmen, ohne sich und seinem Stand etwas zu vergeben?"

„Die Industrie denkt anders," entgegnete Herr Ungermann. „Der durch das Fahrrad hervorgerufene Umsatz ist ein gewaltiger und wird sich immer mehr steigern, trotz der Spöttelei der Feudalen."

„Ich gehöre nicht zu den Feudalen," wehrte Kliebisch ab.

„O doch, Hinnerich," sagte die Kliebisch. „Hattest Du nicht auch einen Karbunkel im vorigen Jahre, gerade als der Landrath einen hatte, nur daß von seinem mehr geredet wurde, weil er gefährlicher war als Deiner?"

„Und das Radfahren soll sehr gesund sein," bemerkte die Ungermann.

„Das Reiten ist noch gesunder."

„Das Rad ist das Roß des armen Mannes," begann Herr Ungermann wieder. „Auch der Minderbemittelte vermag sich eins zusammenzusparen und braucht kein Geld für Heu und Hafer auszugeben."

„Und das befürworten Sie?" brauste Kliebisch auf. „wovon soll denn die Landwirthschaft leben, wenn die verwünschten Maschinen die Pferde verdrängen? Gerade am Hafer wird verdient. Hört das auch noch auf – gute Nacht Ackerbau. Weizen kommt mehr als zuviel aus Argentinien und Indien. Ist die Eisenbahn erst fertig, ersäuft uns Sibirien mit Getreide. Und das Heu? Es laufen allerdings Ochsen genug herum, aber die fressen es nicht."

Was sich nun ausbreitete, war Verlegenheit. – Der Regen klatschte gegen das Fenster. – Die Herren rauchten.

„Ich möchte Rad fahren," sagte Ottilie.

„Ich halte es für ungeeignet," nahm ich das Wort. „Ist es eine Dame oder ein Herr, was an einem vorüberstrampelt? Man unterscheidet es kaum. Und manche Radlerin sieht nach der Tour täuschend aus, wie in acht Tagen nicht rasirt. Dagegen zu Pferde gräfinnenhaft und elegant."

„Prost! Frau Buchholz," rief Kliebisch und leerte ein volles Glas auf mein Wohl. „Welch ein Staat, die prachtvolle ungarische Radautzstute im Musterstall; das ist ein Damenpferd; schlank, feiner Kopf, elastische Fesseln, vorzüglich gepflegtes schwarzes Haar. Darauf möchte ich Sie sehen, mein Fräulein, und nicht auf der Chausseestaubmühle mit verbogener Figur in Pluderhosen ..."

„Wollen wir den Gegenstand nicht lieber fallen lassen?" unterbrach ihn die Ungermann mit verletztem Anstandsgefühl.

„Immerzu fallen lassen. Ein Schauspiel für Götter," lachte Kliebisch, dem im Eifer der Wein zu Kopf stieg. „Ich riskir' ein Auge daran."

„Aber Mann!" rief seine Frau ihn zur Ordnung.

„Ach was; wie eine sich vorreitet, wird sie taxirt. wenn sie sich auf dem Stahlhengst tummelt, mag es sie befriedigen, aber schön sieht anders aus.

Möglich ist jedoch, daß die Schenkel sich mehr ausbilden, wenn eine keine hat …“

„Hinnerich, Du bist hier nicht im Kruge,“ fuhr die Kliebisch dazwischen.

Der Ungermann ward dies Gespräch sichtlich fatal. Sie mit ihren Gräten hat natürlich gegen Sport, bei dem es auf einigermaßen Plastik ankommt, solche Abgeneigtheit, daß sie nicht mal darüber reden hören mag.

„Man muß bedenken, daß für Radfahrer neue Trachten geschaffen werden; schon jetzt beginnt ein gewisser Luxus in besseren und besten langen Strümpfen sich bemerkbar zu machen,“ sagte Herr Ungermann.

„Karl, hast Du gehört?“ rief ich. „In besserer Waare. Nein, wenn die Industrie dadurch gehoben wird, bin ich sehr für die Maschinenreiterei. Könnte die Regierung nicht gesetzlich befehlen, daß alle Reichsangehörige radfahren müssen und in einem Nebenparagraphen unsere Wollsachen amtlich verordnen? Würde das den socialen Frieden nicht gewaltig schüren?“

„Jawohl,“ schrie Kliebisch. „Da haben wir wieder den Krämergeist. Die Industrie muß unterstützt und gefördert werden; die Landwirthschaft darf verhungern, das ist ihr angestammtes Recht. Aber wer soll den Herren Industriellen ihre Erzeugnisse abkaufen, wenn der Landmann kein Geld hat? Nur so weiter. Die Pferdezucht auch noch ruinirt und über das verarmte Land rollt die alleinseligmachende Industrie auf einem gottverdammten Unglücksrad in ihr eigenes Verderben. Zum Kuckuck mit den Dingern, verboten müssen sie werden.“

„Wie Sie auch schelten,“ wandte sich Herr Ungermann an Kliebisch, „das Rad ist dennoch von großer volkserziehlicher, sogar ethischer Bedeutung. Der Radfahrer muß sich auf seinen Ausflügen der größten Nüchternheit befleißigen; beherrschen ihn die Geister des Weines, ist er nicht im Stande, sein Fahrzeug zu beherrschen und wird sich selbst und anderen gefährlich.“

„Das ist er schon ohne Kümmel,“ höhnte Kliebisch ausfallend.

„Ich bleibe dabei, das Fahrrad steht im Dienste der Mäßigkeit, gegen die leider zu oft gesündigt wird.“

Das mochte Kliebisch sich wohl als persönliche Bemerkung zugezogen haben oder sonst wie, genug, er blickte Ungermann spöttisch an und sagte: „Tugendpredigen und den Weg der Tugend wandeln ist zweierlei. Mir ist der Musterstall zehntausendmal lieber als hundert Musterknaben und wenn auch blos Gäule drinn sind und keine Stadtväter. Wer auf die Landwirthschaft schimpft, dem dien' ich."

Mein Karl erhob sich, ging an die Uhr und wand sie auf. Wir wissen althergebracht, daß dies der Wink zum Ausbruch ist, den die Gäste jetzt auch ziemlich plötzlich begriffen.

Ottilie holte die verschiedenen Leuchter, die Kerzen wurden angebrannt und unter mehr und minder wohlgemeinten angenehmen Ruhewünschen vertheilte sich die Einquartierung in ihre respectiven Gemächer.

Ich räumte zusammen, der Dorette die Morgenarbeit zu vereinfachen.

„Was hat Kliebisch gegen Ungermann?" fragte mein Karl.

„Ich weiß es nicht. Seine Frau hat mir auch nichts gesagt."

„Der Streit und namentlich der hanebüchene Ton haben mich verdrossen, ich kann noch nicht schlafen. Mir ist nichts zuwiderer als solcher Zank."

„Und Kliebisch's Wörterbuch! Aber das bauert auf dem Lande so hin und wird etwas sehr gerade aus. Du hättest ihm nicht immer wieder einschenken müssen. Herrn Ungermann lobe ich, der rührte den Wein kaum an und Du mit gutem Beispiel an der Spitze desgleichen, mein Karl."

„Die letzte Flasche schmeckte nach dem Kork."

„Und das hat Kliebisch nicht gemerkt?"

„Er war zu sehr in Rage über die Räder und über Ungermann's salbungsvolles Geschwätz."

„Geht da nicht die Thür von der guten Stube?"

Wir lauschten.

Auch die Hausthür wurde vorsichtig geöffnet und geschlossen.

„Ungermann," flüsterten wir Beide wie aus einem Munde.

„Er hat wohl noch Durst," sagte mein Karl.

„Nach halbzwei, wo die Lokale zu sind?"

„Nicht alle, wenn er nur die Hausthür nicht offen läßt."

„Sei unbesorgt, Dorettens Schutzmann paßt auf unser Haus. Sie nimmt sich neuerdings viel heraus, weil sie ihre Unentbehrlichkeit entdeckt hat, aber ich übe Nachsicht, allein schon wegen der Sicherheit. Ist es nicht romantisch, wie in der Ritterzeit, daß der Bräutigam die Burg bewacht, die seine Braut als theuersten Schatz birgt?"

„Vollständig ebenso. Nur die Zugbrücke fehlt. Und das ist ein Glück für Ungermann. Oder würdest Du sie herablassen, wenn er in aller Nacht Luft schöpfen wollte?"

„In dem Regen? Es gießt ja mit Mollen, weißt Du Karl … ich trau ihm nicht mehr recht.“

*

Nebenbuhlerei

Wie viel Wahres im Reimen liegt, das habe ich so recht an einem eigengemachten Verse erfahren der folgendermaßen, geht:

Ottilie
Ist eine gebrochene Lilie.

Für „gebrochen“ hätte ich gern ein hinziehenderes Wort, da sie noch zusammenhält. Entblättert wäre insofern treffender, als sie die Kräfte ihres

Geistes unter den Tisch fallen läßt und die Perlen des Wissens nicht mehr in die Unterhaltung rollen.

Sonst, wenn jemand blos Telegraph sagte, sie gleich: „Wenn alle Linien aneinandergeknüpft würden, umgürtelten sie die Erde siebenunddreißigmal“ und keiner widersprach. Denn woher hatte sie es? Und ebenso mit den Gestirnen und entlegenster Geographie und was Professoren so aushecken. Das ist ja das Schöne bei Wissenschaft: wer kann sie bestreiten? Wer wickelt den Draht um den Erdball? Wer streut den Kometen Salz auf den Schwanz? Einen Braten wiegt man nach. Obst ist schon schwieriger. Geflügel geht nach Gutdünken, aber Wissenschaft ist gänzlich Vertrauenssache.

Der junge Herr Brauns, der hat Ottiliens Zuversichtlichkeit ins Wanken gebracht, wir waren zusammen in dem Chemie- und Instrumentengebäude. Herr Brauns führte uns. Es war schrecklich. Ich meine nicht das Gebäude und nicht, was drin ist. Nein, aber das Licht, das uns aufging.

Herr Brauns machte seine Aufwartung und wurde als Ungermann's Neffe freundlich empfangen, wirklich ein lieber Mensch, man meint nach einer Viertelstunde, man hätte sich seit Jahren gekannt, so offen und frisch und klar ist sein Wesen. Und so hübsch. Jung und breitschultrig, ein Körper, der sich gegen Arbeit stemmt und sie meistert und es mit dem Tag aufnimmt, was er auch bietet. Dabei leicht in der Bewegung und deshalb steht ihm die Höflichkeit so gut, so ungezwungen.

Ich gehe hauptsächlich nach den Augen. Blicke ich forschend hinein und sie antworten mit sonnigem Lächeln, weiß ich, da drinnen steht das Paradies der Kindheit noch in Blüthe. Sind die Augensterne verschleiert, weichen sie aus und senken sich die Lider, dann ist der Garten des Herzens nicht gut gehalten, dann ist Unkraut drin, auch wohl Schierling.

Eine ältere Frau darf einem jungen Mann in die Augen schauen, jungen Mädchen ist es nicht erlaubt. Sie thun es aber doch – gerade so wie Ottilie – und wenn sie einen Blick in den Rosengarten gethan haben, vergessen sie ihn nie wieder und träumen davon bei Tag und bei Nacht und versäumen alles andere, die Wissenschaft und das Häusliche und sind ein lebendiger Wunsch geworden, in jenem Garten unter den Rosen hinzuknieen in anbetender Seligkeit.

Und er, der junge Mann, er war bereit, ihr das Schlüsselchen zu dem Thore seines Herzens zu schenken. Man sah es ihm an. Er wurde noch einmal so hübsch in Ottiliens Nähe, die Wangen rötheten sich tiefer, die Augen strahlten und lächelndes Glück öffnete die Lippen, daß sie auch ohne Worte redeten.

„Ein Paar wie gemalt,“ mußte ich mir eingestehen, wenn ich sie nebeneinander sah, „und ein goldener Rahmen dazu,“ denn er kann ihr eine glänzende Zukunft bieten. Und nun darf sie ihm nicht sagen, wie sie ihn liebt und muß ihn abweisend behandeln und darf den Schlüssel nicht nehmen, der die Pforte zu den Rosen erschließt, weil es dem unglückseligen Kriehberg erging wie dem vielgenannten Cäsar: – sie kam – er sah und wurde gefangen. Und nun hackt er.

Er hat sich zu fest an sie geklammert, aber doch nur, weil sie auf mich nicht hören wollte und Tante Lina so lange ehestiftete, bis die Kiste vernagelt war.

Briefe haben sie sich geschrieben und Kriehberg rückt ihre nicht heraus. Seit er Herrn Brauns zuweilen mit uns sieht, plagt ihn die Eifersucht und er drängt auf Verlobungskarten.

„Ich beauftrage sie nicht,“ sagte ich. „Sie können doch unmöglich als ›Stellesuchender‹ darauf prangen?“

„Als Architekt.“

„Was besagt so'n Fremdwort? Und Baumeister sind Sie nicht. Also – fragen Sie nach mehreren Jahren mal wieder vor.“

„Damit ein Anderer sie mir raubt? O nein. Ich weiche Keinem. Er stelle sich mir gegenüber, drei Schritt Barriere und Kugelwechsel, bis einer liegt.“

„Herr Kriehberg, einen solchen blutwürstigen Dietrich hätte ich nie in Ihnen gesucht, und er paßt Ihnen auch nicht. Zu komisch.“

Ich lachte. Er wurde fürchterlich vergrätzt aussehend.

„Ich dulde keinen Hohn,“ rief er. „Keinen, und von Niemand.“

„Wollen Sie mich am Ende fordern?“

„Sie nicht, aber Ihren Gatten.“

„Der hat so seine Ansichten über das Duell, mit dem werden Sie wohl kein Glück haben.“

„Ein Gewisser aber, ein gewisser Jemand entgeht mir nicht. Der Gigerl, der sich an Ottilie heranpirscht, der Laffe, der Schafskopf ...“

„Erlauben Sie, Herr Brauns ist durchaus kein Gigerl!“

„Also Brauns heißt die Canaille? Der soll mir vor's Messer. Ich danke Ihnen für die Adresse!“

„Herr Kriehberg, trinken Sie ein Glas Selters, Sie sind aufgeregt.“

„Mein Blut ist kalt.“

„Dann giebt es keine Entschuldigung für Sie. Und nun ist unsere Zwiesprache zu Ende; es kommen Leute.“

Diese Unterredung fand in der Ausstellung des Buchgewerbes statt, wo bei schönem Wetter die einsamste Einsamkeit herrscht, da die Literaturhelden des deutschen Vaterlandes Einem blos den schimmernden Rücken zeigen und ahnungslos dahin verschlagenes Publikum merkwürdig rasch es ebenso macht.

„Also Sie weisen mich ab?“ knirschte er.

„Nehmen Sie Vernunft an, dann sprechen wir weiter.“

„Was reden wir noch lange? Sie haben mir meine Ausarbeitungen bezahlt; gut. Von der Verstümmelung meiner Geisteskinder schweige ich, sie war haarsträubend. Ich war in Noth ... Sie beuteten mich aus ...“

„Nehmen Sie die Backen man nicht zu voll. Ich wende Ihnen zu, was mir die Zeitung bezahlt, und Sie werfen mir Wucher vor? Und was Sie aufgesetzt hatten, war Quatsch, dreimal destillirter Quatsch. So, nun wissen Sie's.“

„Wer hat das gesagt? Hat er das gesagt? der p. p. Brauns? Ei warte, mein Junge!“

„Nein, das sage ich. Denn was man nicht verstehen kann, ist Quatsch. Warum schreiben Sie kein reguläres Deutsch? Und Ihre Pläne können Sie wieder abholen lassen, die waren überflüssig und sind überflüssig und werden ewig überflüssig bleiben. Für Ihre weiteren Klamottenberichte danke ich. Und nun denke ich, sind wir miteinander fertig.“

Er antwortete nicht.

„Mütterlich hab' ich es mit Ihnen gemeint, weil sie so allein standen und mit Ihnen herumgestoßen wurde, woran Ihre Ueberzogenheit Schuld ist und Durchdrungenheit am verkehrten Platz. Aber ausbeuten? ... Pfui, schämen Sie sich.“

Dies ging rasch und hastig und halblaut, weil schon Volks uns einkreiste, sich an Skandal zu werden, anstatt Goethen und Schillern und den andern Prachtwerken näher zu treten.

Kriehberg preßte die Kiefer aufeinander. Dann brachte er mühsam heraus: „Ich glaube, ... Ihnen ... Ihnen habe ich Unrecht gethan. Ich weiß es nicht. Ich ... ich kann und kann den Andern nicht ausstehen; ich hasse ihn; ich kenne mich nicht mehr. Ich darf nicht an Ottilie denken: ich sehe ihn neben ihr, er spricht mit ihr, er ist hübscher als ich, ich muß es ihm lassen. Ich werde rasend. Für uns Beide ist die Erde zu klein, viel zu klein." Er war nach und nach so schreiig geworden, daß immer mehr Gaffgesichter sich ansammelten.

„Mit uns ist es aus und damit Basta," rief ich und bahnte mich durch die Menge.

„Wat sagte sie von'n Paster?" hörte ich ein Weib.

„Natürlich Scheidung," sagte eine andere. „Et nimmt selten en fröhlichet Ende, wenn ne Olle sich'n Konfirmanden heranheirathet."

„Jeschieht ihr janz Recht."

Ich floh an den Möbelkojen vorbei, als hätte ich einen Eßtisch gestohlen oder einen Kronleuchter in die Tasche gesteckt, so unglaublich kam ich mir vor.

Ich bin auch wohl mal eifersüchtig gewesen in grundloser Dummheit unerfahrener erster Ehestandsjahre, aber mit Weinen und Abbitte und in wachsender Liebe zu meinem Karl, nie nicht mit Rachgierigkeit und Mordgelüst. Meinen Mann fordern! Lachhaft! Wenn er kommt, mein Karl ihm eine Backpfeife verabreicht, daß sie in Stücke fliegt. Aber Herr Brauns, der kann sich in Acht nehmen. Kriehberg ist ja toll, so verrückt, daß sie ihn in Dalldorf garnicht einlassen. Und mich für wahnwitzig halten ... ich Kriehberg's Gattin. Giebt es keinen Schandpfahl für Weiber, die einem solche Verleumdungen nachschleudern? Freilich, man ist weiß wie der Schwan, der blos untertauchen braucht, wenn Gemeinheit ihn mit Stiefelwichse bewarf, wo aber ist die reinigende Fluth für den mit Unwahrheit bekleckerten Menschen? Wo tauche ich unter, die Beschimpfungen abzuspülen?

Wasser thut es nicht. Doch ich weiß einen stillen See, der nimmt alle Kränkung, allen Unglimpf hinweg und ist nicht größer, als daß er mich gerade umfängt. Meines Karls Brust ist es, an die flüchte ich und er schließt mich in seine Arme und ich tauche in seine Liebe. Dann kann ich ihm alles sagen und, wenn ich Federn hätte: um neben mir nicht abzufallen, müßte mancher Schwan nach Spindler.

Ich eilte mich und kam gerade rechtzeitig, Frau Kliebisch und Ottilie in dem Stelldichein-Zelt zu treffen. Und wer war bei ihnen in schlichtem hechtgrauem Anzug wie angegossen mit blendender Wäsche, weißem Schlips, worin ein vornehmer Brillant, und grauem Hütchen, das die braunen Augen und den schwarzen Schnurrbart noch eine Nummer dunkler abstachen? Herr Rudolph. Was beginnen? Ihm von Kriehbergs Nebenbuhlerkoller sagen, ihm Ottilien's Verplemperung mittheilen und den Keim vernichten, worin das Glück zweier schöner Menschenkinder dem Lichte zustrebt? Nein, wenn aber Kriehberg angefaucht käme? Die Schießröhren sind ja billig und überall feil, daß schon Klippschüler sie zur Vertheidigung ihrer Ehre aus dem Maikäberverdienst anschaffen. Also hat Kriehberg sicher Pulver und Blei in der Westentasche.

Die geistige Volksküche im Chemiegebäude, wo ich letzt mit Ottilie einem Vortrage über die Entwickelung des Klavierbaues beiwohnte, ist ein trefflicher Platz, jemand zu vermeiden, aber nur von Sechs bis Sieben. Der Klavierbau war sehr interessant. Ich fragte Ottilie, ob sie spielen könnte? Sie sagte nein, aber sie thäte es doch manchmal. „Das machen Viele so," erwiderte ich, aber jetzt, da sie zum Drehen eingerichtet worden, sind Klaviere nicht mehr die Qual der Kinder und die Plage der Nachbarschaft. Alles Ueben ist schrecklich, nur nicht das Ueben der Tugend. – Ich gebe ihr zeitweilig solche Inschriften zum Einmerzen ins Gedächtniß, aber seit Rudolph Brauns sind sie bei ihr weggeworfen.

Herr Brauns lud uns zu einer Fahrt im Motorboot ein. Ich schützte sofortige Seekrankheit vor.

„Das war doch in Italien nicht? Wissen Sie noch in Venedig?“ sagte die Kliebisch.

„Auf Salzwasser kann ichs ab,“ flunkerte ich in meiner Angst.

Und Rudolph, der feinfühlige, verstand im Nu, daß ich eine Absicht hatte und schlug die für den Ackerbau hoch wichtigen meteorologischen Apparate vor. – „Pfeif' ich drauf,“ sagte Kliebisch. „Mein großer Schafbock ist der beste Wetterprophet. Greif ich ihm in die Wolle und sie ist klammweich, wird's regnen, ist sie hingegen trocken, kann ich einfahren. Ich denke, wir besichtigen die landwirthschaftlichen Maschinen.“

Das ging nicht. Kriehberg schnob ja Wuth im Hauptgebäude, wo die Milch- und Butterfässer sich langweilten.

Deshalb rief ich: „Ottilie, Du hast doch so unendliche Neigung für Physikalisches.“

Rudolph Ottilien den Arm geboten und ab. Ich ärmelte seine andere Seite unter und hielt meinen Sonnenschirm als Barrikade gegen den Todfeind vor sein Gesicht. Befreiungsversuche waren erfolglos, bis wir im Chemiegebäude aufathmen durften.

Was hat er uns Alles erklärt! Er weiß was und noch ein Ende mehr. Und bei manchem sagte er trotzdem, daß jahrelanges Studium dazu gehörte, um es voll zu verstehen und zu würdigen, wo bleiben wir Frauen, wenn ein Mann wie Brauns offen bekennt, ohne Mühe und Arbeit in verschiedene Gebiete nicht eindringen zu können? Was Ottilie gelernt hat, verschwindet gegen sein Wissen, wie ein Talglicht gegen den Scheinwerfer. Und nun ich gar, die ich noch aus der examenlosen Zeit stamme, wie konnte ich so vermessen sein, Berichte zu übernehmen und von Sachen schreiben zu wollen, die mir viel zu klug sind? Freilich sollte Ottilie helfen, aber sie langt nicht, indem, was sie weiß, keinen rechten Zusammenhang hat, sondern mehr auswendig gelernt und blos so hergesagt. Und in Kriehberg täuschte ich mich gründlichst. Der hat sich zu einem netten Alligator ausgewachsen.

Herr Brauns machte uns auf den berühmten Spektralapparat aufmerksam, durch den die Gelehrten wahrnehmen, was auf anderen Weltkörpern gekocht wird und zwar merkwürdigerweise mit Gas, wenn ich ihn recht verstand. Mir waren ja noch sämmtliche Pulse in Aufruhr. Und zu den Sternphotographieen führte er uns. Millionen weiße Tippel, aber in Wirklichkeit viel größer als die Erde.

„Sind die alle bewohnt?“ fragte ich.

„Wenn nicht alle, so doch gewiß viele.“

„Von Wesen, so wie wir? Giebt es da auch Rauhbeine, die auf Mord und Todschlag sinnen?“

„Aber Tante!“ rief Ottilie. „Wie schrecklich!“

„Glücklich, wer frei von Schuld ist,“ sagte ich beziehungsvoll, „und sich nicht auf einen entfernten Himmelsglobus zu wünschen braucht, wenn es los geht.“

Ottilie zuckte die Achseln; Herr Brauns trat an den nächsten Schrank. „Sehen Sie diese Wage,“ sagte er, „darauf kann man den zehnten Theil eines Flohbeines wiegen.“

„Wird denn so was in Ausschnitt verkauft?“ fragte ich.

Er lächelte. „Ich wollte Ihnen nur andeuten, wie empfindlich solche Wagen sind, mit denen die Chemiker ihre Analysen machen. Und sehen Sie hier dieses Jenaer Glas, eines der ruhmvollsten Resultate deutscher Wissenschaft und Technik."

„Ich sehe nichts daran. Wodurch ist es so hervorragend?"

„Jede Sorte hat ihre vorherberechnete Brechung."

„Die hängt doch von den Philippinen ab; manche zerbrechen viel, manche gehen schonender mit den feinen Gläsern um. Sehr gerissen, das Alles vorher zu berechnen."

„Unter Brechung verstehen wir die Dispersion des Lichts, und da eben diese Glassorten verschiedene Brechungscoëfficienten besitzen, lassen sich achromatische Linsen von erstaunlicher Leistungsfähigkeit schleifen. Früher war Deutschland in optischen Apparaten von Frankreich und England abhängig, jetzt sind sie unsere Kunden. Und nicht wahr, das freut Sie doch auch?"

„Als wenn Sie meine Gedanken gelesen hätten," gab ich zurück.

Und einen solchen Prachtmenschen will Kriehberg umbringen.

Mir war der Boden heiß, auf dem ich wandelte. Mein einziges Trachten war: weg, sobald als möglich weg!

Auf mein dringendes Befürworten fuhren wir mit dem nächsten Schiffe stadtwärts, ich und Ottilie und er. Ich hielt unter diesen Verhältnissen die Spreedampfer für weniger lebensgefährlich als das Ausstellungsgebiet mit Kriehberg als Kain und Herrn Brauns als Abel, weil sie so schön leer waren.

Ich sah ihm an, daß er nur eine Gelegenheit abwartete, eine Frage an Ottilie zu richten und sah ihr an, daß sie die Frage fürchtete. Und so kam es zu keiner Näherung. Sie war einsilbig bis zur Unart und mußte so sein.

Deshalb ist Ottilie eine gebrochene Lilie. Und dabei verhehle ich ihr das Schlimmste, nämlich Kriehberg's Verrücktheiten.

Wenn ich nicht vorsichtig die höchste Schläue aufböte und die Pfade der Unvernunft sperrte, ich glaube, wir lägen schon alle miteinander auf dem Kirchhof.

In den Kunstalpen

Warum ich immer noch nicht in das Hochgebirgspanorama, das am grünen Strand der Spree seine Schneegipfel in die von Maschinenhaus-Schornsteinen erzeugten Rauchgewitterwolken streckt und von innen Tausend Fuß höher sein soll als von außen, gelangte, das ist einfach zu sagen: Ich hatte zu viel Verdruß und trübe Aussicht in die Zukunft, war für die Alpen daher ungeeignet.

Und nun kam ich doch dazu. Morgens beim Kaffee fallen meine Blicke nämlich auf eine Anzeige: „Gesucht ein Architekt, guter Zeichner, mit praktischen Erfahrungen für Y 44 Köpenickerstraße Nr. so und so."

Mein sofortiger Gedanke lautete Kriehberg. Seine Baupläne waren noch gegenwärtig. Ich sie eingepackt und mit einem Schreiben durch einen Dreiraddienstmann an Ort und Stelle gesandt. Ein wundervolles Schreiben, worin ich ihn so dringend empfahl, daß er genommen werden mußte, falls der Y 44 nur ein paar Millimeter menschliches Rühren sein eigen nannte. Er mußte, es war nicht anders denkbar.

Und an Kriehberg ebenfalls einen Eilbrief gerichtet mit dem Schlußwort: „Melden Sie sich; wer wartet, an dem rennt das Glück vorbei, man muß ihm, wie bei der Pferdebahn, entgegengehen. Auf der Haltestelle ist der Andrang zu groß, vertrödeln Sie die Wendung Ihres Lebens nicht. Ich wünsche Ihnen das beste Fortkommen."

Ob ich es wünschte! – Wär' er nur erst weg.

Was man so recht von Herzen hofft, kommt Einem vor, als wäre es schon geschehen. Ich sah Kriehberg bereits in seiner neuen Thätigkeit, von Arbeit derart breitgedrückt, daß er an Ottilie zu denken selbst Sonntags keine Zeit mehr hatte, von seinem Brotherrn alsbald anerkannt. Der hat natürlich eine Tochter, die ihn anfangs übersieht, schließlich aber durch den Vater auf Kriehberg's Tüchtigkeit hingewiesen, ihn von Fabrikwegen heirathet. Er schickt mir die Verlobungsanzeige, ich schreibe ihm einen noch wundervolleren Brief mit dem Motto: „Arbeit ist die beste Lotterie, die ihn in den ersehnten Glückshafen gelotst hat“ und führe zwischen den Zeilen aus: welcher Esel er gewesen wäre, wenn er Ottilie gezwungen hätte, mit ihm die schmale Leiter der Karrière zu besteigen, auf der er alleine schon die Sprossen durchtrat. Zum Schluß dann, schöne, gediegene Segenswünsche mit dem scherzhaften Hinweis auf Gevatterstehen bei dem ersten Kriehberg jun., der fröhlich heranwachsen möge, seinen Eltern zur Freude und der Menschheit zum Zierrath.

Aber man muß sich keine Tischrede eher ausdenken, als man zu Gast gebeten ist. Vorläufig hatte Kriehberg noch nicht einmal die Stellung und ich wollte schon taufen. Ich mußte ja mit Kriehberg's Charakter rechnen, der im entscheidenden Augenblicke auf gesunden Menschenverstand verzichtet. Mir kam deshalb der Gedanke, persönlich selbst den Y 44 mit diplomatischen Reden zu bearbeiten, bis er froh würde, eine Kraft wie Kriehberg zu gewinnen. Mein Karl war jedoch uneinverstanden.

„Du hast mit Deinem Empfehlungsbrief des Guten schon zu viel gethan,“ sagte er. „Richtiger wäre gewesen, ich hätte ihm ein Attest ausgestellt. Zeugnisse schreiben ist Männersache.“

„Das wäre Schablone geworden. Ihr fangt immer an: ›Ein Sohn frommer aber ehrlicher Eltern, ohne einen Groschen in der Tasche geboren, hat der Betreffende durch Fleiß und Ausdauer sich Kenntnisse in seinem Fache erworben, die ihn befähigen, einen Posten selbstständig auszufüllen u. s. w.‹ So was läßt kalt. Ich hingegen habe den alten Ypsilon angewärmt, sag' ich Dir, wie es nur eine Frau im Stande ist, die etwas durchsetzen will. Noch ein paar mündliche Angriffe und er ist erlegt.“

„Und wenn Kriehberg sich nachher unzulänglich erweist, wer trägt die Verantwortung?“

„Das geht mich im Geringsten gar nichts an. Der Mann muß wissen, wen er sich aufladet. Uebrigens glaube ich, daß Kriehberg sich zusammen nimmt und der würdige Fabrikherr gewinnt ihn lieb wie einen Sohn. Im Grunde ist Kriehberg nicht schlecht.“

„Das Wenigste, was von einem anständigen Menschen verlangt wird. Nicht schlecht ist lahmes Lob und heißt in Wahrheit ›taugt nichts.‹“

„Da irrst Du Dich, mein Karl. Es giebt aber verschiedernerlei Güte, wie beim Beefsteak. Wo kriegst Du auf Reisen wohl gutes? Und wie preist Du Dich glücklich, wenn es wirklich nicht schlecht ist? Kriehberg ist noch jung und er hat seine guten Seiten."

„Hat er? Und die wären? Bitte heraus damit."

„In diesem Augenblick und so mit Gewalt kann ich mich nicht darauf besinnen."

„Wäre es nicht besser, ich redete einen Ton mit ihm?"

„Nein, nein, Du nicht. Gereizt wird er gefährlich. Bedenke, wenn er Dich zum Zweikampf forderte."

„Das würde mir riesigen Spaß machen."

„Karl," rief ich entsetzt, „weißt Du denn nicht, wie ungesund das Duell ist? Der eine kommt todt und der andere auf die Festung. Ist da Sinn drinn?"

„Nein, Unsinn. Uebrigens, was willst Du mit dem Zweikampf besagen? Ist er eine bloße Idee von Dir oder steckt etwas dahinter?"

„Dahinter? Wieso? Gott bewahre. Ich dachte nur, weil sich so viele abknallen; man liest ja täglich, daß der, der keine Schuld hat, immer der ist, der fällt, wodurch die Ehre des Beleidigers völlig wiederhergestellt wird, und da junge Leute wild darauf los rempeln, sei es wegen einer Dame oder daß die Getränke zu stark waren, – je betrunkener, um so reizbarer ist das Ehrgefühl – oder daß einer nicht falsch gespielt haben will ... und wie Ehrensachen meistens so Unehrensachen sind ..."

„Wilhelmine, Du quasselst. Und das ist kein Wunder. Du strengst Geist und Körper zu sehr an. Das Beste für Dich wäre eine Erholungsreise."

„Was wird aus unserm Hotel, wenn ich feige fliehe? Wer verhütet Mord und Todtschlag, wenn ich nicht als Schutzgeist zwischen den Parteien walte?"

„Du phantasierst."

„Du giebst mir Dein dreimal heiliges Ehrenwort, Dich unter keinen Umständen zu schießen?"

„Mit wem?"

„Zum Beispiel mit Kriehberg."

„Dem haue ich eine herunter, daß ihm vier Wochen der Hut nicht paßt."

„So habe ich mir es auch ausgemalt, ganz ähnlich gerade so. Das beruhigt mich. Und wie erquickend wird der Winter, wenn der Ausstellungsrummel vorbei ist und wir uns selbst wieder angehören. Viel wollen wir nicht mitmachen, aber auf das Fest des Alpenvereins gehen wir. Hast Du Dich schon etwas im Bayerischen vervollkommnet, mein Karl? Auf der Ausstellung bietet sich die schönste Gelegenheit dazu."

Es ist wagenladungsweise Bayerisches vorhanden, sowohl Getränk, wie Nationalspeisen und Trachten, die theils von Kellnerinnen getragen werden, theils von Natursängern, theils vom Wurzelsepp, der am unverfälschtesten umhergeht und jeden mit dem im Höhenklima zuhausenen Du anredet, worauf der als Steifmeier verschrieene Norddeutsche sofort zeigt, daß er süddeutsche Gemüthlichkeit nicht nur dem Namen nach kennt, sondern, da sie hauptsächlich in der herzlichen Sprache liegt, sie auch auszuüben versteht und womöglich gleich losjodelt.

Auf dem Alpenvereinsfeste kommen Berliner vor, die von gelernten Tirolern nicht zu unterscheiden sind: die Damen ganz Oberammergau'sch und die Herren mit bloßeren Knieen, als mitten im Winter gesund ist, nur das Tirolerische radebrechen sie, daß die Gemsen abstürzen, wenn sie's hören. Warum hat noch niemand ein Büchlein verfaßt: „Oberbayerisch in vierundzwanzig Stunden zu beherrschen," das viel Segen stiften würde und zur Ausstellung fertig hätte daliegen müssen, die Risse zwischen Süden und Norden zu verleimen? Das Trinken der guten Bräue allein versöhnt nicht, das gegenseitige Verständniß, das einigt und mein Karl hat die Erlaubniß, mit den Münchener Kellnerinnen sich für den nächsten Alpenball im Plauschen zu vervollkommnen, denn es sind armforsche ältere Jahrgänge, fleißig und eifrig im Bedienen, daß es mit dem Anbandeln nichts ist.

„Karl," sagte ich, „wenn Du überall in Deine Reden, das heißt mit Auswahl, ein freundliches a hineinsetzt, gelingt das Bayerische bildschön und anheimelnd. Lieber Bube heißt zum Exempel liabr Bua. Danach mußt Du Dich richten und statt grüßen sagst Du grüaß'n und Landsbergastraß'n und Mauastraß'n und Zimmastraß'n, hingegen wiederum Jagastraß'n, die geht unregelmäßig. Und dann sagst Du zwischendurch ›schau‹ und ›guat‹ und was niedlich ist, kriegt ein rl hintendran, wie ›Klimbimberl‹, wenn man a Ulkerl macht, wodurch Härten gemildert werden, wie Potsdamerl oder Stieferl und nicht gleich duellirt werden braucht."

„Schon juat, Schatzerl,“ unterbrach er mich.

„Schau, Karl, eben hast Du ein Fehlerl g'macht. Das g wird nicht Rosenthalerthorisch betont, sondern härtlich, wie im Schillertheater. Janserl wäre z. B. total verkehrt. Ganserl mußt Du sagen und immer gemüthlich, sehr gemüthlich, so mit dem Brustton der Gemüthlichkeit.“

„Ich werde mir Mühe mit dem Hofbräuhausdialekt geben, aba wundra die net, wann i öfta mit an Rauscherl ham komma.“

„Punktum!“

„Woso?“

„Auf Dein Komma gehört ein Punktum. Schau, ham komma thu, hätte es heißen müssen.“

„I Dank schön für Kalaua“, rief er. „Alte, Du hast a Klapserl.“ –

„Das war der richtige Akzang. Karl, besorge die Karten zum Alpenfest rechtzeitig, sie werden zu rasch alle. Mit Deinen unteren Tanzbein-Muskeln nimmst Du jeden wattirten Wettbewerb auf, kommt die sprachliche Echtheit dazu, erregst Du Bewunderung."

„Und als was willst Du gehen? Weißt Du, wir sehen uns die Bayerischen Madln in der Ausstellung an und was Dir am besten gefällt, das läßt Du Dir schneidern. Komm, Alte, wir machen eine Bergfahrt ins Alpenpanorama, die ist gut gegen Deine Grillen. Und die Gedanken an das Fest im Winter zerstreuen Dich."

Ich überlegte, von dem vor meinen geistigen Augen sich ausbreitenden Blutfelde in die gemalten Berge zu entweichen schien mir befreiend und aufheiternd. „Mir recht," willigte ich ein. –

Das Alpenpanorama hatte ich mir aufgehoben, da aus Erfahrung Panoramen länger bestehen als Theater, selbst mit eigens bestellten Dichtungen der Vergangenheit in Versen und Patriotismus, aus Gipsbüsten, Nothfeuer und Jubelmarschfanfaren der nicht auf das Herz sondern auf die Groschen zielt. Da dürfen sich die Unternehmer nicht wundern, wenn keine das Haar abschneidet oder den Trauring versetzt, ihre Vaterlandsliebe an solchen Kunstaltären zu bethätigen und der Pleitegeier sich auf dem Dache des Musentempels einnistet.

Sehr seltsam ist die Bergfahrt. Anstatt in die weite hinaus, fährt man ins Enge, ordentlich auf Aussichtswagen. Erst quert man in einen Tunnel hinein und wenn man aus ihm herausquert, sieht man in Thäler hinab, auf Ortschaften, Fluren, Flüsse, Wälder und ferne Gebirge, als wäre man wirklich im Zillerthal, daß man nicht weiß, ob es Natur oder Kunst ist, woran die Bergbahn vorüberfährt. Und der Führer im Wagen erklärt Alles und die Reisenden sind entzückt und rufen Oh und Ah und Herrlich und Großartig und, wer persönlich in den Gegenden gewesen ist, erzählt, es wäre wirklich so, wie es aussähe und zeigt die Gipfel, die er erklommen und wo er gejodelt hat und wo er zu Nacht gegessen und was und wie gut und wie billig er es gehabt hat, ganz wie richtig unterwegs im Kupeh, wodurch die Täuschung ins Fabelhafte gesteigert wird.

Für die Schönheit, die Meister Rummelspacher gemalt hat, ist die Fahrt schier zu kurz, man möchte mehr und mehr haben. Aber schon ist der elektrische Aufzug erreicht. Hinein in die Kabuse. Der Führer lockert die Stange und die Maschinerie zieht an. Mit unheimlicher Geschwindigkeit geht es hoch. Am Fenster sieht man Felsen und Klüfte und wie man an ihnen vorbeirast.

„Karl," sagte ich, „wenn der Strick reißt, schmettern wir in den Abgrund. Mir scheint die Sache brenzlich."

„Keinen Zoll bewegen wir uns," lachte er. „Die gemalten Berge am Fenster rollen herab, wir dagegen halten. Der ganze elektrische Aufzug ist eine optische Täuschung."

„So'n Schwindel!" rief ich empört.

„Nicht doch. Panoramen sind auf schönen Schein berechnet. Danken wir den Künstlern für ihre Geschicklichkeit, uns mit ihrer Kunst ins Hochgebirge zu versetzen, als wären wir da. Wie viele, die nie nach Tirol hinkommen, schauen es hier und behalten seine Herrlichkeit im Gedächtniß! So, und nun sind wir oben."

Der Führer öffnete die Thür an der anderen Seite, wir querten hinaus, – queren ist jetzt sehr beliebt in Reisebeschreibungen – querten durch einen Felsengang und standen nun auf der Aussichtswarte des Ochsners.

Vor uns das Thal und der Schwarzensteingletscher, die Firne und Höhen, hoch wie die Wolken, wie groß, wie erhaben! Dazu rauschende Wasserfälle und Tannen und Gestrüpp; ein Rundblick über Nahes in die Ferne, in die Alpenwelt, daß man alle Sorgen vergißt.

Während wir in dem Hinblick der Alpen schwelgten, erzählte ein Mann, daß ein Verein im Werden begriffen sei, der sich als Rettungsgesellschaft in den Bergen niederlassen wolle, den Abgestürzten erste Hilfe zu bringen. In den Schutzhütten sollen Tragbahren, Verbandkästen, Arm- und Beinschienen, Universalpflaster, Doctorschriften und alles was nöthig ist, Verunglückte einigermaßen wieder einzurenken, gelagert werden, daß die Kletterer mit größerer Beruhigung auf die unzugänglichsten Gipfel fexen können, wenn sie fallen, fallen sie der Medicin in die Hände.

Mir grauste, als ich dies hörte, warum muß der Mensch sich unnöthig in Lebensgefahr begeben? Wegen der Ruhmredigkeit, auf einem Zacken der Erdoberfläche gesessen zu haben, auf dem ein anderer nie zuvor gehockt hat? Mit Halsbrechgefahr über eine Eisspalte zu turnen, über die überhaupt kein weg geht, blos um zu sagen, ich that es? Ist denn das eine Ehre, mit dem Tode zu spielen um ein Nichts?

„Wie beim Duell – um ein Nichts," schoß es mir durch. So schön die Welt, wie thöricht, eines Wahnes willen, auf ewig die Augen zu schließen und nichts mehr zu schauen, nichts. Reine Sonne, kein Alpenglühen, keinen Baum, keinen Strauch, nie mehr das Rauschen der Wasserfälle hören, keinen Vogelfang, keinen

Glockenklang. Nur noch in den Zeitungen gemeldet und nicht einmal bedauert, sondern der Vergessenheit mit der Grabrede übergeben: „Er hat selber Schuld." – Nicht schön das.

Wir verließen die gemalten Alpen. Man wird feier-lich und ernst gestimmt. Mir war ernster als ernst zu Muthe.

Beim Ausgange erwartete uns jemand, froh und freudestrahlend und begrüßte uns herzlich in lieber Freundschaft. Es war Rudolf Brauns. Er stand im hellen

Sonnenlichte, ein Bild des Lebens und der Jugend, mit rothen Lippen und gesunden Wangen und glänzenden Augen.

„Ich sah Sie abfahren, leider war der Zug besetzt," sagte er, „aber hier mußte ich Sie treffen. Ich wollte Ihnen nur mittheilen, ein wie großes Vergnügen es mir macht, Ihnen gefällig sein zu können. Ihr Schützling wird angenommen, wenn seine Ansprüche nicht allzuweit gehen."

„Mein Schützling?" fragte ich. „Wen meinen Sie damit?"

„Nun den Architekten, den Sie mir so warm empfohlen haben."

„Ich Ihnen einen Architekten? Ihnen? Nicht daß ich wüßte."

„Nun ja doch. Auf meine Anzeige sandten Sie mir eine Rolle Zeichnungen mit einem Begleitschreiben ..."

„Sie sind doch nicht Ypsilon 44?"

„Ypsilon 44. Ich suche einen Zeichner für unsere Fabrik ..."

„Allmächtige Güte!" rief ich. „Nun geht der Ballon den verkehrten Weg. Nein, nein."

„Aber mit Vergnügen. Heut Abend stellt er sich mir vor."

„Weiß er, daß Sie es sind?"

„Nein."

Mir ward graublau vor den Augen. Ich sah Herrn Brauns als erschossene Leiche liegen und Kriehberg mit blutigem Revolver daneben, was war zu thun. So verbiestert wie jetzt, hatte ich mich noch nie.

„Heute nicht," stotterte ich. „Heute empfangen Sie ihn nicht. Denn ... denn ... heute bleiben Sie bei uns ... zum Abendbrot. Nicht wahr ... Morgen ist es auch noch Zeit?"

„Ich bin für Pünktlichkeit ... was ich einmal versprochen habe, halte ich."

„Sie kommen mit." Dann wandte ich mich an meinen Mann: „Karl, wollte Ottilie nicht übermorgen abreisen?"

„Mir hat sie nichts gesagt."

„Nicht wahr, Herr Brauns, Sie geben uns keinen Korb. Ich glaube, Ihre Tante würde sich sehr freuen?"

„Wenn man einer Tante eine Freude machen kann, darf man nicht nein sagen,“ lachte er.

Mein Karl sah mich an, als gefiele ihm mein geistiger Zustand nicht. Ich mußte schweigen. Nur Zeit wollte ich gewinnen. Brauns und sein Todfeind dürfen sich nicht begegnen. wo aber ist ein Ausweg?

Auswärtige und innere Angelegenheiten

Wenn dem Chinesen heiß ist, wedelt er sich Kühlung mit dem Fächer zu, spürt der Deutsche Hitze, trinkt er kaltes Bier, und wegen solcher Unterschiede findet der Eine den Anderen uncultivirt. Wir sehen auf die Chinesen herab, weil sie einen Zopf tragen, und die Chinesen dünken sich hoch über uns, weil wir keinen hängen haben, wo liegt nun die Wahrheit? Der Eine ist, wie mit dem Fächer äußerlich, der Andere, wie mit dem Bier auf Eis, innerlich: das Endziel, die Abkühlung ist, das nämliche.

Dies sind nicht meine, sondern Onkel Fritzens Gedanken über Asien und Europa. Er hält es nämlich mit dem Zopf, natürlich blos, um mir zu widersprechen. Wir haben schon in der Schule über die Chinesen gelacht, wenn der Herr Lehrer uns eintrichterte, wie verdreht sie Alles machen und Pudelbraten mit Ricinusöl essen und nicht 'mal das Alphabet können, sondern für jedes Wort ein Zeichen hinpinseln. Und keinen Achtstundentag kennen sie und keinen Achtuhrladenschluß und keine Sonntagsruhe, wie schaudervoll: in dem großen himmlischen Reiche kann jeder arbeiten, wann und wo es ihm paßt, und seine Steuern erwerben und kein heimlicher Schnüffler petzt und kein Streber zeigt ihn an und kein Richter verknackt ihn. Welch' gräßlicher Anblick, solche Verlodderung der Volkswohlfahrt nebst Müßigschlendern der Straf-Organe.

Und vor ihren Mandarinen rutschen sie Bauch. Das ist erstens kriecherisch und zweitens ruinirt es das Zeug.

„Ich bin sehr froh, nicht in China zu leben," sagte ich.

„Ich dito," stimmte Onkel Fritz mir ausnahmsweise zu. „Denke Dir, Wilhelmine, wenn sie Dir kleine Klumpfüßchen anerzogen hätten, daß Du nur eben watscheln könntest."

„Gehört hab' ich davon, aber warum sie das thun, ist mir nie kund geworden."

„Damit die Frau ihrem Gatten nicht wegläuft."

„Wie grausam!“

„Nicht wahr? Der arme Mann wird sie nie los.“

„Viel schlimmer ist, wenn man einen Mann nicht los werden kann. Fritz, ich bin sehr, sehr unglücklich!“

„Was giebt's? Bist Du Deines Mannes überdrüssig? Hast Du zuviel neue Richtung gelesen und willst mitmachen?“

„Scherz bei Seite, Fritz, ich weiß nicht aus noch ein!“ Und nun erzählte ich ihm meine Noth mit Kriehberg und Ottilie und Herrn Brauns.

„Was geht denn das Dich an?“ fragte Onkel Fritz. „Laß doch die jungen Leute ihre Angelegenheiten unter sich schlichten.“

„Ich kann kein Blut sehen.“

„Klumpatsch! Du hast natürlich nicht bedacht, daß Menschen keine Dominosteine sind, die Du schieben kannst, wie sie nicht wollen. Was sagt denn Dein Mann dazu?“

„Das Schlimmste weiß er nicht?“

„Dann muß die Sache sehr mulmig sein.“

„Ist sie auch, Menschenglück und Menschenleben hängen davon ab, wie sie endigt.“

„Zunächst deshalb weg mit der Ottilie. Aus den Augen, aus dem Sinn.“

„Sie stirbt daheim an Gram und Kummer, wie Tante Lina. Du sollst sehen, nun, da sie nichts mehr zu hoffen hat, schwindet sie bald dahin.“

„Wer? Ottilie?“

„Nein, Tante Lina. Hoffnung ist der Zehrpfennig der Seele. Ist der verloren, schließen sich alle Thüren, bis auf die Pforte des Todes, die öffnet sich umsonst.“

„Wilhelmine, werde nicht sentimental. Tanten sind zähe und Verlobungen gehen täglich zurück.“

„Blos Kriehberg nicht. Er hat Briefe von Ottilie. Er thut Einspruch.“

„Dann laß sie ihn heirathen.“

„Sie liebt aber den anderen.“

„Und Du meinst, Tante Lina, die alte Schraube, hat die Beiden zusammengekobert?“

„Wenigstens stark nachgeholfen.“

„Dann wäre es ihre Pflicht wieder auszufädeln, was sie eingefädelt hat. Schatz, ich hab's! Setze Dich auf die Eisenbahn, oder womit Du sonst hinruckelst, fahre zu Tante Lina, polk ihr die Sachlage klar, damit sie so lange brieflich auf Kriehberg einwirkt, bis er Vernunft annimmt. Sie weiß ja am besten, wodurch und wie sie gekuppelt hat.“

„Geschehen muß etwas. Uebermorgen reise ich. Doch eins, Fritz, sprich mit Niemand ein Sterbenswort, was aber wird mit meinem Hotel, wenn ich abwesend bin?“

„Das läuft nicht weg. Und verbohrter, wie es zugeht mit Dir, geht es ohne Dich schwerlich.“ – „Fritz!“

„So heiße ich! Ohne Umstände mache Schluß, so bald wie möglich. Du siehst schon ganz spack aus.“

„Meine Talje wird mir zu weit.“

„Sparst Du vier Wochen Krodobrunnen in Harzburg mit Bergklettern. Ich an Deiner Stelle karriolte morgen ab.“

„Kann ich nicht. Es ist das große Fest zu Ehren Li-Hung-Schangs, des chinesischen Vice-Königs. Das muß ich beschreiben. Es wird einzig. Alles mit Theekisten – Inschriften, und auf dem Neuen See eine mit rothem und gelbem Kattun überzogene Barke und eine Pagode mit echten Porzellanvasen von Rex und die Lämpchen blau und gelb in der chinesischen Wappenkulör.“

„Wenn das den braven Schang nicht zu Thränen rührt, ist er das Entree nicht werth. Es wird doch auf eine Mark erhöht?“

„Versteht sich. Die Kosten müssen gedeckt werden.“

„Glaubst Du, weil Schang von uns mit Schokolade begossen wird, daß China deutsche Industrie und deutsche Leute begünstigt? Ich nicht. Ich kenne die Onkels durch mein Exportgeschäft. Es sind Gemüthsathleten sag ich Dir. Erst kommen sie und dann die andern – noch lange nicht.“

„Oho! Man erwartet, daß er ein Dutzend Panzerschiffe bestellt ...“

„Das dreizehnte oben aufs Packet gebunden.“

„Und Rieseneinkäufe macht. Außerdem soll er ein hervorragender Politiker sein."

„Weißt Du, was Politik ist? Anders sagen als thun. Besser wäre, die Deutschen schlössen feste Freundschaft unter sich, als daß sie in der Fremde falsche Freunde suchten. Wilhelm, das Nachlaufen, das verfluchte Nachlaufen, das ist unser Elend. wir beleuchten in allen möglichen Landesfarben, aber kein Land illuminirt in den deutschen Farben."

„Warum nicht, da wir doch andere Völker mit Oellampen ehren?"

„Weil es kein schwarzes Licht giebt, und weiß und Roth nicht langt. Sonst thäten sie es aus lauter Hochachtung, wenn sie könnten, fräßen sie uns auf – vor Liebe. Sie haben oft genug versucht, Deutschland zu zerreißen und zu verschlingen, aber ehe sie es todtschlugen, ward es lebendig und umgekehrt ein Schuh daraus."

„War es denn halbtodt?"

„Es träumt zuviel und beim Träumen hält es die Augen nicht offen. Augenblicklich träumt es chinesisch." –

Am Feste regnete es, daß die gelben und blauen Lampen sich in Vogelnäpfe verwandelten und Schang sich mit der Ankündigung der Illumination in den Zeitungen begnügen mußte, die laut posaunten, daß er für fünfzigtausend Brillanten auf der Ausstellung gekauft hätte.

Alle hinausgeströmte Welt ergoß sich in die Gold- und Silberabtheilung, wo es während des Regens trocken war, und betrachtete mit erhobenem Nationalgefühl die köstlichen Leistungen der Berliner Goldschmiede und Juweliere und den Platz, wo solcher Einkauf stattgefunden hatte, wenn auch nirgend wo daran stand „für China erworben". Einige sagten, es wären fünfmalhunderttausend Mark gewesen, was nur scherzend bezweifelt wurde, da der Chinese furchtbar reich ist. Wenn er will, kann er jede Minute ein Zwanzig-Markstück hinunterschlucken, ohne daß er was merkt. So erzählte man und beglückwünschte die Juweliere zu dem „großartigen" Geschäft und pries den Arbeits-Ausschuß als Häupter vom Ganzen und die Ausstellung und Berlin und das Deutsche Reich, daß Handel und Wandel so aufblühten und der Goldregen von Osten noch dichter pladdern würde, als der Strippenregen vom Himmel. Wer nicht drinnen war, quurkste draußen in den Regenwegen und mancher guter Anzug kriegte seinen Rest, um dem Stern des himmlischen Reiches zu huldigen, der die Geburt goldener Zeiten verkündete; liegt doch im Verdienen heute das Heil der Menschheit. Es war ein großer Tag, nur bekam Niemand Schang recht zu sehen. Es triefte zu sehr. –

Einige Abende darauf wurde die Beleuchtung wiederholt, wenn auch mit ohne Schang. Es soll sehr schön gewesen sein, allerdings mit herabgesetzter Freudenempfindung, denn im ganzen hatte Schang für nuttige dreitausend Mark Brillanten eingehandelt und war nach England und Frankreich gereist, Kanonen und Panzer anzusehen und ähnliche Einkäufe zu machen. Konkurrenz schrinkt. Doch steht zu erwarten, daß er sie ebenso einseift. Und das lindert den Schmerz wieder.

Fast möchte ich glauben, unser Schulmeister hat die Chinesen nicht so gekannt, wie sie uns kennen, und daß Onkel Fritz Bescheid weiß. Man irrt sich in nichts leichter als in ausländischen Völkern.

Seinen Rath, Tante Lina zu besuchen, nahm ich an. Ich mußte.

Denn dieser Kriehberg – man sollte es nicht für denkbar halten – wurde herausfordernder als je. Er hätte Aussicht auf feste und dauernde Stellung, schrieb er mir, und kein Grund läge vor, ihm Ottilie länger zu verweigern.

Herr Brauns brachte jenen Abend bei uns zu, an dem Kriehberg fällig war und vor verschlossenen Thüren antrat. Eine sofortige Postkarte, daß Y 44 verreist sei und ihm nach seiner Rückkehr Bescheid geben würde, sandte ich schleunigst im Geheimen an Kriehberg ab. Und darauf hin pocht er auf Aussichten. Unglaublich.

Ottilie war mit der Ungermann und Kliebisch's in ein Theater gegangen, so daß Herr Brauns, mein Karl und ich allein beim Abendbrod saßen. Ihm fehlte Ottilie; mir nicht.

Wir unterhielten uns über viele, verschiedene Dinge; das Gespräch kam nicht in Fluß. Wie wäre es auch möglich, auf die Dauer Theilnahme für Gleichgiltiges zu heucheln, wenn sich die Gedanken mit Lebensfragen beschäftigen? Und zuletzt hielt er es nicht mehr aus, er konnte sich nicht länger bezwingen.

Und wie er erst zögernd begann und erröthete und sagte, wie er auf uns zählte, namentlich auf meine Aufrichtigkeit – er wußte ja nichts von meiner so eben abgelassenen Rohrpostlüge – und dann immer lebhafter wurde, je mehr er den Eindruck schilderte, den Ottilie auf ihn gemacht hatte, gleich beim ersten Anblick und nachher wieder, so oft er sie gesehen, das klang so gewinnend und innig, daß ich ihm freundlich zunickte. Und da sagte er, sie müßte die Seine werden, so liebe er sie.

Nun war es heraus, und ich sollte Ja und Amen dazu sagen.

„Sie kennen sich gegenseitig noch viel zu wenig," wandte ich ein. „Sie müssen erst vertrauter werden."

„Dazu bietet uns das ganze lange Leben Gelegenheit."

„Und Sie wissen so viel, da kommt Ottilie nicht gegen."

„Ich will Liebe, nicht Gelehrsamkeit."

„Sie ist arm."

„Ich habe mehr als genug. Unsere Fabrik wächst von Jahr zu Jahr, unser Betrieb dehnt sich aus. was mein Vater begründete, führen wir gemeinschaftlich weiter, ich bin nicht nur sein einziger Sohn, sondern sein geschäftlicher Mitarbeiter. Meine Eltern wollen mein Glück und mein Glück ist Ottilie; meine Lebensfreude, sie mit Allem zu umgeben, was ihr wünschen begehrt."

„Wenn die Eltern mit der Wahl einverstanden sind," sagte mein Karl, „sehe ich nicht ein ..."

„Karl!" rief ich, „nicht zu hastig. Hast Du Verständniß von einem Mädchenherzen? Ottilie muß doch erst gefragt werden!"

„Das ist Herrn Braun's Sache, wenn die jungen Leute einig sind, sehe ich nicht ein ..."

„Karl, versetze Du Dich in Ottiliens Lage, ebenso schüchtern und gewissermaßen vom Lande, und Herr Brauns kommt mit der Thür in's Haus gefallen und will Dich heirathen, natürlich schreist Du und läufst weg oder Du giebst in Verwirrung Dein Wort und sitzest hernach da und weinst aus Voreiligkeit, und sie schleifen Dich in die Kirche und ein Jahr daraus liegst Du mit gebrochenem Herzen in weiß Atlas im Sarg."

„Gott soll mich schützen," lachte mein Karl und sah mich verwundert an, und fragte mit seinen Blicken: „Alte, was hast Du?"

Herr Brauns lachte nicht. Der war blaß geworden und schwieg ernst, furchtbar ernst. Ihm mochte wohl aufdämmern, daß etwas nicht in Ordnung sei und sein Glück wie Edelweiß an einem Abgrund blühte, und ich sollte der Führer sein und weigerte mich aus Sachgründen.

Er brach auch bald auf. – wie that er mir leid.

Er reichte uns die Hand beim Abschied, sie zitterte leicht. So mächtig war der Aufruhr in ihm, daß er seiner kaum Herr ward, er, der Eisen und Stahl brach, wenn er wollte.

Ich begleitete ihn hinaus. Meinen Karl winkte ich mit dem Ellbogen und der rechten Fußsohle, zurückzubleiben.

„Gewähren Sie mir drei Tage," sagte ich. „Ich muß verreisen; wenn ich wiederkomme, dann ... dann sind wir ... älter." – „Aber Ottilie geht?"

„Vorläufig nicht; ich sagte nur so."

Ein Freudenschimmer überflog seine Züge.

„Versprechen Sie mir, keine Thorheit zu begehen?"

„Thorheit?" lächelte er. „Thorheit? Nein."

„So ist's recht. Sehen Sie, Herr Brauns, wenn ein junges Mädchen heiß und verzehrend liebt, dann fürchtet es sich vor der Entscheidung. Es ist, als sollte sie in Gluth und Feuer springen und schließt die Augen und beträgt sich wie blind."

„Verstehe ich Sie recht?" – „Adieu, Herr Brauns." –

Mein Karl wollte Auskunft haben; ich bat ihn, mir die Angelegenheit zu überlassen. Heirathen sei Frauenaufgabe. – Darin ergab er sich.

Ungermanns und Ottilie kamen spät nach Hause.

Mein Karl fragte: „Ottilie, würden Sie Herrn Brauns Ihre Hand geben, wenn er sie verlangte?"

Sie sah ihn starr an, dann mich – Ungermanns hatten sich gottlob zurückgezogen – als hätte sie nicht recht gehört.

„Er will Sie zur Frau."

„Karl!" rief ich.

Es war zu spät. Ottilie lag ohnmächtig auf dem Teppich. Die Wahrheit war ihr zu viel gewesen.

„Karl, wie konntest Du?"

„Einmal muß Euren Heimlichkeiten ein Ende gemacht werden. Ich will nicht, daß Du mir draufgehst."

„Wie egoistisch, Karl."

Ottilie kam wieder zu sich. Ich half ihr, sich zur Ruhe zu legen und wärterte an ihrem Bette, bis sie schlief. –

In der Nacht hörte ich sie weinen.

„Ottilie," sprach ich, „es kann ja noch Alles gut werden."

„Ich wollte, ich wäre todt," schluchzte sie.

Da beschloß ich mit Onkel Fritz zu sprechen, wie es geschah. Und seinen Rath, Tante Lina vor das Messer zu nehmen, befolge ich.

Wenn Jemand Schuld an dem Jammer hat, ist es Tante Lina. Nichts ist verderblicher, als das Heirathstiften, zumal von älteren Jungfern, die nur in der Theorie Bescheid wissen.

Provinz-Erlebnisse

Geschäftsreisen sind keine Vergnügungs-Ausflüge. Freilich kann eine Geschäftsreise sich zur Quelle reinster Freuden gestalten, wenn der Absatz fluscht, neue Kunden anbeißen und die alten die Waare auftraggebender Weise loben. Anerkennung in Worten klingt sehr schön und befriedigt Dichter und Künstler, zumal in gedrucktem Zustande, aber mit Aufblähung ist dem einfach civilen Bürger nicht gedient; der hat Wechsel einzulösen, Fabrikanten zu zahlen, Rohstoffe anzuschaffen und Arbeiter zu lohnen, der muß umsetzen; denn was auch aufkommen mag, Geld bleibt egal Mode. In keiner Konfession sind die Menschen orthodoxer, als in der Anbetung des Geldes.

Unser Felix Schmidt konnte auf das Ergebniß seiner letzten Tour stolz sein, als er zurückkehrte. Er war vergnügt und mein Karl war so vergnügt, daß er mich mit in das Geschäftliche hineinzog, was er nur selten thut, wie ich ihm ja auch nicht mit jeder zerbrochenen Schüssel ins Gesicht springe und nur dann und wann erfreue, wenn ich wirklich Billiges, lächerlich unter dem Einkaufspreis erworben habe. Gewöhnlich berechnet er nach, daß er trotzdem viel zu hoch kam. Neulich kaufte ich auch etwas. Es sah aus wie eine Kneifzange und war patentirt und von zwei Mark auf fünfzig Pfennige herabgesetzt, blos es ließ sich nirgend wozu gebrauchen. Mein Karl drohte, das nächste Mal käme ich unter Kuratel. Ich entgegnete: „Wer eine Mark fünfzig sparen kann und es nicht thut, versündigt sich; übrigens die Frau soll noch geboren werden, die einem Ausverkauf widersteht. Also was brummst Du?“

Jetzt hatte ich Verwendung für den Gegenstand, indem ich ihn nebst anderen Niedlichkeiten als Aufmerksamkeit für Tante Lina mitnahm. Kann sie auch nichts damit anfangen, so freut sie sich doch über den guten Willen, der bei Geschenken das Werthvollste ist. Und den hatte ich.

Ob ich auf einer Geschäftsreise war, als ich in der Eisenbahn saß und nach Tante Lina fuhr, das vermochte ich nicht bestimmt zu beantworten, eine Vergnügungspartie war es jedoch nicht. Würde ich meinen Zweck erreichen? Vielleicht. Blieben meine Bemühungen fruchtlos, waren Fahrkarte, Zeit und Spesen der Katze geweiht. Aus der Füllung des Abtheils machte ich mir nichts, die Stadtbahn-Straffahrten nach Treptow hatten mich abgehärtet, und schon längst hatte ich den Unterschied zwischen Häringen und Berlinern herausgefunden. Die Häringe werden nämlich mit Salz gepökelt und die Berliner mit amtlichen Zumuthungen. Die Verpackung ist dieselbe.

Bei der herrschenden Sommerwärme zog ich die dritte Klasse der gepolsterten zweiten vor, und das hatten sämmtliche Mitleidensgenossen aus demselben Grunde gethan, wie sie sagten, als das allgemeine Gespräch mit Bahnbeschwerden eröffnet wurde. So mächtig wird stets über die Leitung des Ganzen geurtheilt, daß sie aus dem Ohrenklingen gar nicht herauskommen, und deshalb natürlich keinen vernünftigen Verbesserungs-Gedanken fassen kann. Hinterrückisches Zähneknirschen hat gar keinen Einfluß, ebenso wenig wie das Anblaffen der unschuldigen Schaffner etwas an den Bahngesetzen ändert. Man gebe der Verwaltung mehr Ferien unter der Bedingung, sie abzureisen. Das würde ihr gut thun.

So und ähnlich äußerten die Herrschaften sich, und nachdem die Eisenbahn ihre Wischer weghatte, kam Berlin daran.

Ich gab mich nicht zu erkennen, um die freien Aeußerungen nicht zu hemmen.

Es bildeten sich bald zwei Parteien. Die eine ließ an Berlin kein gutes Haar, die andere war der Anerkennung voll, wenn man jedoch genau hinhörte, gingen die meisten Klagen aus dem Geldbeutel hervor. Die, die Alles hatten sehen und genießen wollen, ohne daß es etwas kosten sollte, waren böse, die Anderen, die sich gesagt hatten, daß, wer Vieles in kurzer Zeit abmachen will, an einem Tage mehr ausgiebt, als zu Hause in einer bis verschiedenen Wochen, waren zufrieden. Kann Berlin etwas dafür, daß die Straßen so lang sind?

Die Droschken waren ihnen zu theuer.

Warum sie nicht Pferdebahn gefahren wären oder Omnibus?

Wer wußte denn, wo man damit hinkäme?

Man brauchte nur zu fragen.

Um sich Grobheiten auszusetzen?

Wo das der Fall gewesen wäre? Der Berliner gäbe gern und willig Auskunft.

Damit liefe man den Bauernfängern in die Arme.

„Jawohl," rief ich dazwischen, „wenn man nämlich ein Bauer ist."

„Sie sind wohl aus Berlin und wissen Alles besser?" entgegnete der Mann, „Wie ist es einem Herrn gegangen, den ich zufällig kennen gelernt hatte? Er machte nämlich die Bekanntschaft von einem Grafen und der Graf führt ihn in höhere Zirkel ein und es ist auch sehr nett da, blos daß die Gesellschaften immer so spät in der Nacht stattfanden. Doch dies fiel ihm nicht weiter auf, indem er sich amüsirte mit ungarischen Gräfinnen und Comtessinnen aus Polen, in die er ganz weg war; hochfein. Und da er sich nicht knauserig zeigen durfte, wenn mal gespielt wurde, haben sie ihm nicht blos sein Geld abgenommen, sondern auch die Uhr; und wie er sie am nächsten Abend einlösen will, hat die Polizei die ganze noble Gesellschaft ausgehoben."

„Hat er seine Uhr wieder?" fragte jemand.

„Nicht doch, wenn er sich meldet, muß er als Zeuge aussagen und das paßt ihm nicht wegen seiner Stellung, wenn sein Name in der Zeitung steht und wie die Frauenzimmer ihn hineingelegt haben und daß der Graf ein entlassener Heilgehilfe mit Vorstrafen war: die Blamage ist zu enorm."

„Was man nicht Alles mit guten Freunden erlebt,“ bemerkte ich. Die übrigen lachten und tuschelten und einer rief: „Der gute Freund sind Sie doch nicht am Ende selber?“

„Würd' ich die Geschichte dann erzählt haben?“

„Na, na!“ zweifelte ein Herr. „Es mag nett zugehen, wo Sie her sind!“

„Ich bin es weiß Gott nicht,“ suchte er sich herauszureden. „Sie können es mir glauben.“

„Wer glaubt, wird selig.“

„Auf Ehrenwort, ich bin es nicht. Ich kann Ihnen auch den Namen nennen, es war ein gewisser Ungermann.“

„Ein kleiner untersetzter Herr mit durchgewachsenem Schädel?“ fragte ich erstaunt.

„Ganz derselbige. Kennen Sie ihn?“

„Nur so von Ansehen. Ich kann mich auch irren.“

„Vielleicht wissen Sie mehr von den ungarischen Gräfinnen als wir?" argwöhnte der Herr und fixirte mich.

Ich wurde verlegen.

„Und wo die Uhr geblieben ist?"

„Mein Herr!" fuhr ich auf.

„Ich kenne Berlin," höhnte er.

„Berlin bei Nacht," gab ich ihm zurück, „gerade so wie Ungermann. Jawohl! Den hat die gerechte Strafe für seine Aushäusigkeit und Duckmäuserei ereilt. Hoffentlich sind seine Genossen nicht leer ausgegangen. Sagten Sie nicht, er wäre ein guter Freund von Ihnen?"

„Ich verbitte mir jede Anspielung."

„Ich mir dito!"

„Uebrigens wenn Sie es interessirt, wurde ich in Alt-Berlin mit dem Herrn bekannt. Die Ausstellung ist doch für Fremdenverkehr, da treffen sich eben die Fremden."

Dagegen sagte keiner etwas. Voller Aufregung suchte ich nach meinem Riechsalz, wobei die merkwürdige Zange herausfiel, die mein Schräg- à-vis aufhob und prüfend betrachtete, anstatt sie mir höflichst zu überreichen.

„Erlauben Sie, was ist das für ein Instrument?" fragte er.

„Das weiß ich nicht."

„Merkwürdig!"

„Wieso?"

„Man führt doch keine Brechzangen bei sich, ohne zu wissen, wozu sie gebraucht werden?"

„Ach so? Eine Brechzange ist es," erwiderte ich. „Mir sehr angenehm, das zu erfahren."

„Was denn sonst? Man schiebt das Ding zwischen die Thür, knack, und auf springt sie."

Alle blickten mit neugieriger Abscheu erst auf das Instrument und dann auf mich. Die neben mir saßen, rückten zur Seite, so gut es ging.

Ich lachte und wandte mich an den Herrn, der mir die Zange noch nicht wiedergegeben hatte: „Darf ich mir mein Eigenthum gefälligst ausbitten?“

Er sah mich an, mit so unverkennbaren Criminalaugen, daß ich eine Gerichtsperson auf Ausstellungsurlaub in ihm witterte und von plötzlicher Angst erfaßt, zurückfuhr. Darauf sah er mich noch durchbohrender an und sagte: „Dieses verfängliche Geräth muß der Polizei eingeliefert werden.“

„Meinethalben, für mich hat es keinen Werth.“

„Und doch kann es Ihnen theuer zu stehen kommen.“

„Wollen Sie mir jetzt mein Besitzthum wiedergeben? Oder soll ich klagbar werden?“

Er zögerte.

Nun ich fühlte, daß ich Oberwasser kriegte, gewann ich Muth: „Besehen Sie sich es genau, wenn Sie lesen können. Da steht D. R.-P. darauf, Deutsches Reichs-Patent. Glaubt denn ein vernünftiger Mensch, das Deutsche Reich patentire Einbrechzangen und Diebgeräth?“

„Warum nicht? patentirt wird vieles.“

„Die Frau scheint mir Recht zu haben,“ rief ein jüngerer Mann aus einer Ecke.

„Hab' ich immer!“ stimmte ich ihm bei.

„Und ich finde es nicht schön, sofort gleich zu verdächtigen, wo garnichts vorliegt. Hat die Frau denn schon eingebrochen? Und wenn sie einbrechen will, seit wann ist die Absicht strafbar? Außerdem fragt sich, ob das Ding wirklich zum Einbrechen taugt? Mir scheint es für diesen Zweck viel zu schwach gearbeitet. Ein Geldspinde bringt sie nicht damit auf. Das ist meine Meinung.“

„Aber wozu dient das Instrument denn?“

„Mir scheint es ein Briefbeschwerer,“ sagte eine Dame.

„Das sieht man doch im Dunkeln,“ klammerte ich mich an diesen Rettungsstrohhalm. „Giebt es etwas unnatürlicheres als Briefbeschwerer? Dazu nimmt man alte Schuhe, Hufeisen, Beile, Aepfel und Birnen, Töpfe aus Metall und Stein und worauf das Kunstgewerbe sonst verfällt.“

„Das ist wahr,“ bestätigte mein Nachbar zur Linken.

„Wer die Ausstellung betrachtete, der hat auch Briefbeschwerer gesehen,“ sagte ich. „Aber wer blos nach Berlin ging, um zu schwiemeln, weiß von nichts. Geben Sie mir meinen Kunstgegenstand. – Danke!“

Während ich das Unglücksgeschirr wegstopfte, begann der Herr, der sich als Ungermann's Freund verrathen hatte, auf die Ausstellung zu raisonniren: „Wer kann Alles sehen? Die Vergnügungen erdrücken die Industrie.“ – Und was der nicht wußte, ergänzten Andere.

Als sie es jedoch zu schlimm machten, bildete sich Gegnerschaft, die immer mehr in's Loben kam und gut fand, was vorher getadelt und herabsetzte, was in den Himmel gehoben war.

Ich verhielt mich zuhörend; ich war zu zerknittert, einzugreifen. Hingegen war mir klar: Allen recht zu machen, ist selbst Kommerzienräthen unmöglich.

Mit wahrer Aufathmung begrüßte ich meinen Aussteige-Haltepunkt, verließ die Gesellschaft mit deutlicher Nichtbeachtung und suchte den Postwagen auf, der mich weiter befördern sollte. Im Wartesaal nahm ich einen kleinen Trosttropfen; nur einen. Dem genossenen Aerger nach hätte ich Grund gehabt, mich dem Alkohol gründlichst zu ergeben und begriff, wie fortgesetzter Verdruß einen Menschen schließlich ins Delirium treiben kann, welche Charakterfestigkeit gehört dazu, Ausstellungscomité zu sein, das täglich aufgemöbelt kriegt und doch nie molum gesehen wurde!

In solchem gelben Stephans-Kasten war ich noch nicht gefahren; er ist ja auch im Absterben und deshalb waren die englischen Mehlkutschen, die weiter nichts sind als eine Kreuzung von Omnibus und Post, in Berlin, wenn es hoch kam, nur mit einer Person bevölkert, wir haben unsere billigeren flinken Droschken erster Güte, was sollten wir mit den Noah-Archen auf Rädern? Sie hier unübertrefflich halten, weil sie von England kamen? Ueber solchen Mumpitz sind wir längst hinweg.

Ich war allein in dem Wagen auf der langsamen Straße mit Feldern auf beiden Seiten, Dörfern in der Ferne und Gehöften, an denen man vorüberfuhr in ländlicher Stille, wie viele Menschen doch außerhalb Berlins glücklich sind. Und doch meinen die Meisten, das Glück sei nur in der großen Stadt zu Hause. Aber was ist Glück? Das einzige, was der Mensch sucht, wenn er es gefunden hat. Denn es giebt keinen Zufriedenen.

Wie glücklich hätte ich jetzt sein können, wenn ich mich weder mit Kriehberg noch Ottilien beschwert hätte, waren denn Ruhe und Frieden und meine Häuslichkeit nicht Glück genug? Was hatte ich Noth, mich in die Schreibtinte zu begeben? Nun saß ich drinn. Ohne die Beiden wäre ich nicht auf der Spritztour nach Tante Lina, die sehr verhängnißvoll hätte werden können. Der Mann, der mich möglicherweise für das Ehrenmitglied einer Einbrecherbande hielt, war nahe daran, mich der Obrigkeit zu überantworten. Man weiß ja nie, mit wem man fährt, welch' unbewußtes großes Thier er ist und was er einem anthun kann?

Und dieser Ungermann! So ein Nachtbruder. Und bei Tage wie neugeborne Unschuld. Den werd' ich abmalen!

Mit dieser Absicht drusselte ich ein und erwachte erst, als der Postillon sein Stückchen blies. Ich träumte gerade, Ungermann winselte um Gnade, so klang das Geblase.

Wir rumpelten über holperiges Pflaster durch ein thurmartiges Thor und waren in der Stadt. Tante Lina wohnte nicht weit von der Post, sie aufzufinden ging ohne Adreßkalender.

Sie freute sich nur mittelmäßig, als ich bei ihr eintrat mit den Worten: „So, da bin ich. Sie können sich wohl denken, daß ich wegen wichtiger Angelegenheiten komme, wie geht es Ihnen, Tante Lina?“

„Ganz gut,“ erwiderte sie. „Recht gut. Viel besser, als sonst. Bitte, setzen Sie sich. Ich nehme jeden Abend vor dem Schlafengehen, mit Erlaubniß zu sagen, drei Stücken Rhabarber. Apotheker Bahnsen rieth es mir und es hilft auch, weil ich die Berliner Kost nicht vertragen konnte und wenn nichts gethan wurde, es leicht schlimm geworden wäre. Im vorigen Jahre hatte Maler Brandt's Frau es ebenso, aber weil sie nichts brauchte, schlug, mit Erlaubniß zu sagen, innerliche Gedärmgicht dazu und in fünf Tagen war sie todt. Sie hat so geschrieen, daß sie es drei Häuser weit gehört haben.“

„Wer lange Rhabarber ißt, kann alt werden,“ sagte ich, nur um etwas zu sagen, da ich den rechten Dreh noch nicht hatte.

„Will ich auch,“ entgegnete sie. „Ich will noch vom Leben haben, was es mir bieten kann. Und wozu auch nicht? Das Essen und Trinken schmeckt mir und zu sorgen hab' ich für Niemand mehr, für Niemand. Der, auf den ich wartete, der braucht nicht, was ich zusammenhielt, der ist reich; darum hab' ich Alles auf Leibrente gegeben.“

„Aber Tante Lina!“

„Ja, nun erbt Keiner was. Keiner. Viedt's haben auch genug. Und Sie brauchen es auch nicht. Und Kriehberg ist noch jung, der kann arbeiten. Das hat Johannes auch gemußt.“

„Sie können über das Ihrige verfügen, wie Ihnen gut dünkt, Tante Lina, aber sagen Sie mir das eine: Haben Sie Kriehberg etwas versprochen?“

„Nicht gerade versprochen. Aber da er und Ottilie sich so sehr lieben, sagte ich, sie sollten heirathen, ehr etwas dazwischen käme, warum dürfen die jungen Leute nicht glücklich werden?“

„Wovon sollen sie existiren?“

„Sie sind ja noch jung. Es verheirathen sich so viele und sind glücklich.“

„Doch blos nicht in Berlin! was kostet ein Haushalt in Berlin? Allein die Miethe. Und er hat nichts."

„Oh, so viel wird er wohl haben."

„Aber nein. Nicht so viel, die bescheidenste Wohnung zu nehmen mit Küche, eben groß genug, eine Karmenade auf einmal zu braten. Tante Lina, da haben Sie nicht gut gerathen."

„Sie lieben sich."

„Wissen Sie das so genau? Ich bin anderer Ansicht. Er allerdings will Ottilie ..."

„Und sie ihn. Und ich gab ihnen meinen Segen und sprach, werdet glücklicher als ich und da verlobten sie sich mit Liebe und Treue für alle Ewigkeit."

„Welcher Leichtsinn. Arme Ottilie. Tante Lina, haben Sie ihnen wirklich nichts versprochen? Garnichts? Reinigen Sie Ihr Gewissen, von Ihnen wird einst Rechenschaft gefordert, wenn die Beiden in Elend zu Grunde gehen."

Sie mimmelte mit den Lippen. „Nun ja," begann sie zögernd, „ich warf so hin, daß, wenn sie sich brav hielten, ich Ottilie in meinem Testamente bedenken würde, und das will ich auch."

„Nun Sie ihr Vermögen für immer weggegeben haben?"

„Meine Sachen sind wie neu, blos in der einen Kommode ist der Wurm."

„Aber Kriehberg rechnet entschieden aus Geld."

„Wie sie alle; alle miteinander." Sie blickte mich an, als wenn sie sagen wollte „und Du auch!"

Ich besann mich kurz. „Ich will Ihnen die Beiden schicken; sie können sich hier verheirathen und bei Ihnen wohnen, damit Sie das von Ihnen eingerührte Glück aus erster Hand mit verzehren. Ich habe für so etwas keinen Platz."

„Ich auch nicht, was würden die Leute dazu sagen?"

„Was Leute immer sagen, wenn Zweie zusammengeredet worden sind und hinterher ihre Ohren abreißen möchten, mit denen sie nach all den schönen Worten hingehorcht haben."

„Und was sagen die Leute immer?"

„Gut, wer damit nichts zu thun hat. Das sagen sie!"

„Was kann ich aber dabei machen?"

„Viel, sehr viel. Nur einige Zeilen an mich, daß weder Ottilie noch Kriehberg Baares von Ihnen zu erwarten hat."

„Nein."

„Ja! Und zwar eine Bescheinigung von Ihrem Renteninstitut. Es muß sein ..."

„Muß?"

„Tante Lina, ein Leben mit unerfüllter Liebe ist großes Weh – Sie wissen es. Doch, ohne Liebe mit Wort und Schwur gebunden sein, das ist gebranntes Leid. Nur wenn Kriehberg sein Wort zurückgiebt, wird Ottilie frei. Und sie liebt einen anderen. Dies Ihnen zu sagen, bin ich hier. Das Glück zweier Menschen liegt in Ihrer Hand. Können Sie noch zaudern?"

Sie schwieg geraume Zeit, „Wie ist das gekommen?" fragte sie.

Ich erzählte ihr Alles und sie gab genau Acht; dann sagte sie: „Ich will ihn bitten, ihn, Johannes, daß er sich Kriehberg's annimmt, vielleicht daß er drüben sein Fortkommen besser findet, als hier. Johannes wird es mir nicht abschlagen. Er ist ja glücklich. Aber Verantwortung habe ich keine. Nein. Nein!"

Wir blieben zusammen, bis am Spätnachmittage die Post wieder abging. Ihr Rechtsanwalt schrieb den Schein, worin er beglaubigte, daß sie ihr Capital auf Leibrente gegeben hätte und nachdem diese Angelegenheit erledigt war, spendete ich das Mitgebrachte. Eine Tasse mit der Berolina darauf war ihr genehm, desgleichen eine Medaille zur Erinnerung an die Ausstellung; der Briefbeschwerer fand dagegen weniger ihren Beifall, obgleich sie nichts sagte.

„Es ist das Neueste in Nippsachen," pries ich ihn an.

„O nein!" wehrte sie ab. „Viedt's haben gerade solchen in ihrem Laden und können ihn nicht los werden; von ihrem Lieferanten in Berlin, zur Probe. Es ist, mit Erlaubniß zu sagen, ein Reise-Taschenstiefelknecht."

Zum Glück kam das Mädchen und meldete, die Post ginge gleich. Tante Lina hatte das Geschenk sichtlich übel genommen und wer weiß, ob ich sie herumgekriegt hätte, wäre ich ihr gleich zu Anfang mit den Spenden gekommen.

Guter Wille zieht nur dann, wenn er mit guter Laune zusammentrifft.

Es kommt zum Klappen

Es war mir eine wahre Wohlthat, von Tante Lina ab, wieder nach Berlin hin zu streben, obgleich ich mich auf den nächsten Tag gefaßt gemacht und das Erforderliche mitgenommen hatte. An einem so wenig bleibwürdigen Platze sich länger als gezwungen aufzuhalten, rechne ich zu den Vergeltungen der Vorsehung, die man für bereits grasbewachsene Thaten aufgebrummt kriegt, – vielleicht daß man mal zu heftig gewesen ist oder Nebenmenschen es besorgt hat – mit Ausnahme der Krausen – oder was sonst nicht mehr zu ändern war, aber doch noch zu Buch steht. Gut, daß ich nichts auf dem Kerbholz hatte und mit der Post den Anschluß erreichte. Und Kriehberg sollen die Heirathsgedanken schon vergehen, wenn der Weg zum Traualtar nicht mit Markstücken gepflastert ist, wie er sich einbildet. Liebt er Ottilie wirklich und will er sie aufrichtig glücklich machen, giebt er ihr das Jawort zurück.

Und wie nette Reisegefährten traf ich in der Bahn. Das waren Leute, die sich auf den Besuch der Ausstellung freuten, weil sie schöne und bildende Beschreibungen darüber gelesen hatten, nicht die übliche Schlechtmacherei von Schreibmenschen, die nur herunterreißen, weil das Aufbauen so seine Mucken hat. Wer nie backt und braut, dem mißräth allerdings auch nichts. Und Fehler – wo ist völlig Vollkommenes? Man muß das Mangelhafte von dem Gelungenen absubtrahiren und das Gute gehörig zusammenaddiren und dabei berücksichtigen, daß Jeder seinen Privatgeschmack hat, dann ergiebt sich das richtige Exempel.

Sie fragten mehr, als ich beantworten konnte und ob es nicht doch zu stark ins Geld ginge, wenn man Alles mitnehmen wollte.

Ich sagte: Berechnen Sie die Summen, wenn Sie nach Kamerun reisen müßten, um Wilde und ihre Dörfer zu beaugenscheinigen, oder nach Kairo oder nach

Spitzbergen, wo die Eisbären sich Gutenacht sagen, oder nach dem Zillerthal, und wo giebt es Rundreisebillets in die Vergangenheit, da doch Alt-Berlin aufgebaut wurde, wie es nach dem dreißigjährigen Kriege erbärmlich war und noch keine Ahnung hatte, wie es nach Einundsiebzig anschwellen würde.

Da flögen so viele blaue Scheine als jetzt Pfennige. Und die ganze große Gewerbe-Ausstellung haben Sie als Beilage, nebst Musik und Beleuchtungseffekten, Gartenanlagen und Dod und Deibel.“

So verursachte ein Wort das andere und auch wegen der Verköstigung fragten sie, und ob in der Fischhalle an einem Sonntag wirklich über hundert Zentner Seefische vermöbelt worden wären?

„Gewogen hab' ich sie nicht,“ war meine Antwort, „aber es wird schon so sein, es stand ja in den Zeitungen an der Stelle, wo sie das Glaubhafte hindrucken. Ueberhaupt, versäumen Sie die Fischerei nicht, da schwimmen Regenbogenforellen und die seltensten Fische, vom einfachen Steckerling bis zum Caviar lebendig herum und Hummer in unreifem Zustande, noch ganz blaugrün und junge Fische werden ausgebrütet und als Gegensatz zur Kinderbrutanstalt ist eine Krebswochenstube da, an der man nichts sieht als Drainröhren, die aber höchst naturhistorisch ist, wenn gerade einer von den Amphibienräthen Zeit hat und die Erklärung dazu leistet. Und wenn man sich satt gesehen hat, kann man sich an Fischen satt essen, die große Portion dreißig Pfennige ohne Kellnerschmuhgroschen; mit: vierzig.“

„Da gehen wir hin,“ hieß es. „Ich lasse mir zweimal geben,“ sagte ein langer Magerer, „das ist ja enorm billig.“

„In der Volksernährung kriegt man es noch umsonster,“ unterstützte ich seine guten Absichten, „und in der vegetarischen Eßanstalt bekommen Sie für zwanzig Pfennige ein Gericht saure Linsen, daß sie Ihnen schon aus den Ohren heraustrudeln, ehe Sie den letzten Löffel voll hinter haben.“

Dies erheiterte sie und warum soll man sich nicht scherzhaft geben in aufthauender Gesellschaft, obgleich die Vornehmheit verlangt, sich im Coupé wie eine beschäftigungslose Padde zu verhalten?

Mit Wohnung waren sie schon versorgt, indem sie sich an Stangen gewandt hatten, der Zimmer massenweise an der Hand hat. „Viele schlüpfen bei Bekanntschaften unter,“ sagte ich. – „Das würde doch wohl lästig,“ meinte eine Dame.

Ich seufzte.

„Haben Sie Erfahrungen darin?“ fragte die Dame weiter. „Die kommen noch,“ entgegnete ich und dachte an das Huhn, das ich mit Ungermann zu pflücken hatte. Was sage ich Huhn? Mindestens einen Auerhahn. Und für sie, die Ungermann, setzt es auch was; zunächst um ihren neuen Hut. Wie ein Schlittenpferd. Es werden schon Federn fliegen.

Je mehr wir in nächtliche Dunkelheit geriethen, um so dämmeriger wurde auch die Unterhaltung, die sich zuletzt darauf beschränkte, daß die Herren uns ihre Zigarren vorrauchten. Was es für Unkraut war, kann ich nicht sagen, aber sie selbst öffneten von Zeit zu Zeit die Fenster, um nicht zu ersticken. Ich schätzte es auf eine Art von Mottentod.

Dank der Unermüdlichkeit der Lokomotive kamen wir Berlin immer näher und als sie noch lange nicht pfiff, holte jeder sein Handgepäck heran und belästigte sich und die Nachbarn. Aber das ist einmal so in dem Verlangen begründet, rascher anzukommen, wie man ja auch lebensgefährlich dicht an den Schienen dem Zug entgegensieht, damit er sich eilt, wenn man mit will.

Wir wünschten uns gegenseitig viel Vergnügen und waren auseinander, als die Thür kaum offen stand. Ich sah weiter kein Vergnügen vor mir, als meinen Karl zu überraschen, da ich erst Morgen erwartet wurde.

Ich hinein in eine Droschke und los. Es war bereits gegen Mitternacht, aber in der Lindengegend und in den Hauptstraßen noch ein Treiben wie bei Tage, die Cafés und Bierpaläste im hellsten Lichte und auch noch Läden geöffnet. In der Provinz liegen sie schon zum zweiten Male auf der rechten Seite, dachte ich, und stärken sich mit gesundem Schlaf und drehen sich bald zum dritten Male im Bewußtsein höherer Solidität. Aber wer bildet das nächtliche Publikum in Berlin? Die Fremden. Und wo sind die her? Aus der Provinz, wenn sie zu Hause so schwudderten? Ei weih!

Na, Ungermann wird sich über sein Abgangszeugniß aus der Residenz freuen.

Der Kutscher schien mich für außerhalbsch zu halten, indem er mit seinem Zossen auf Zeitfahrt losbummelte, bis ich ihm zurief: „Geben Sie dem ollen Asphaltschoner mal'n bisken langen Haber, er tritt sich ja auf die eigenen Hacken.“

Der Droschkenlenker hielt an und wandte sich um. „Det Ferd,“ sagte er und deutete mit der Peitsche auf das Fell voll Knochen, „det war früher Rennpferd, der braucht keenen Dreschflegel. Im übrigen is er nu jlücklich so weit umdressirt, det er allens dhut, wat er will.“

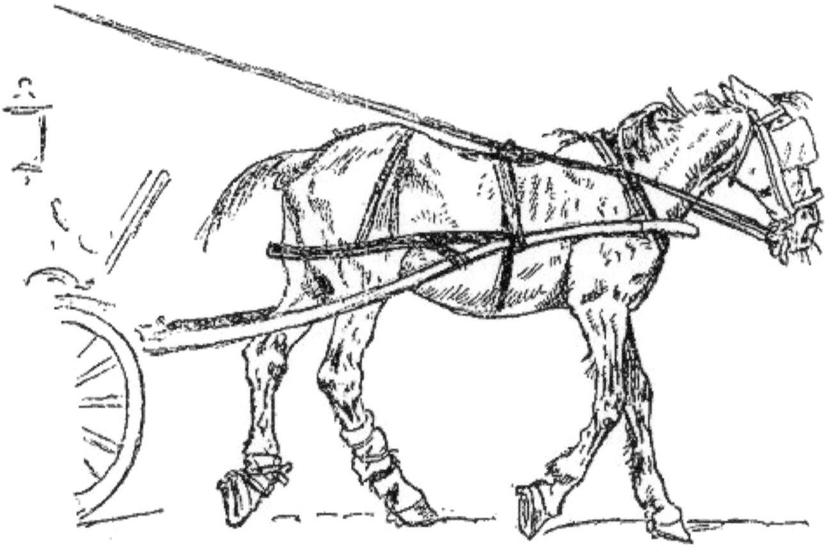

„Na, wat will er denn?“ erwiderte ich im Volkstone.

„Nach'n Stall will er.“

„Also dalli!“

„Nee, nu nich, weil et seine contrair entjejenjesetzte Richtung is. Se sollten blos nach'n Wedding jewollt haben, da hätten Se'n kennen jelernt; uff'n Nachhauseweg schlägt er jeden elektrischen Strom um mehrere Nasenlängen. Hü! Schimmel.“

Obgleich der jetzt folgende Galopp nicht rascher ging als der bisherige Schritt, erhob es mich sehr, wie die modernen Kulturerrungenschaften allmählich in der Bevölkerungsdenkweise Wurzel schlagen, während doch feststeht, daß die Griechen Elektricität und Telephon und Photographie und Hygiene nicht einmal dem Namen nach hatten. So frißt die Bildung sich immer weiter in die Massen und greift die Aufklärung um sich, wozu Ausstellungen schichtenweise beitragen, je nachdem Volks- oder Elite-Tage sind. Elite ist theurer, sonst ganz dasselbe. Ein großes Jahrhundert, worin wir leben.

Als wir die Landsbergerstraße gewonnen hatten, war das Haus duster. „Alle in der Bucht," sagte ich mit innerlicher Zufriedenheit, gab dem Droschkong einen Uebernickel für das Roß und gedachte durch die Fabrik oben zu gehen, meinen Karl zu interviewen ohne zu stören, und mein Gemach aufzusuchen, wo Ottilie wahrscheinlich nach Schlaf schmachtete. Ich konnte ihr Beruhigung bringen, die gesünder hilft als Morphium oder sonst was, wonach man noch kränker wird.

Aber mein Schreck, als ich das Hausthor unverschlossen fand. „Ungermann," war mein erster Gedanke, mein zweiter „wo ist der Schutzmann als Sicherheitswächter?" Ich sah die Straße lang, kein Helm zu entdecken, nichts als die langsam abzuckelnde Klapperkiste mit dem verkehrsmüden Wettklepper a.D.

Ob ich mich hineinwagte? wenn ein Mörder auf der Treppe lauerte? Oder blos ein Pennbruder, auf den ich im Dunkeln trat? Das ist schon schauderhaft. Ob ich schrie?

Nein. Listig vorwärts, ganz leise. Dann über den Hof. Der Hausschlüssel paßt zur Fabrik. Hinauf getastet bis an meines Karls Thür. Ich horchte. Keinerlei Schnarchung.

„Schläfst Du, mein Karl!" rief ich halblaut. „Erschrecke nicht, ich bin es, Deine Wilhelmine, Deine treue Gattin. Tante Lina läßt grüßen."

Keine Antwort. Ich klopfte an. „Es brennt nicht," rief ich, „es ist auch nicht eingebrochen. Mach' auf, mein Karl."

Er rührte sich nicht.

„Karl, mach' auf!"

Ich klopfte stärker. „Karl, wenn Du nicht aufmachst, werde ich böse. Sehr böse; verstehst Du mich?"

Ich holte mein Schlüsselbund hervor, aber erst der letzte ging hinein. Und der schloß nicht. Nach einigen vergeblichen Versuchen brach er ab. Da mein Karl nicht von dem Geräusch aufwachte, mußte er abwesend sein. Aber wo? Natürlich im Berliner Zimmer.

Auf dem dunklen Gange nach der Wohnung stieß ich gegen Weiches, daß mir das Blut in den Adern stockte. Es krabbelte jedoch nicht in die Höhe, sondern fühlte sich als Waarenballen heraus. Aha, Ungermann's Bestellung. Ganz hübscher Posten, aber es könnte mehr sein. Die Zwischenthür war eingeklinkt und in der Küche noch Licht; die oberen matten Scheiben waren hell. Ich und eintreten war eins.

Die Dorette kriesch auf; ich sagte blos „Ha!". Der Schutzmann aber strammte sich kerzengerade hin und salutirte. Dorette suchte die Lampe auszublasen, unsere Tischlampe, jedoch zu spät, ich hatte genug gesehen. Aufgedeckt war, mit Brot und Butter und kaltem Braten und Wein von dem Sonntags-Lafitte und Käse und ein Hafen Kompott und die Cognacflasche und was sonst gut und genießbar war.

„Wo ist der Herr?" fragte ich strenge.

„Aus."

„Und das Hausthor steht offen? Nennen Sie das Bewachung, Schutzmann?"

„Ick habe heute keenen Dienst!" entgegnete er.

„Er ist ja mein Breitijam," sagte Dorette, „un als solcher hat er doch seine Pflichten, warum ooch kommt die Frau so unprezise retour?"

„Um zu sehen, was während meiner Abwesenheit vorgeht. wir reden morgen weiter. Und der Bräutigam ist hoffentlich satt und kann gehen.“

Er schnallte sein Seitengewehr um. „Leuchten Sie ihm, Dorette, und schließen Sie das Haus.“ Ich nahm die Lampe und den Cognac an mich. Es hatte tüchtig geschafft.

Weinend ging Dorette voran. Sie fühlte sich schuldbeladen. Angemessene Verpflegung war ihr gestattet, aber keine Orgien. Und mit Lafitte fangen Orgien an!

Also mein Karl war aus. Recht heiter!

Nun zu Ottilien.

„Sei froh, Kind,“ rief ich beim Eintritt, „auf Regen folgt Sonnenschein, ich bring' ihn mit für Dich.“

Keine Antwort. Ich leuchte hin: Ottiliens Bett war unberührt. Sie wird sich wohl alleine geängstigt haben und nächtigt bei der Kliebisch. – Ich hin nach dem Vorderzimmer und klopfe an. Kein Ton.

Dies war mir sonderbar. Alle miteinander aus? Nein, auf dem Sopha lag Anna Kliebisch und sägte schaudervoll. Das ist wahr, schlafen hat sie heraus. Selbst bei Tage, wenn sie so dasitzt, möchte man ihr immer zurufen: „Gute Nacht, Anna.“ Doch ein bischen zu sehre Drömlade, das Kind.

Nach verschiedenen Mißerfolgen rüttelte ich sie endlich lebendig; sie plierte mich glasäugig an, sagte nichts und schlief wieder ein.

Dies war mir zu dumm. Ich sie gehörig geschüttelt, bis sie endlich wieder zu sich kommt. Aber nicht viel mehr als vorhin.

„Wo ist Mama?“ fragte ich.

„Wo Mama ist?“ wiederholte sie traumig und nickte wieder ein.

„Anna, werde doch munter, wo Mama ist?“ frage ich.

„Im Bett.“

„Unsinn, da ist sie nicht, wo ist sie? Und wo ist Ottilie?“

„Im Bett.“

„O Du Demel,“ brach ich aus. „Du bist doch'n lieben Gott sein größtes Bähschaf. Dussele weiter und vergiß morgen blos das Aufwachen nicht.“

Mir blieb als letzter Anker der Vernunft nur noch die Ungermann. Die war aber auch nicht vorhanden, im Gegentheil komplet abwesend mitsammt Schloßkorb und Schachteln. Ab nach Kassel. Ihre Sachen standen noch da.

Ich war wie erschossen. Knieewankend setzte ich mich, was war geschehen? Kein Mensch im Hause als das unzurechnungsfähige Schlafkind und Dorette. Da kam sie gerade wieder heraus.

„Dorette," rief ich, „hier herein ins Berliner Zimmer und nun nicht länger gewimmert, sondern ohne Mogeln erzählt, was vorgefallen ist. Erstens die Ungermann?"

„Die hat sich verzogen mit'n Mittagszug. Un Trinkjeld hat se nich jejeben. Det haak ihr jleich anjeahnt, als se kam. Det war eene von de Billijen."

„Gut. Und zweitens die Frau Kliebisch?"

„Die kommt bis spätestens übermorjen retour."

„Von wo?"

„Det hat se nich jesagt. Et war ja jroßer Ufstand, wie der junge Herr heut Nachmittag kam un er sagte: Ottilie, ick lasse Dir nich, un sie sagte nein, nein, ick derf nich, ick wollte, ick wäre bejraben oder so. Jenau konnt ick't nich verstehn ..."

„Also wieder an der Thür gehorcht. Und was sagte Herr Kriehberg?"

„Der? Der sagte jarnischt."

„Der mußte doch wieder antworten."

„Nee, det konnt er nich. Der war ja jarnich da."

„Der nicht? Welcher junge Herr dann?"

„Jotte doch, der mit die braunen Plüschoogen. Ach hat der 'n Blick an'n Leibe! Wenn ick nich so derbe verlobt wäre, in den könnt ick mir verkieken."

„Dorette, bleiben Sie sachlich. Also Herr Brauns war hier und sich Ottilien erklärt und sie ihn abgewiesen ..."

„Se hat schrecklich jebarmt."

„Und er weggerannt?"

„Na ja, wat man so langsam wegrennen nennt. Aber doch erst später, un wat die Kliebischen is, mit ihn."

„Unsinn! Und Ottilie blieb zurück?“

„Die war janz verdreht. Se lachte und dann weente se, un mir fiel se um den Hals un küßte mir un sagte, Dorette sagte se, es kann nich sind un es ist doch; so oder so ähnlich. Wat Verrückte sagen, det is schwer zu behalten.“

„Und was that mein Mann ... was that der Herr dabei?“

„Die Herren waren schon vor Mittag nach Treptow rausjemacht. Un ick alleene blos mit die Anna; die hab' ick Abendbrot jejeben un da ward se müde. Un wenn mein Breitijam nicht antrat, ick hätte mir zu Tode jeforchten. Nee, hier in'n Hause is et nich mehr scheen.“

„Darüber habe ich zu urtheilen, ich ganz allein, verstanden? Und wenn Ottilie sich ein Leid angethan hat, kommen Sie vor den Richter.“

„Och Jotte nee!“

„Nicht heulen. Dazu ist Zeit, wenn Sie im Loch sitzen. Geben Sie Acht, was Ihnen blüht. Warum haben Sie nicht aufgepaßt?“

„Se war ja nachher janz vernünftig, blos mit eenmal weg un nich zu finden!“

„Und Sie suchen nicht? Und Ihr Schutzmann läuft nicht hinterher und setzt die Polizei in Bewegung? Und schwemmen ihn mit Lafitte an? Den zieh ich Ihnen vom Lohn ab.“

„Et war ja keen Anderer da.“

„Wozu ist denn die Wasserleitung?“.

„Da jeht keen Schutzmann ran.“

Ich sprang auf. „Kommen Sie, wir wollen suchen, ob Ottilie nichts Schriftliches hinterlassen hat, keinen Abschiedszettel oder irgend ein Zeichen.“

So viel wir auch stöberten. Nichts. Nichts und nirgends.

„Am Ende hat sie die Anna Kliebischen wat anvertraut, ick jloobe sojar, se sagte, vergiß es nich oder Vergißmeinnich oder so, wie man so bei's letzte Lebewohl sagt.“

„Die weiß von sich selber nichts, viel weniger von Ottilie.“

„Det kann wohl sind. Se saß da so misepeterig und da sagte mein Breitijam, en Grogh würd' ihr wohl nich schaden, da kriegte se de richtige Bettschwere nach un wäre unter de Füsse aus.“

„Und Sie folgten dem bodenlosen Vorschlag und machten dem Kinde einen Grogh?"

„Zwee."

„Von Cognac? Aber Dorette, waren Sie denn gänzlich …?"

„Ick sage ja, et is hier nich mehr scheen in'n Hause."

Was nützte es? Aus dem Rinde war nichts herauszubringen, das hatte ich eben vergebens versucht und was Dorette erzählte, war so klar verwickelt, daß ich klug blieb wie zuvor, wenn nur Ottilie nicht zu Wasser gegangen war? Das wäre grauenvoll. Aber was ging die Kliebisch mit Herrn Brauns von dannen? Und Ottilie hatte ihr Handköfferchen mitgenommen. Man ertränkt sich doch nicht mit Gepäck? Wohin konnte sie geflohen sein und warum?

Wir sahen nochmal nach. Auch ihre Brennscheere war weg und ihr Morgenanzug und ihr Regenmantel. Nein, nasse Absichten hatte sie nicht gehabt.

„Dorette," sagte ich, „selbst wenn Alles gut abläuft, einen anderen Dienst werden Sie sich suchen. Das sehen Sie hoffentlich selber ein?"

„Bis zu'n Frühjahr. Dann wollten wir Hochzeit machen, et kann sind, ooch ehr. Warum soll ick mir vorher verändern? Det wird die Frau mir doch nich anmuthen sind bei die ville Arbeed mit 'n Besuch? Die Frau is ja so jut."

Sie weinte so reuevoll, daß ich sagte: „Es hängt von Ihrem ferneren Betragen ab. Gehn Sie zu Bett, Dorette."

Ich setzte mich wartend in's Berliner Zimmer im Reiseanzug, innerlich und auswendig aufgelöst, waren das Zustände. Raum wendet man den Rücken und die Welt geht unter.

Und mein Karl, gerade da er nothwendig nicht weichen durfte, macht blau. Ob ich hinüber ging nach Betti, ihr mein Herz auszuschütten? Ich kannte ihr Mitgefühl im Voraus: „Mama, warum hast Du das Hotel eingerichtet?"

Endlich kam etwas die Treppe heraufgepoltert und in die Wohnung herein. Ich richtete meine Blicke fest auf die Thür.

Sie lachten draußen. „Wir heben noch Einen," sagte jemand, „Ihr Cognac ist gut." – Das war Kliebisch's Stimme.

„Mir recht." Das war mein Karl.

„Nur um mich nicht auszuschließen," sagte der Dritte. Das war Ungermann.

Und herein kamen sie. Und mein Mann, meine Unschuld von Mann schwankend zwischen Kliebisch und Ungermann.

Ich erhob mich. „Meine Herren!" sagte ich. Weiter nichts. Aber der Schreck.

„Du hier, Wilhelmine?"

„Wie Du siehst! Ich will nicht fragen, wo Du warst, ich will es nicht wissen. Dein Zustand verräth genug. Ich danke Ihnen, meine Herren, namentlich Ihnen, Herr Ungermann, daß Sie als künftiger Stadtvater so väterlich für meinen Mann gesorgt und ihn auf Ihre Studienfahrten mitgenommen haben, während ich weg war."

Ungermann verfärbte sich. „Wir waren ein bischen vergnügt, zum Schluß ... weil ich morgen abreise," stammelte er.

„Dummes Zeug, Du bleibst," sagte mein Karl.

„Herr Ungermann reist," entschied ich, „Du hörst, er will es. Und Sie, Herr Kliebisch, Sie als mehrfacher Familienvater, helfen meinen Mann verführen? Das hätte ich nicht erwartet. Und zu trinken giebt es nichts mehr." Ich nahm die Flasche und schloß sie ein.

„Aber Mienchen, es war so schön aus der Ausstellung."

„Die ist längst aus."

„Ich habe mit Ungermann Brüderschaft getrunken und wir wollen noch fidel sein. Komm, Mienchen, sei mit lustig."

„Wie könnte ich das? Ottilie liegt vermuthlich tief in der Spree, und Frau Kliebisch ist mit dem jungen Brauns durchgegangen."

„Was ist das?"

Ein Sturzbad konnte nicht eisiger wirken als meine Worte, und als ich ihnen tropfenweise mitgetheilt hatte, was ich für sie geeignet hielt, war ihre Antäubung so gut wie verflogen.

„Vorläufig läßt sich nichts beginnen," sagte ich, „die Einzige, die etwas weiß, die Anna, ist nicht vernehmungsfähig."

„Der Schmerz über die Mutter," stöhnte Kliebisch.

„Sie muß ihn erst ausschlafen," versetzte ich ihm. „Und nun gute Nacht, meine Herren. Komm, Karl, Du gehst mit mir, ich habe Dir noch sehr viel mitzutheilen."

„Ich schlafe doch in der Fabrik."

„Heute nicht, Du kannst nicht in Dein Zimmer, der Schlüssel ist abgedreht. Komm nur."

Ein zerknirschteres zu Bett schleichen habe ich noch nie erlebt. Aber in dem Taumelbecher der Freude ist der Rest Bärme. Das mögen die Herren bedenken, wenn sie nicht nach Hause finden können.

Alt-Berlin

Als ich zum ersten Male Alt-Berlin betrat, wurde mir ganz nachtwandlerisch. Das war vor der Baumblüthe zur Bauzeit mit der Gestattung, die werdenden Herrlichkeiten im voraus zu besichtigen. Die Stadt stand schon. Eine ganze Stadt mit Straßen und Plätzen, einer Kirche, einem Rathhause, mit Festungswällen, Thürmen und Thoren, Brücken, Gäßchen, Ecken und Winkeln, eine Stadt aus vergangener Zeit. Berlin vor dreihundert Jahren, ebenso klein, armselig und gering.

Photographieen von damals sind nicht vorhanden, weil sie noch kein Collodium hatten und Zeichnungen und Gemälde wegen Mangels illustrirter Zeitungen ebenfalls nicht, so daß die Phantasie aufbauen mußte, was die Zeit langsam und die Menschen gewaltsam zerstörten. Aber alle sagen sie, gerade so hätte Berlin um's Jahr 1650 ausgesehen, und wenn Kliebisch meint, es wäre mehr ein Abguß von Kottbus und Angermünde, muß er erst beweisen, was er sagt. – Für mich ist es Berlin, schon allein, weil richtige vorzeitliche Thran-Latichten an den Tauen über den Straßen hängen.

Als ich im Maien-Sonnenschein durch die Stadt schritt – ganz allein – vergaß ich völlig, wo ich war. So still die Straßen, daß ich mich besinnen mußte, ob wirklich schon Pferdebahnen erfunden seien und ob die Stadtbahn, auf der ich vor kaum einer halben Stunde nach Treptow toste, nicht ein Spiel meiner Einbildung gewesen wäre. Wohin waren die Menschen verschwunden, die hier wohnten? Ausgewandert? Verjagt? Verstorben?

Dies war Vergangenheit, ich konnte sie mit der Hand berühren: das alte Gemäuer, die Balken und Pfosten und durch grüne Scheiben hineinsehen in niedrige Stuben, und Käfterchen. Die standen alle leer.

In solchen Räumen hatte einst Glück gewohnt und über solche Schwellen war einst Unglück geschritten, daß aus dem fröhlichen Heute ein trauriges Morgen wurde, bis es wieder weichen mußte in ruhelosem Wechsel. Denn in den Häusern lebten Menschen.

An den Schildern ließ sich erkennen, welcherlei Gewerbe getrieben wurden. Es muß eine recht unsolide liederliche Stadt gewesen sein, das alte Berlin, so viel Schänken, Wirthshäuser und Trinkstätten entdeckte ich. Selbst das Rathhaus war ausschließlich auf Getränk eingerichtet. Die Mittagssonne schien lustig auf die Weinhauskränze und in die Biergärten, in denen jedoch Niemand saß. Es war spukhaft am Hellen Tage. Und doch so traulich und wehmüthig, wie eine vergessene Schachtel Spielzeug aus den Kindertagen.

Ich schritt langsam durch die Straßen: überall die gleiche Verlassenheit. „Du träumst, Wilhelmine," sagte ich zu mir. „Gleich fällst Du irgendwie und wachst auf."

Endlich gewahrte ich einen Menschen. Es war ein junger Mann auf einer Leiter mit pinseln und Farbtöpfen; der malte an einem alten Dache.

„Sie!“ rief ich, „ach sind Sie doch so gut und sagen Sie mir, wo bin ich eigentlich?“

„In der Bolings-Gasse,“ antwortete er.

„Hab' ich nie von gehört! 'Ne neue Straße?“

„Nee, uralt. Schon längst vom Erdboden verwischt.“ Er kam herunter in seinem langen Leinenkittel und musterte das Dach aus der Entfernung.

„Es hat wohl durchgeregnet?“ fragte ich.

„Nee, vorläufig nicht. Wie finden Sie das Moos?“

„Welches Moos?“

„Na, das ich da eben hingemalt habe, wirklich eminent echt, was? Feines Grün? Wie?“

„Ach so. Danke Ihnen. Nun weiß ich wieder Bescheid. Ich meinte aber wirklich, ich wäre in vergangenen Jahrhunderten.“

„Machen wir; blos mit Farbe. Das Uebrige ist Holz, Leinewand und Gips, wenn Sie's interessirt, zeig ich's Ihnen.“

Er führte mich zu Halbfertigem, wo die Papp-Neubauten aussahen, als wenn sie kaum den Sommer über halten würden. So wie aber Farbe darauf sitzt, schwört man, sie hätten vom Großen Kurfürsten an gestanden. Darüber sprach ich meine Verwunderung aus.

„Machen wir,“ sagte er. „Ich habe einen diebischen Spaß daran, Alles zu fingern, als wäre es leibhaftig. Man lebt sich ordentlich hinein.“

„Sie sind wirklich ein Künstler!“

Er lächelte, aber es war ein bitteres Lächeln. „Das sagen Sie,“ sprach er, „meine Kollegen denken anders.“

„Haben denn die das Moos gesehen?“

„Mehr als das. Ich habe fleißig studirt, bin auf der Akademie mit Preisen ausgezeichnet, ich habe Bilder gemalt ...“

„Und jetzt streichen Sie Häuser an?“

„Was bleibt mir? In der Kunst-Ausstellung hat man für meine Arbeiten keinen Platz. Da hängen sie allen möglichen Schmierkram aus Frankreich und Belgien, Holland und wer weiß sonst noch von wo her an die Wände, bis das Lokal vollgestopft ist und sagen zum Deutschen: Du kommst bei internationalen Bestrebungen an den Katzentisch oder bleibst besser ganz zurück. Ja, wenn die Ausländer blos Meisterwerke schickten, gut, dann hat die Kunst den Oberbefehl. Aber wenn sie ihren Abhub mit einpacken, begreift man nicht, warum unsereins verzichten muß, dem Publikum seine Leistungen vor Augen zu führen, die es mit den Fremden dreimal aufnehmen. Und wo ist sonst Gelegenheit, an das Urtheil des Publikums zu appelliren als auf den großen Ausstellungen? Die Akademie wird vom Staate erhalten, hat man sie durchgemacht und will vorwärts, heißt es, die staatlich begünstigte Ausstellung bedauert, keine Ecke für Dich zu haben, nicht die kleinste. Dagegen nehmen sie Schinken, die ein verrückter Norweger sudelt, auf, weil ... weil so was international ist. Darum male ich jetzt Dachpfannen und Moos und quaste Mauern an und verdiene damit. Ich geh' überhaupt zum Handwerk; von Kunstgenossen, die nicht mehr können, als ich, mich bevormunden zu lassen, bin ich zu stolz."

Ich sagte: „Jeder muß wissen, was er thut; und das ist wahr, an tüchtigen Professionisten fehlt es. Wenn Sie sich gesetzt haben, schicken Sie mir Ihre Geschäftskarte, unsere Malerarbeit bekommen Sie."

„Nein," rief er, „so meine ich es nicht. Ich widme mich dein Kunsthandwerk. Früher ersann jeder Handwerker sich seine Muster selbst. Heute ahmen sie nach, was vorhanden ist. Ich will Neues schaffen. Und ich kann es, habe ich doch im Geiste der alten Zeit ohne Muster jetzt gearbeitet und meine Schaffenskraft erkannt. Im Geiste der Neuzeit ersinne und zeichne ich weiter. Machen wir."

Darauf zeigte er mir Verzierungen und Geranke, Beschläge und vielerlei, was er erfunden und gemalt. „Es lebe Alt-Berlin," rief er, als er sah, wie ich mich daran ergötzte, „von ihm aus geht mein Lebensweg."

„Vom Fischerdorf zur Kaiserstadt," fiel ich ein, „nur Muth und Selbstvertrauen."

„Und Arbeit und Gelegenheit zur Entfaltung des Könnens. Das Handwerk ist heute freier als die Kunst, die sich in Mode und Klickenwesen enge Zunftschranken zieht. Und verhungern, weil einige Leithämmel zur Veränderung sich auf dürre Haide verrannt haben? Danke. Ich will leben und verdienen. Und das machen wir."

„Sehr vernünftig,“ sagte ich. „Gut, wenn junge Leute zur Einsicht kommen; alten nützt sie meist nichts mehr.“

Er erklärte mir noch manches Alterthümliche, wie das Rathhaus und die Gerichtslaube mit dem Block und dem Halseisen. Da mußten die Verbrecher zu ihrer eigenen Schande stehen und wurden von den anständigen Bürgern ausgenetscht und mit faulen Eiern beworfen, wenn Weiber sich gescholten und gehauen hatten, hing der Büttel ihnen einen Stein um den Hals und band sie aneinander und jede bekam einen Stock, in den vorne ein spitzer Nagel eingeschlagen war. Damit mußten sie sich gegenseitig prickeln, was um so besser ging, als sie blos ein Hemd anhatten. Bei besonderen Fällen wurde Hornmusik dazu geblasen. Das muß ein Spaß zumal für die Kinderwelt gewesen sein, die sich in ihrer Unschuld selbst an Schrecklichem freut. Gottlob, daß solche Strafen abgeschafft worden sind, obgleich es einige giebt, den das Prickeln nicht schadete, wenn zum Beispiel die Krausen und die Ungermann in damaliger Zeit gelebt hätten, welche der andern wohl mit dem Nagel über gewesen wäre? Der Zunge nach zu rechnen, die Krausen. Aber sehen möchte ich es doch nicht. Lieber wäre mir ein Hochzeitstag auf der Straße. Der Maler sagte, später würden Alt-Berliner in ihren Trachten die Stadt bevölkern.

Nach und nach kamen Bauleute, Maurer, Zimmerer und mancherlei Arbeiter, denn die Mittagszeit war um. Ich bedankte mich bei dem Dachpfannen-Rafael, der weiter auf alt malte, und schritt durch das Spandauer Thor und über die Brücke in den Ausstellungspark.

Wie traumhaft war die Stunde in Alt-Berlin gewesen. Die bleibt der Erinnerung. –

Und nun hatten wir einen Familienabend nach Alt-Berlin verabredet, nämlich mein Karl und ich und der Amtsrichter Buchholz, der mit Verlegung seines Urlaubs unser lieber Gast war, nachdem Ungermann's sich verduftet und Kliebisch's sich auf ihre Klietsche zurückgezogen hatten.

Ungermann's Abgang war höchstes Gebot. Mein Karl kennt wohl Kopfschmerzen aus früherer Zeit, aber solche wie am Morgen nach dem Brüderschaftpicheln mit Ungermann hatte er in seinem Leben nicht erlebt. Ihm saßen die Augen noch am Nachmittag schief und sein Appetit war einzig auf Selterwasser gerichtet. Dabei Neigung zu horizontaler Lagerung. O Karl, warst Du krank!

Kliebisch war auch vollgesogen genug, jedoch die Unruhe wegen seiner Gattin störte ihn verhältnißmäßig rechtzeitig auf. „Noch keine Nachricht von meiner Frau?“ fragte er bekümmert. – „Nein,“ entgegnete ich, „und ein Glück, daß sie weg ist. Betrachten Sie blos Ihr Spiegelbild, Herr Kliebisch, und sagen Sie, ob eine Frau Wohlgefallen an solchem Portrait finden würde? Wo in aller Welt sind Sie gewesen?“

„Ausstellung,“ brachte er hervor. „Dressel ... Alt-Berlin.“ –

„Sonst nirgends?“ – Er seufzte leidend. – Ich schenkte ihm Kaffee ein. Den trank er. Brötchen interessirten ihn nicht. Dann fragte und klagte er wieder nach seiner Frau.

„Ich denke, Ihre Tochter wird ihre sieben Sinne allmählich so weit beisammen haben, daß sie Auskunft geben kann,“ sagte ich. „Heute Nacht war sie übermüde. – Die Mutter wird ihr Kind doch nicht ohne Abschied verlassen haben?“

„Eine Mutter, die durchgeht, nimmt keine Rücksichten. Keine!“ rief er bitter. „Berlin ist ein schrecklicher Ort, überall Verführung.“

„Das müssen Sie selbst am besten wissen,“ warf ich ihm kühl vor. „Meinen Mann so zuzurichten. Schämen Sie sich.“

„Oho! Buchholz war der Fidelste; nicht nach Hause zu kriegen, wenn ein Mann einmal seine langentbehrte Freiheit genießen kann ...“

„Was? Sie wollen meinen Mann herabsetzen, Unfrieden stiften, Eheglück ruiniren? Glauben Sie, das mit einem Sack Kartoffeln gut machen zu können? Doch bei mir nicht?“

Die Anlappung verschüchterte ihn. „Hätte er eine Ahnung gehabt, daß er lästig fiele, wäre er garnicht gekommen,“ sagte er mucksch, „und das Beste wäre wohl, er ginge gleich.“

Ich entgegnete, ich allein könnte nicht ab- noch zureden, in unserem Hause hätte mein Mann die Oberleitung, der wäre vollkommen frei in seinem Willen, augenblicklich jedoch zu unwohl, um gefragt zu werden.

„Gut,“ sagte er, „ich gehe mit meinem Kinde.“ – Ich schwieg.

Er hin und Anna'chen geweckt und es gehetzt, sich reisefertig anzuziehen. Jedoch dies packen konnte ich nicht mit ansehen, das war purer Kuddelmuddel, weshalb ich helfend eingriff. Die Kleine war noch schlafhaft. „Anna,“ fragte ich, „hat Mama Dir nichts gesagt, als sie ging?“ – „Nein.“ „Auch Ottilie nicht?“ –

„Nein." – „Besinne Dich doch." – „Ja, einen Brief gab sie mir." – „Wohin hast Du den gelegt? Auf den Tisch?" – Das wußte sie nicht. – „Unter's Kopfkissen?" – „Ich glaube."

Wir suchten. Kein Brief zu finden. „Hat Mama Dir wirklich nichts an mich aufgetragen?" – „Mama meinte, Ottilie würde Alles schreiben, ich behielte es wohl nicht richtig."

„Sie kennt Dich, scheint's. Kind, einen Rath geb' ich Dir: geh' nie allein auf die Straße, *Du* kommst unter'n Leichenwagen."

Darüber entsetzte sie sich und fing an zu flennen. Nun war nichts mehr herauszubringen. Zum Verzagen.

Um Elfen verabschiedete sich Ungermann sehr höflich und gemessen mit dem Wunsche, daß die Beziehungen der beiden Häuser die altbewährten bleiben möchten. „Ihre Kundschaft wird meinem Manne stets schätzenswerth sein," sagte ich, „und ich hoffe, daß Sie mit dem zufrieden waren, was wir bieten konnten. Ungarische Gräfinnen verkehren leider nicht bei uns, dafür sind Uhr und Kette sicher."

Er versuchte zu lächeln, es war aber danach. „Ich verlasse Berlin mit den Erfahrungen, die ich zu sammeln vorgenommen," erwiderte er. „Man wird meine Bemühungen an rechter Stelle anerkennen, auf Mißverständnisse rechnete ich von vornherein und wie ich sehe, sie sind nicht ausgeblieben."

Nun lächelte ich. Daran erkannte er, wie ich dachte. So ein Leisetreter.

Um Zwölfen gondelten Kliebisch und Tochter ab. Ich hielt es für meine Pflicht, das Kind sicher in die Eisenbahn zu befördern, und fuhr bis zum Alexanderplatz mit. Kliebisch gab die Koffer auf, während ich die Anna an der Hand hielt, um sie nicht im letzten Augenblick zu verlieren. Sie weinte, der jählingse Luftwechsel war ja auch so seltsam für sie.

Dann stiegen sie ein. „Anna," fragte ich noch einmal, „Kind, kannst Du Dich gar nicht besinnen, wo Du den Brief hast?" – „Ich glaube in der Tasche." – „Dann her damit." – Sie fuhr in ihr Gewand und grabbelte. – Kein Brief. – „Er ist in dem anderen Kleide." – „In welchem?" – „Das ist unten im Koffer."

Die Lokomotive pfiff, der Zug setzte sich mitsammt den Koffern, dem Kleide und dem Brief in Bewegung. Herr Kliebisch sah sehr unglücklich aus, entweder wegen des beschleunigten Abschieds, oder aus alkoholischen Gründen von gestern, oder wegen der Zukunft seiner Aeltesten. Denn was soll aus dem Wurm werden? Schließlich heirathet es einen Canditaten der Viehlologie mit gleichgesinnten Anlagen und nachher wundert so was sich, wenn die Landwirthschaft einen Aufschwung nach rückwärts nimmt. In dieser Weise sah ich wahrsagend voraus; hingegen die letzte Vergangenheit war mir unklar, da Niemand sagte, was sich ereignet hatte, und noch nicht offenbarte was mir blühte. Gerade in diese Unruhe fiel der Amtsrichter.

Der Mann war jedoch gleich so gemächlich, daß ich Stab und Stütze in ihm hatte. „Der Vetter hat die Bier-Influenza," sagte er, meines Karls Zustand verständig durchschauend, „und wenn ich Ihnen, verehrte Cousine, ungelegen komme, nur keine Schüchternheit. Ich ziehe sofort nach der Putsch oder wie sie heißt."

„Nein, die Butschen hat voll besetzt, immer solche Fremde, die das Nachtgewand in Packpapier mitbringen. Sie bleiben bei mir."

Um die Weitläufigkeit der Verwandtschaft abzukürzen, betitelten wir uns vetterschaftlich und der Amtsrichter machte von seinem Familienrechte gleich Gebrauch, indem er meinem Karl eine bengalische Auster anrührte, aus einem Eigelb, einem Theelöffel Salz, ebenso viel Pfeffer und Mostrich mit einem Cognac gemildert. Er giebt sie seinen Assessoren und Referendaren, denen das Recept immer hilft, wenn sie Montags leidend sind. Auch meinem Karl nützte es; er schwor, nie wieder mit Ungermann auszugehen, als er noch an dem Nachgeschmack würgte.

Während mein Mann sich langsam auf sich selbst besann und der Herr Vetter sich häuslich einrichtete, kam die Kliebisch angesegelt. Aber der Aufstand, als sie Gatten und Töchterchen abgereist vorfand. Und keine Erklärung angenommen, sondern mich verantwortlich gemacht. Zum Glück hatten wir in der Person des Vetters ein lebendes Tribunal im Hause, so daß die Hauptinjurien mehr innerlich gedacht als äußerlich angebracht wurden. Justiz erfordert Vorsicht.

Wegen Ottilie mußte der Amtsrichter eine richtige Sitzung abhalten mit Belastung und Entlastung und Dorette als Zeugin. Als ich verlangte, mein Mann müßte sein gestriges Alibi nachweisen, wodurch ich erfahren hätte, wo die Drei gewesen, bemerkte der Vorsitzende: „Zeuge hat nicht nöthig, Nachtheiliges gegen sich auszusagen." Mein Karl athmete erleichtert auf. Was sie wohl betrieben haben? Und mir schien, als wenn der Amtsrichter sich das Lachen verbiß.

Die Kliebisch kam nach und nach so weit, daß sie nicht mehr ganz vorbei antwortete und sagte, es müsse Alles in dem Briefe stehen, den Ottilie geschrieben hatte, während sie mit Herrn Brauns gegangen war, Verlobungsringe zu besorgen und eine kostbare Broche und was Ottilien sonst noch fehlte, bei Herrn Brauns Eltern einigermaaßen nicht als Bettelprinzessin erscheinen und was sie im Zorn redete. Sie hätte den Anstand des Hauses gewahrt und Ottilie zu Herrn Brauns Eltern begleitet und der Dank dafür sei die Vertreibung ihres Mannes und Rindes. Ob ich es verantwortet hätte, Herrn Brauns und Ottilie allein reisen zu lassen? Er wäre ja wie ein Wahnsinniger aus Liebe, da hätte sie nach Feuer und Licht sehen müssen.

Also Rudolph hatte sein Mädchen entführt.

„Sehr recht," sagte mein Karl. „Er ist nicht der Mann, lange zu zappeln. Ich hätte es eben so gemacht."

„Karl, aus Dir redet die bengalische Auster. Schweige und bereue Dein gestriges Betragen."

Der Amtsrichter stiftete friedlichen Vergleich und ich war froh, endlich zu wissen, wie Haase gelaufen war. Meine Verantwortung hörte auf, die jungen Leute hatten ihr Schicksal selbst in die Hand genommen. Schließlich dankte ich der Kliebisch noch, daß sie mit Rudolph und Ottilie als Ehrenwache gegangen war. Die Eltern hatten die künftige Schwiegertochter wohlwollend empfangen. Das war ein Lichtblick nach so vieler Finsterniß. –

Und nun waren wir ein Trifolium, wie der Amtsrichter betonte, und zwar ein vergnügtes. Mit ihm die Ausstellung durchpilgern, war reizend. Erstens hatte er Verständniß und zweitens Durst immer zur rechten Zeit, nicht wie Kliebisch, der an den Zapfstätten schwer vorbei zu bringen war. Der Familienabend in Alt-Berlin war sein Vorschlag. Theil nahmen außer uns Dreien noch Betti und ihr Mann und der Sanitätsrath und Frau.

Wie anders war Alt-Berlin jetzt, als damals in der Mittagseinsamkeit, wie von einem Jahrmarkt überschwemmt ließen die Gassen; Verkaufstisch an Tisch und Waaren darauf: der ganze Quark, Stück 'ne Mark. Das war nicht gerade mittelalterlich, trotz der Maskentrachten der Mamsellen und der Landsknechte. Und in den Häusern Kneipe an Kneipe mit und ohne Musik, und Kostümtrompeter auf den Plätzen, daß eine heftige Art von Lustigkeit herauskam.

Wir versuchten in die wegen ihrer Grobheit beliebte Bauernschänke zu dringen, konnten jedoch nicht ganz hinein, so voll war sie. „Machen Se man, dett Se wieder raus kommen," schrie der Wirth uns an, „Se sehen doch, dett hier anständige Leute sitzen." – „Hierbleiben!" schrieen die Gäste. – „Rin mit der Schwiegermutter," rief der Wirth, „die fehlt noch in meinem Museum." Da gröhlten sie Alle: „Wir brauchen keine Schwiegermama – ma." Mit dieser Probe vollkommen befriedigt, wandten wir uns zum Gehen und es war auch Zeit, daß wir die Thür frei machten, da uns ein Herr nachgeworfen wurde, der wohl lange genug drinnen gesessen hatte. Brüllendes Gelächter belohnte den handgreiflichen Scherz. – Ob es wohl in der großen Kurfürstenzeit ähnlich so herging? Ich will hoffen, daß dieser Ton sich aus Alt-Berlin nicht auf Berlin verbreitet. Das wäre eine üble Ausstellungserbschaft.

Doch nun kam das belebende Element durch die Gassen daher, der historische Festzug. Es waren Männer und Frauen, wie vom Theater ins Freie verirrt, bunt angezogen, mit falschen Bärten und Perrücken und was Helden und Knappen und Ruinenfräuleins und ihre Zofen so um Fastnacht tragen. Bei Licht, aus Opernglasferne, vielleicht ganz annehmbar, in der Nähe und bei Tage jedoch zu ungediegen.

„Entweder ganz echt oder gar nicht," meinte der Amtsrichter. – „Oder wenigstens komisch," erwiderte ich. „Die Ritter z. B. mit Ofenröhren und Theekesseln, daß man lachen könnte."

„Hier scheint etwas zum Lachen zu sein," sagte er. „Gehen wir hinein in die Singspielhalle?"

„Ich fürchte, es ist zu rauchig drin für die Damen," weigerte sich mein Karl. Das fiel mir auf. Wir hinein. Ich vorauf.

Ein großer Raum, am Ende eine Bühne. Auf der Bühne vergoldete Stühle und auf den Stühlen ein gutes Dutzend Sängerinnen. Alle in kurzen Kleidern, wenn man, was sie anhatten, noch ein Kleid nennen will. „Dies ist ja ein Tingeltangel," sagte der Sanitätsrath, „gehen wir." – „Den hab' ich längst einmal sehen wollen," entschied ich, „bleiben wir."

Nun sang eine nach der anderen. Immer von Liebe mit Zubehör. Stimme meist nicht vorhanden. Dafür um so mehr Mimik. Mir wurde siedeheiß, wie sie sich betrugen. Aber die Herren in den Vorderreihen johlten Beifall und die Frauenzimmer lachten ihnen zu und machten Augen. Und was für welche! Nun wußte ich, wieso Ungermann seine multerigen Bekanntschaften in Alt-Berlin gemacht hatte, dies war sein Stammlokal gewesen und meinen Karl hatte er auch hingelockt. Warum wollte der sonst sich drücken?

Unsere Herren waren verlegen, daß wir Damen einmal sahen, wie ein Tingeltangel beschaffen ist, bis auf den Amtsrichter, der sich amüsirte. Der durfte, der war unverheirathet.

„Was sagst Du dazu?" fragte ich Betti. Sie antwortete nicht. Sie war bleich und saß kerzengerade, wie früher immer, wenn sie in tiefer Seele litt. Ihre Blicke ruhten fest auf ihrem Mann, als suchte sie auf seinem Antlitz zu lesen. Er war ja auch einst flott gewesen, wie die jungen Leute da vorne, die den Sängerinnen Champagner auf die Bühne reichten. Gedachte sie vergangener Zeiten?

„Komm,“ sagte ich. Sie stand auf und nahm meinen Arm. Ohne rechts und links zu sehen, zog sie mich auf die Gasse, durch die Menschenmenge zum Georgenthore hinaus in die grünen Buschwege des Parkes.

„Was hast Du, Betti?“ – Sie athmete schwer auf. „Es war ein böser Traum,“ sagte sie mühsam. „Ich will nie wieder an ihn denken. Nie wieder nach Alt-Berlin.“

„Kind, Alt-Berlin ist so schön.“

„Aber die Menschen darin! Mama, wo ist mein Felix?“

Er kam mit den Anderen.

Unrecht hatte Betti nicht, was die Künstler schaffen, verdirbt der Ungeschmack. Aber es soll doch nur Geld verdient werden.

Spree-Afrika

Ein zu allerliebster Mann, der Amtsrichter. Wenn ich nur erst eine Frau für ihn hätte. Ich habe freilich meinem Mann geloben müssen, nie wieder Menschen in ihr Glück zu stürzen, aber um den Amtsrichter wäre es ewig schade, wenn er als Junggeselle verbraucht werden sollte, und mit zarten Blumenstengeln auf die Annehmlichkeiten einer liebevollen Häuslichkeit hinweisen, liegt in dem Gelöbniß doch wohl nicht mit darin.

Und ich hoffe, er bekehrt sich noch, allein schon wegen der Gaskochmaschinen, mit denen es eine wahre Lust sein muß, einen Hausstand zu begründen, von der elektrischen Küche will ich gar nicht reden: man stellt die Pfanne auf einen beliebigen Tisch, dreht die Schraube und der Eierkuchen ist fertig. Es ist erstaunlich, wie weit die Verfeinerung der Menschheit jetzt reicht. Vergleicht man hiermit die Wilden, glaubt man kaum in demselben Jahrhundert mit ihnen zu leben.

Für nur dreißig Pfennige Thoreinlaß treten wir in unsere Kolonieen, am Karpfenteich zwischen den Gebüschen malerisch gelegen, und können eine Vorstellung von unseren Erwerbungen in Afrika gewinnen.

Viele sind gegen Kolonialbesitz, viele dafür. Mein Karl war bisher der Meinung, er koste nur und brächte nichts ein. Onkel Fritz behauptet, wir müßten ihn haben, weil in absehbarer Zeit Deutschland so übervölkert würde, daß kein Platz mehr wäre. „Fritz," sagte ich, „sie nehmen das Tempelhofer Feld zu." – „Worauf sollen dann die Paraden abgehalten werden?" entgegnete er. Daran hatte ich nicht gedacht. Kolonialpolitik hat doch so ihre Eier.

Die Hütten der auswärtigen Eingeborenen sind für das Stralau-Rummelsburger Klima nicht geeignet, dagegen nach der afrikanischen Bauordnung einwandsfrei. Wie die Schwarzen froh sein werden, wenn sie sich wieder an der heimathlichen Sonne wärmen können und ihre Kultur-Sendung in Treptow erfüllt haben, und verwilderter zurückkehren als sie kamen.

Für mich ist es schier unmöglich, die einzelnen Stämme auseinander zu halten, welche die Suaheli sind und welche die Massai oder Dualla oder Papuas oder wie sie sonst geschrieben werden, zumal wenn sie sich mit rother Farbe geschminkt haben und wie anglühende eiserne Oefen aussehen. Seitdem ich obendrein weiß, daß die Papuas arg nach Menschenfleisch sind, geh' ich nicht dichte ran. Nächstenliebe mit Einbeißen ist nicht mein Fall.

Der Amtsrichter ist dem Kolonialischen geneigt und hat sich eingehend damit beschäftigt, schon allein, weil mit der Zunahme der Verbrecher doch vielleicht die Einrichtung von Strafprovinzen nothwendig wird.

„Herr Vetter," fragte ich, „angenommen den Fall, Sie verdammen einen unverbesserlichen Rufti, dessen Geschäft in Messerstechen und ähnlichem Frevel besteht, nach Papuanien und die dunklen Reichsbrüder essen ihn auf, wäre das nicht eine verschmitzte Art Hinrichtung mit Umgehung des Gesetzbuches und zöge Ihnen Anklage zu?"

„Vorläufig noch nicht," entgegnete er. „Aber es kann so kommen; dem grünen Tisch ist Alles möglich."

„Warum wird er nicht anders bezogen? wenn die alte Kulör nicht taugt, her mit einer frischen."

„Das Grün frißt sich doch immer wieder durch," sagte er. „Es ist der Grünspan des Staates, alt und ehrwürdig."

„Aber giftig."

Er lächelte. „Ein gesunder Organismus überwindet ihn." – „Aber er spuckt." – „Das Recht hat er." – „Hat er doch etwas." – „Was das Volk kneift, thut dem werdenden Geheimrath nicht weh," sagte Onkel Fritz.

Unter diesen Gesprächen gelangten wir zu der Festung Qui-kuru qua Siki. Das ist ein heimtückisches Werk von außen und noch heimtückischer von innen. Die Wälle, dick und fest aus Palissaden und Lehm, sind mit hohen Stangen besteckt und obendrauf weißgebleichte Todtenschädel, die grinsen: Kommt nur heran, auf diese Manier wird hier frisirt. – Geht man durch das enge Thor und sieht die Gräben und Gänge, wie in einem Irrgarten, hat man nur einen Gedanken: hier wird abgemurkst! Entrinnen ist nicht. Immer tiefer flüchtet man in die Mausefalle hinein und findet den Ausweg nicht wieder. Und nun fangen sie an zu schießen. Bums hier, bums da aus den kleinen Löchern in den Wänden und schleichen hervor mit Beilen und Lanzen und massacriren die Eindringenden. Höchst schaudervoll.

Obgleich diese Festung nur ein Stück Nachbildung der echten ist, kann man begreifen, daß solche Verschanzung für die Eingeborenen unüberwindlich war und selbst unseren Truppen nicht beim ersten Anrennen erlag. Aber wir kriegten sie und als sie sich nicht mehr halten konnte – Krupp vertrug sie nicht – da gab es einen Mordsknall. Der Häuptling Sike, ein unangenehmer Herr, der sich unseren humanen Sklavereiaufhebungsbestrebungen widersetzte und nebenbei Branntwein trank, hatte sich mit seiner Familie und seinen Schätzen auf ein Pulverfaß gesetzt und in die Luft gesprengt, vier Tage hat die Festung gebrannt, mit Erdöl getränkt. Der Sieg war unser und die Kriegsentschädigung wurde in Elfenbein ausgezahlt. Aus dem Elfenbein werden Klaviertasten gesägt und die Klaviere gehen wieder nach Afrika zur Verbreitung der Kultur, die erst ihren Gipfelpunkt erreicht, wenn die Töchter der Wilden ebenso auf dem Piano herumrudern können, wie unsere.

Doch das hat noch gute Wege, denn von erhöhter Bildungsarbeit haben sie keinen Dunst. Ihre Hauptbeschäftigung ist herumlaatschen und sich die Zeit mit Langweile vertreiben. Man liest ja auch, daß verschiedene Stämme unter Tänzen und Freuden dahinleben, ohne die Sorge des Lebens zu kennen. Und das ist wahr, viel Sorgen machen die Weiber sich nicht, wenn sie kochen, besteht ihre Maschine aus ungehobelten Feldsteinen und um ihr Geschirr zu scheuern, greifen sie beliebig in den neben ihren Füßen befindlichen Erdboden, nehmen eine Handvoll und klarren Pfannen und Kessel damit aus. Wenn das nicht sorglos ist, weiß ich nicht, was sonst! Vielleicht ihre Kleidung? Was die Kinder anbetrifft, die haben blos Natur an. Sonst sind sie süß. Es muß an den Augen liegen. Kinderaugen sind doch wohl auf der ganzen Welt dieselben.

Es war eine Mutter vor einer Hütte. Sie saß im Grase und spielte Pitsche-Patsche mit ihren Kleinen. Die jauchzten vor Lust und das junge Weib strahlte vor Glück. Ihre Augen leuchteten, ihre Lippen lächelten und die weißen Zähne schimmerten beneidenswerth. Ich glaube, die Liebe ist auch dieselbe, so weit die Erde rund ist.

Wir gebildeten Europäer standen an dem Gehege und sahen zu. Manche riefen Redensarten, die sie gottlob nicht verstanden, aber mir schien, als wenn die Frau unter ihrer Wangenschwärze erröthete, wenn den Schnodderigkeiten wieherndes Gelächter folgte. Sie erhob sich und blickte die Weißen an. Was sie wohl dachte? Dann nahm sie ihre Kinder an der Hand und verzog sich in die Hütte. Und wir verzogen uns auch.

„Die wären richtig weggegrault," sagte Onkel Fritz. „Haben sie Dir gefallen, Erika?" – Seine Frau schwieg. Nach einer Weile sprach sie: „Die Frau that mir so leid."

Von großem Interesse waren uns die Zauberhütte und die Götzenbilder, weil Niemand Gewisses darüber weiß. Gerade das Geheimnißvolle reizt. Selbst der Amtsrichter konnte keine Auskunft geben. Dagegen erklärte er uns das Versammlungshaus der Papuas. Kein Weib darf die Baracke betreten und vor allen Dingen nicht die große Trommel erblicken, auf der sie das erzeugen, was als Heidenlärm bekannt ist. Solche Furcht haben sie vor ihr, daß sie erschreckt fliehen, sobald darauf gebummert wird. Ja, sie glauben, sie müßten sterben, wenn sie die Trommel blos sähen. Solchen Aberglauben haben die Männer ersonnen, damit sie ungestört ihre Feste und Schmausereien feiern können und keine Frau sie von den Gelagen heimholt.

„Ganz wie bei uns mit Herren-Abenden," sagte ich. „Aber die Vergeltung rührt sich schon. Wie denken Sie über Frauenemancipation, Herr Vetter?"

„Ich bin für die Freiheit der Frauen," entgegnete er höflich.

„Siehst Du," stieß ich Onkel Fritz an. – „Eben deshalb heirathet er nicht," sagte der.

Ich überhörte diese Unziemlichkeit, um uns nicht aufzuhalten. Denn noch lag die Kolonial-Ausstellung vor, die als eine Darstellung von Sansibar aufzufassen ist, in einer Mischung von afrikanischen Gebäuden und Berliner Erfrischungshallen. Eine bedeutende Sache. „Wir müssen festhalten, was wir haben," sagte der Vetter, „ich freue mich, einen Einblick in die Wichtigkeit unserer Kolonieen zu erlangen. Hätte die Berliner Ausstellung nichts weiter gebracht, als diese Abtheilung, es wäre genug, ihr zu danken! Aber das genaue Studium erfordert Tage."

Darin hat er recht. Allein schon das Tropenhaus giebt ein Bild von der Production, dem Handel, dem Verkehr und der Lebensweise des Europäers in unsern Schutzgebieten, vom Auswärtigen Amte hingebaut. Und sollte man denken, die eisernen Pfeiler, auf denen es ruht, sind unten mit ölgefüllten Becken umgeben, damit die Ameisen nicht hochkriechen und Alles zernagen, was sie vorfinden. Und unten hat die Luft freien Durchzug, die Fieberdünste wegzuwehen.

Drinnen die Möbel sind zum Theil aus dem schönen Neuguineaholz, ungeleimt, der Feuchtigkeit wegen und mit Messingschrauben zusammengehalten; ebenso sind Schlösser und Schlüssel aus Messing wegen des Rostens. Jegliches ist für das Klima ausgetiftelt und zwar in Berlin. Die Gesammteinrichtung gefiel uns, besonders das Speisezimmer mit gedecktem Tisch, worauf in Wachs geformt die köstlichen Früchte lagen, die zur Speise dienen, und oben an der Decke die Punkah, ein Riesenfächer, den an der Tafel Sitzenden Kühlung zuzuwehen. An den Wänden die Gemälde schilderten die Gegenden, die Jagden und die Schlachten mit den Feinden und was sonst sich malerisch in Oelfarbe ausdrücken läßt, wie z. B. unsere Schutztruppe in graugerippten Sammt und Naturlederzeug mit Gamaschen und Tropenhut; kolossal schneidig. Auch das Schlafzimmer des Gouverneurs war besichtigungshaft. Einer selbst war nicht drinn, wohl aber sein Bett mit Fliegenschleier, Nachts die Mosquitos abzuwehren. Ich warf hin: „Wen das Gewissen nicht sticht, der schlummert auch ohne Gazevorhänge. Gegen Wilde sei man milde."

„Du sollst in der letzten Zeit mächtig unruhig liegen," sagte Onkel Fritz mir leise. – „Ich wüßte nicht, wann ich Dir etwas vorgeschlafen hätte?" gab ich zurück. – „Auch nicht nöthig, ich seh Dir doch an, daß Du nicht in Deiner gewohnten Gemüthsverfassung bist. Ist Kriehberg endlich beseitigt?"

„Nicht eher, als bis die Papuas ihn am Spieß braten. Er wankt nicht. Er behauptet, wir lögen ihm vor, daß Tante Lina ihr Geld fest verankert hätte und will auf Entschädigung klagen, wegen des Aufwandes, den er machen mußte, um standesgemäß mit Tante Lina und Ottilie aufzutreten."

„Laß ihn klagen." –

„Fritz, Alles – nur nicht vor die Schranken. Siehst Du, Richter können zu reizend sein, wie der Vetter, aber hängt ihnen den Talar um und sie sind unsicher. Paß acht, Kriehberg kriegt Recht. Er geht ans Reichsgericht. Das spricht ihm Ottilie zu und mir die Kosten, wie das noch endet, weiß ich nicht. Mir steht der Verstand still."

„Das merke ich. warum legst Du dem Vetter den Fall nicht vor?"

„Der hat Ferien und will sich amüsiren." –

„Wer sagt denn, daß er sich nicht darüber amüsirt?" –

Es kam mir eine Erleuchtung. Die Vorsehung will es, warum hat sie uns sonst einen Amtsrichter in die Verwandtschaft gebracht? Auch sind Ferien ohne jegliche Thätigkeit ungesund.

Mir wurde licht und froh im Sinn, gerade so als wenn man sich in fremder Umgebung verlaufen hat und sieht plötzlich ein Wirthshaus. Wir eilten den Anderen nach, die die Hospital-Einrichtung des Tropenhauses in Augenschein nahmen.

Bei all dem Obst und den Fieberlüften, den Ameisen und Gewürmen und Kämpfen können Krankheiten nicht ausbleiben und da ist denn der „Deutsche Frauen-Verein für Krankenpflege in den Kolonieen", der in hilfreichster Weise für die Siechen in dem fernen Land sorgt, wo nichts zu haben ist, was Leidende benöthigen. Wie es in den Kolonieen zugeht und wie die Frauen hier nun thätig sind, das erfährt man aus der Vereinsschrift „Unter dem Rothen Kreuz", die ich sofort bestelle. O, wie viel können wir da wirken für unsere Landsleute und für die Schwarzen. Güte bindet fester als Gewalt.

Auf dem Liebesgaben-Tische hatte Erika einen mit Kerzen geschmückten Tannenbaum entdeckt. Er stand groß und breit zwischen den anderen Sachen, aber er war uns nicht aufgefallen, da wir ihn für putzende Grünigkeit hielten. Der Baum war ein künstlicher aus Gedraht und grünen Stoffnadelzweigen, täuschend wie eine Tanne aus dem Walde. Es war ein zweiter solcher Baum vorhanden, eng in eine Blechbüchse verpackt, nicht größer als ein einigermaßener Regenschirm, daß er sicher verlöthet, bis mitten in Afrika hinein versandt werden und überall um die Weihnachtszeit fast zwei Meter hoch aufgebaut werden kann, wo Deutsche weilen, die sich vergebens nach der Tanne sehnen, weil sie dort nicht wächst. Und ein Fläschchen ist dabei mit Tannenduft. Der wird auf den Baum gesprengt. Die Lichter brennen, Goldfrüchte hängen daran und in der Spitze schwebt der Engel mit dem Stern. Dann ist Weihnacht, deutsche Weihnacht. Die Fremden und die Wilden sehen das und fragen, was es bedeutet? „Deutsche Sitte," wird ihnen gesagt. „Kommt und feiert mit uns das Fest der Liebe."

Wenn wir Erika nicht bei uns gehabt hätten, wir wären achtlos vorübergegangen. Sie aber sah und fragte und uns wurde Bescheid. Onkel Fritz schrieb sich die Verfertiger auf, sie hießen C. Nicolai Söhne und wohnen in Hamburg. Er will überseeischen Geschäftsfreunden solche Tannenbäume verehren. Er weiß, was er thut.

Wir erlebten darauf im Freien den Aufzug der Afrikaleute. Es muß wohl so sein und sie sind wohl auch derselben Meinung. Männer, Weiber, Kinder schritten daher und machten ihre Musike, die mir klang wie orientalische Musik überhaupt. Die ist, als wenn Teppiche geklopft werden und Einer lernt Clarinette dazu.

„Nun, Schwager?“ fragte Onkel Fritz. „Wie gefallen Dir die Kolonialbrüder und Schwestern?“ – „Gar nicht,“ sagte mein Karl, „was haben wir von ihnen?“

„Sieh doch nur genau hin, mich dünkt, die Strümpfe, die ihnen an den Stellen herunterhängen, wo sonst die Waden sitzen, könnten aus Deiner Fabrik stammen.“ – Mein Karl prüfte. „Es sind von meinen halbwollenen,“ sagte er, „die rothblaue Borde ist ein Versuch, der nicht recht einschlug.“ – „Das ist eben der Segen der Kolonieen, wie ich Dir vor Jahren bereits gesagt habe: Die Wilden sind hundert Meilen hinter dem Leipzigerstraßengeschmack zurück.“ – „Ganz zu verwerfen sind Kolonieen doch am Ende nicht,“ erwiderte mein Mann. – „Karl,“ sagte ich und wies auf einen besonders schlampigen Neger, „wenn alle so mit den Wollwaaren umgehen, wie der lange Lulei, kann der Absatz riesenhaft werden. Der hat schon mindestens vierzehn Zehen durchgestochen.“

Seit dieser Beobachtung ist mein Karl für Afrika etwas geneigter. –

Von Sansibar begaben wir uns nach Kairo. Als mein Karl und ich es zum ersten Male besuchten, genossen wir reine Wiedersehenswonnen und ein über das andere Mal riefen wir: sind wir denn wirklich nicht im Pharaonenlande, wo wir unvergeßliche Wochen zubrachten? So getreu ist das Kairo an der Coepenicker Chaussee hingestellt, mit Arabern, Beduinen, Fellachen, Eseln und Eseljungen besiedelt, wir schwelgten über jedes, das wir als lieb Bekanntes begrüßen konnten. Es war mein einziger Wunsch, noch einmal hin nach Kairo, aber ich hatte ihn aufgegeben. Und nun wurde er so dichte bei erfüllt.

Wir trafen Leute, denen war unsere Begeisterung lachhaft. Die hatten sich unter Kairo ganz etwas Anderes vorgestellt: Flitterprunk, ungefähr als wenn im Opernhaus großes Galla-Ballet neu ist. Sie wußten nicht, daß der Orient allmählich untergeht, zerbröckelt und zerfällt, und ahnen nicht, daß die Gluthsonne des Morgenlands dazu gehört, ihn zu vergolden. Ich sagte: „Lesen Sie, Buchholzens im Orient, da steht's drin.“ Was soll ich mir Quesen in den Mund reden, gegen vorgefaßte irrige Meinungen? Und wenn ein arabischer Stiefelputzer – es ist ja Horde die Bande, aber komisch und unverwüstlich – seine rasch gelernten deutschen Brocken redete, was sagten sie dann?

„Ackerstraße,“ sagten sie, als wenn Berliner Schusterjungen gefärbt wären.

Es wird eben so viel gefälscht, daß die Leute bald an nichts Echtes mehr glauben.

So etwas verdrießt. Und gar zu viel Handel und Unfug treiben sie. Nicht die Egypter, nein die wirklich aus der Ackerstraße mit einem Tarbusch auf dem Kopfe und Pantinen im Benehmen.

Der Vetter verstand, das Echte vom Unechten zu scheiden, und Erika war wie in der Welt der Phantasie, die nahm das Ganze, wie es sich bot. Mit den Beiden die Bazargassen zu durchwandern, das war ein Vergnügen. Ich zeigte ihnen die vergitterten Haremsfenster. – „Arme Frauen,“ sagte Erika.

Und in der Arena, die Beduinen auf ihren arabischen Pferden, wie sie daherstürmten und aus ihren langen Flinten schossen. Selbst Onkel Fritz meinte: „Hier könnte Renz auf die hohe Schule gehen.“ Und der Hochzeitszug mit Kameelen und Sänften und dem farbigen Egyptervolk. Wer das sah, kann sagen, er hat ein Stück Orient gesehen.

Und alles das, die ganze Stadt doch nur ein Sommertagtraum. wo jetzt die Moscheen stehn und die krummen Straßen Kairo sich hinziehen, grünen im nächsten Frühjahr die Kornfelder und wo der Muezzin zum Gebet rief, singt die Lerche. Kein Edfu-Tempel, keine Pyramide mehr, dahin, dahin. Und der Wind, der die Palmen nicht mehr findet, eilt weiter über die märkische Ebene, wie er gewohnt ist von jeher. Dann sind die Egypter bei den ihrigen und erzählen von Berlin Kebir, dem großen gewaltigen Berlin, und wir erzählen uns von der Märchenstadt am Nil, die zu Besuch war an der Spree.

Die Pyramiden sind ein Weltwunder des Alterthums. Daß sie mit Sack und Pack auf Reisen gehen, das ist ein Weltwunder unserer Zeit. Was unsere Nachkommen wohl anstellen, um die Vergangenheit zu überbieten? Denn mehr als Radschlagen kann der Mensch nicht.

Glückliche Leute

Noch einige Tage und mein Hôtel steht leer. Der letzte Gast, der Vetter Amtsrichter, muß wieder in Dienst. Daß ein so liebenswürdiger, hochgebildeter Mann von Verbrechen leben muß! Aber andererseits, wenn blos Edles auf Erden begangen würde, wären die gesammte Jurisprudenz brodlos, und es sähe für reich betöchterte Familien noch flauer aus als jetzt, wo zum Aufziehen gebildeter Weiblichkeit die Gelegenheiten immer massenhafter, die zum Versorgen jedoch immer zählbarer werden. Da steckt es.

Wir sehen ihn ungern scheiden und hoffen von nun an in regerem Verkehr zu bleiben, wenigstens einmal im Jahre, und dann auf längere Wochen. Die Uhren ticken freilich ihren gleichen Schritt, aber die Zeit wird eilsamer im Alter, und Wochen fliehen wie Tage und die Tage wie kurze Stunden. Kaum hatten wir uns über das erste Grün gefreut, und nun fielen schon gelbe Blätter hier und da. Und doch war der Sommer nicht eigentlich heiß gewesen, ausgenommen für mich. Mir war nicht schlecht eingekachelt worden.

Doch das war vorbei.

Ottilie schrieb mir reumüthige Briefe. Es war ja auch nicht 'was, durchzubrennen, während ich mich in ihren Angelegenheiten Reisegefahren aussetzte, aber indem sie um Verzeihung flehte und schriftlich über sich nachzudenken gezwungen war, kam sie zu der Erkenntniß ihrer Unvollkommenheiten, und den Gewinn schlage ich als ihre beste Mitgift an. Auch Musjeh Urian, ihr Verlobter, gestand seitenlang seinen Frevel ein und bat um mein ferneres Wohlwollen. Kann man ihm denn böse sein?

Verliebte sind unzurechnungsfähig, und Rudolph mußte man lassen, daß er verhältnißmäßig vernünftig gehandelt hatte, wenn man sich es recht benahm. Denn wie verliebt war er trotz Ottiliens Fehlerhaftigkeiten. Schöne Gestalt hat große Gewalt.

Das hatte Kriehberg auch an sich erlebt, obgleich nicht so wie Rudolph, sondern mehr mit Geldnebengedanken.

Ich fragte den Vetter Amtsrichter: „Wenn Einer von Einer schriftliche Indizien verwahrt und derselbe beabsichtigt, wenn diejenige demjenigen, der dieselben besitzt, denjenigen vorzieht, welchen dieselbe später kennen lernte, mit denselben zu schikaniren und derselbe sich nicht entblödet in das Ja vor dem Geistlichen hineinzufahren. Darf derselbe das?“

Der Vetter entgegnete: „Ich habe Sie nicht ganz verstanden, verehrte Cousine.“

„Das wundert mich, ich gab mir doch Mühe, Amtsstil zu reden.“

„Der ist bisweilen selbst ergrauten Actenlesern zu viereckig, als daß sie daraus klug würden. Aber wenn Sie die Güte haben, mir den Fall in der gewöhnlichen Umgangssprache mitzutheilen, hoffe ich, Ihnen Auskunft geben zu können. Und wenn ich bitten darf, ohne Voreingenommenheit und ohne Beschönigung.“

„Zu beschönigen ist nichts, Kriehberg ist, wie er ist, ein Subject.“

„Erlauben Sie, das scheint mir parteilich.“

„Wo denn? Wenn ich Partei nehme, doch für Rudolphen, und von dem hab' ich kein Sterbens-Atom erwähnt.“

„Ahem!“ sagte der Vetter. „Liebe Cousine, so kommen wir nicht weiter. Also zunächst der genannte Kriehberg. In welchem Verhältniß stehen Sie zu ihm?“

„Herr Vetter, solche Fragen muß ich mir dringend verbitten. Ueberhaupt Kriehberg! Ich kenne keinen Menschen, mit dem ich quaranzetter stände, als mit ihm.“

„Ich verstehe. Waren Sie von Anfang an derselben Meinung?“

„Herr Vetter, wie jemand sich entwickelt, solchen Verlauf nimmt die Freundschaft!“ Und nun erzählte ich ihm von den Berichten und von Kriehberg und Ottilie als Hilfs-Assistenten und von Tante Lina in ihrer Eigenschaft als Erbvorspieglerin und von Rudolph und Ottilien, als wirkliche Liebe, und von Kriehberg's Eifersucht und von Ottiliens Entführung und Kriehberg's Herausforderungsgelüsten, die sich sogar bis auf mein Lamm von Mann erstreckten. „Warum ist es nicht möglich, das Duell mit Stumpf und Stiel auszurotten?“ fragte ich.

„Weil die Ehre, Gott sei Dank, noch lebt, die höher steht als das Leben. Ihr Hort gegen Vergewaltigung und Heimtücke ist der Zweikampf. Wer sich an die Ehre wagt, wisse, daß er sein Leben auf's Spiel setzt.“

„Ganz recht, auf den Zufall! Der entscheidet.“

„Wie im Kriege um die Ehre des Vaterlandes, der Sieg oft Werk des Zufalls ist. Wer die Ehre nahm, mag auch das entwerthete Leben nehmen oder das seinige lassen als Sühne, wie es sich fügt.“

Die Antwort hätte ich mir denken können; die Schmisse des Herrn Vetter – sie stehen ihm nicht übel zu Gesicht – sagen ja offenkundig, daß er schon als Jüngling mannhaft für sich eintrat.

Und Rudolph hat auch so einen Kratzer auf der Stirn, von der technischen Studentenzeit und dem Farbentragen. Der geht los. Deshalb fragte ich: „Es existiren doch Festungen. Ist keine frei für Kriehberg, ehe er beleidigt und zwar mit lebenslänglicher Beköstigung?“

„Nein,“ sagte der Vetter, „die Freiheit eines Menschen einzuschränken ist nicht gestattet.“

„Aber wenn man doch weiß, daß er Unheil anrichten wird?“

„Auch dann nicht.“

„Warum leben wir nicht mehr in Alt-Berlin, Herr Vetter? Damals saß die Senge loser als heute.“

„Sie machen sich unnöthige Sorge, wenn das Fräulein die Verlobung rückgängig machen will, werden wir ausreichende Gründe finden. Er vermag ihr keinen Unterhalt zu bieten, sein exaltirtes Wesen deutet auf geistige Störung. Ist ihm irgend ein verschrobener Verwandter nachzuweisen, liefern wir ihn den Psychiatern aus."

„Ist das sehr etwas Schlimmes?"

„Bei einem Anhänger Lombroso's ist er so gut wie verloren, dem genügt schon eine dämliche Kinderfrau zur erblichen Belastung bis ins vierte Glied."

„Das ist Alles recht schön; aber wer hindert ihn, das Glück der Beiden durch seine Unvernunft zu stören? Und da Ottilie nicht frei von Schuld ist, welch' ein Brautstand wird das, welch' eine Ehe? Das ist meine Behauptung. Und solche Verbrechen an Glück und Freude sind straflos?"

Dies sah der Vetter ein. Glück muß rein sein, sonst ist es kein Glück.

Er ließ sich Kriehberg's Adresse von mir geben, von ihm selbst zu erfahren, ob er aus Liebe handele oder aus Eigennutz. – „Von jedem etwas," sagte ich „halb sauer und halb mit Essig." –

Als der Vetter wiederkam, waren wir einen Tippel klüger, aber auch nicht mehr. Kriehberg wollte gegen eine Abstandssumme zurücktreten und Ottiliens Briefe herabrücken.

Es waren man blos 5000 Mark, mehr nicht. Und die sollte ich berappen. Wer sonst?

Ottilie verfügte nicht über so viel. Und Rudolph konnte doch unmöglich seine Braut kaufen? Blieb ich allein vor dem Rest sitzen.

Oder Tante Lina.

Aber die konnte ja nicht an das Ihrige heran.

Machte ich mir wirklich ungelegte Eier, wie der Vetter meinte: „Genau genommen, geht Sie die ganze Angelegenheit gar nichts an."

Wie oft hatte ich mir das einzureden versucht, und Onkel Fritz sagte es auch. Es half jedoch nicht. Mir war Ottiliens und Rudolphs Zukunft zur Herzensfreude geworden. Daran lag es, daß ich Unheil von ihnen zu wenden suchte, was jedoch erschwert wurde durch Ottiliens Rückkehr.

Rudolphs Eltern wollte sie zu mir bringen, meinen Karl und mich kennen zu lernen, und die Verlobung sollte gefeiert werden.

Und wenn wir rufen: „Hoch lebe das Brautpaar!“ und Kriehberg stürzt herein und vollführt Aufruhr? Oder schießt gar? Und keiner mag an die Stunde zurückdenken, die sonst wie eine Sonne aus der Erinnerung in's Leben hineinstrahlt, wenn trübe Tage kommen, weder Rudolph noch Ottilie. Und können sie auch nicht vergessen.

Ich setzte mich hin und weinte.

Dorette meldete Besuch.

„Ich kann Niemanden empfangen, ich habe Migräne.“

„Det paßt jrade. Der Herr is ooch wat Feines.“

„Mein Mann ist im Kontor.“

„Nee, er will bei Madame,“ sagte Dorette und hielt mir die Karte hin.

Dorette hatte die Thür halb aufgelassen. „Verzeihen Sie, wenn ich ungelegen komme, aber meine Zeit ist gemessen.“

„Ich blickte hin, der Herr war mir fremd ... und doch bekannt, wo hatte ich ihn gesehen? Richtig, auf der Ausstellung. Er war es, Johannes Viedt.“

„Sie kommen von Tante Lina?“ fragte ich, ohne die Vorstellungsförmlichkeiten zu erledigen.

„Ich bringe Grüße von ihr. Und um kurz zu sein, sie hat mich gebeten, einem jungen Manne in seinem Fortkommen drüben behilflich zu sein, einem Architekten ...“

„Ja, ja,“ unterbrach ich ihn. „Kriehberg heißt er, eine außerordentliche Kraft ...“

„Freut mich zu hören. Für einen tüchtigen Baumeister ist bei uns ein lohnendes Feld. Ich selbst habe große Unternehmungen vor in St. Louis. Sein Weg ist gemacht, wenn er sein Fach versteht.“

„Besser als die anderen, er baut Ihnen Alles.“

„Sonderbar, und doch kämpft er mit Schwierigkeiten?“

„Wo soll er hier seine Kräfte entfalten? Aber drüben in dem freien Lande wird er Bedeutendes leisten.“

„Freut mich. Die Dame nimmt innigsten Antheil an ihm ... wie eine Mutter.“

„Das fiel mir nie auf. Aber wer weiß?“

Er schwieg.

„Sie spricht nicht über ihre Vergangenheit,“ fing ich an. „Und doch spürt man aus Allem, daß sie ein verlorenes Leben betrauert. Deshalb ist sie mitunter so verbittert, und wiederum weich zu anderer Zeit. Ist es ihr Wunsch, dem jungen Mann fortzuhelfen ... ich würde ihn erfüllen, wenn es an mir läge ... so bald wie möglich ... vielleicht ist es die einzige Freude, die sie noch hat. Sie glauben nicht, wie ich ihr dies nachfühle.“

„Das macht Ihrem Herzen Ehre,“ sagte Herr Johannes Viedt.

„O, bitte.“ – Wie er sich wohl meine Erröthung deutete?

„Wo ist der junge Mann? Von Ihnen würde ich Auskunft erhalten ...“

„Sagte Tante Lina? Ja, das habe ich ihr versprochen. Ich werde Ihnen Herrn Kriehberg senden.“

„Kaiserhof, Zimmer fünfundvierzig.“

„Soll geschehen.“

„Ich danke Ihnen.“

Er ging. Ich mit fliegender Hast auf und davon nach Kriehberg. Glücklicherweise traf ich ihn, wenn auch nicht in rosenfarbner Laune. Er sollte Miethe abladen und es fehlten ihm die Groschen.

„So weit sind Sie herunter und doch noch hoch zu Pferde?“ rüffelte ich ihn an. „Noch immer keine Einsicht? Und nun schleunigst mit Ihnen nach dem Kaiserhof, da ist einer von den amerikanischen Naböbbern, Sie mitzunehmen zum Cementanrühren und was Sie sonst vom Bau los haben. Aber so können Sie nicht antreten ...

„Ich kann doch meine Pfandscheine nicht anziehen?“

„Nee,“ sagte ich, „aber wir können sie einlösen.“

„Würden Sie das?“

„Gewiß, aber erst her mit Ottiliens Briefen.“

„Sie legen mir eine Falle!“

„Junger Mann, die Vorsehung reicht Ihnen die Hand. Hier das erbärmlichste Elend – dort eine Zukunft, um die Sie Hunderte beneiden. Und sie zögern auch nur eine Minute? Ich zähle bis drei. – Mit drei ist unwiderruflicher Schluß. Also: Eins!“

Er rührte sich nicht. Ich ging einen Schritt auf die Thür zu.

„Zwei! – Freie Ueberfahrt nach den Goldbergen. Sogleich in Thätigkeit!“ – Ich faßte den Thürgriff.

„Zwei ein halb. Adje Herr Kriehberg. Eins und zwei und ...“

„Halt!“

„Na, sehen Sie!“

Er holte die Briefe hervor und die Versatzamts-Dokumente. Auch die Miethe wurde erledigt.

Und was sagte er, als ich ihm noch Taschengeld ließ aus der Wechselei mit seinen Hausleuten?

„Sie schreiben mir es wohl auf meine Arbeiten gut.“ – Ob das Bramsigkeit war den Leuten gegenüber oder Unverfrorenheit, daß er sich solche Worte herausnahm, soll unentschieden bleiben, ich ließ ihn ohne Antwort stehen. Mit dem war ich fertig.

„Aber er war noch lange nicht über das Wasser, wenn Herr Viedt ihn nicht mitnahm?“

Ich hatte wenigstens die Briefe, damit konnte er nichts mehr anstiften.

Ich las sie zu Hause durch. Unverantwortlich überschwänglich mit himmlisch und entzückend, mit Liebe und Daseinswonne und Seligkeiten und doch kein Satz aus dem Herzen, sondern aus Büchern, ebenso wie ihre Wissenschaften eine bloße Behaltssache mit dem Kopfe; nichts Innerliches. Solchen Brast hatte ich oft genug gelesen; wahrscheinlich in denselben Romanen, woraus Ottilie sich mit Liebesweisheit belernte. Nein, geliebt hat sie Kriehberg nie. Es war die reine Gymnasialpoussade, nicht mehr und nicht dauerhafter, ohne einen Fleck zu hinterlassen, obgleich man nie vorsichtig genug sein kann! Umgang färbt ab.

Und doch der Schreck, als Kriehberg am Spätnachmittage erschien ... Natürlich Herrn Viedt vor den Kopf gestoßen und der Tanz beginnt von Neuem, war meine feste Ueberzeugung.

Aber gottlob nein. Der Himmel hatte ein Einsehen gehabt mit meinen Leiden. Er war angenommen, am folgenden Tage ging es nach Hamburg und von da in die neue Welt, neuem Leben entgegen. Nun wollte er mir danken.

„Herr Kriehberg," sagte ich, „daß Sie glauben, mir Dank schuldig zu sein, nehme ich als ein Zeichen Ihrer Reue an, im Uebrigen will ich Ihren Dank nicht, was ich für Sie ausgelegt habe, steht zu Buch. Sie werden mir es wiedererstatten, wenn Sie in Dollars wühlen. Wir haben blos geschäftlich miteinander zu thun. In meiner Zuneigung haben Sie weder Sitz noch Stimme."

„Wenn Sie wüßten, wie die Gesellschaft mich behandelt hat, diese selbstsüchtige, verlogene Brut, die mir feindlich gesonnen ist von jeher, die mich nie verstanden hat ..."

„Ach was, Gesellschaft! An Ihnen liegt es, daß Sie überall gegen rennen. Sie wollen mehr für Ihr Bischen Können haben, als es werth ist, das ist Ihr Zorn, verstehen Sie die Welt, dann werden Sie wieder verstanden werden."

Das mochte er nicht hören, er empfahl sich mit einer kurzen Verbeugung und verschwand. –

Ich athmete auf, die Luft war rein. Aber ganz frei fühlte ich mich erst, nachdem ich dem Vetter die Unterhaltung mit Kriehberg erzählt hatte. „Wenn jetzt nichts aus ihm wird, trifft mich keine Schuld," schloß ich, „an ihm ist gethan, was gethan werden konnte."

Der Vetter lächelte. „Keine mächtigere Gunst als Frauengunst," sagte er. „Nach meinem Urtheil ist Kriehberg ein Mensch, der immer wieder angebracht werden muß, da er selbst sich meistens unmöglich macht. So einer ist auf Protection angewiesen und findet sie auch, so bald es ihm gelingt, mit doppeltem Boden als vielversprechendes Talent zu imponiren und als verkanntes Genie Mitleid zu erwecken. Und hat er einmal die Gönnerschaft eines weiblichen

Herzens gewonnen, bleibt sie ihm und hilft ihm vorwärts, auch wenn er sie nicht mehr verdient!

„Sehr richtig, Herr Vetter, als wenn ich Tante Lina leibhaftig vor mir sähe; meine Gunst dagegen hatte Kriehberg längst verscherzt. Aber sagen Sie selbst, hätten Sie es über sich gebracht, ihn in seiner Laufbahn zu behindern? Schließlich dauert er Kinen doch und er kann sich ja auch ändern."

„Vielleicht findet er eine liebende Gattin, die ihn erzieht."

„Für seine Zukünftige wäre das Beste, er bliebe unverheirathet. Oder auch er kriegte seinen Lohn durch sie. Die Vorsehung wird schon wissen, wie sie's anfängt." –

Mein Karl mußte noch einmal in seine Fabrikwohnung ziehen, da ich Ottilie bei mir hatte.

Es war ein wunderliches Wiedersehen, als sie kam und nicht wußte, ob es Schelte gäbe oder gute Worte und er dabei war, ihr Bräutigam. In seiner Gegenwart mich einer Kanzelrede für fähig zu halten, traute sie mir nicht wohl zu, aber wäre inhaltlose Höflichkeit nicht eben so hart gewesen, wie ein Ausputzer mit Amen und Sela? Genug, sie fürchtete, ob ich doch nicht ...

Nein. Als sie zögernd dastand und ihre Blicke schüchtern baten, breitete ich die Arme aus und sie umhalste mich schluchzend und bebend.

„Kind, Kind, es ist Alles gut," sagte ich und flüsterte ganz leise: „Alles, Alles."

Sie mußte verstanden haben, was ich meinte. Nun ließ sie mich erst recht nicht los.

„Da sehen Sie, was Sie angerichtet haben," wandte ich mich an Rudolph. „Sie sind mir der Rechte. Sie versprechen mir, keine Thorheiten zu begehen – ja, das haben Sie – und kaum bin ich aus der Sehatmosphäre, entführen Sie Ottilie."

„Das war doch keine Thorheit."

Als er das sagte, lachte er über das ganze Gesicht. Und ich ... ich lachte mit. –

Herrn Braun's Eltern waren im Hôtel de Rome abgestiegen, mein Pfuschhôtel konnte ich ihnen nicht gut anbieten; sie sind es vornehm gewohnt, wenn auch nicht ausgeschlossen ist, sie einmal in richtiger Berliner Manier bei uns zu sehen, mit warmem Abendbrot, einfach und gediegen und dafür lieber etwas reichlich. Die Leute sind wirklich nette Leute. Obgleich so reich, mußte ihr Sohn von der

Pike auf dienen, arbeiten und schlossern und schmieden und zeichnen und rechnen, als hätte er nichts zu erwarten. Und deshalb hatte er auch die Freiheit nach seinem Herzen zu wählen. Er konnte etwas und stand auf eigenen Füßen.

Und dabei die Ungermann, des älteren Herrn Brauns' Schwester. Familienäpfel fallen doch manchmal sehr weit vom Stamm. Oder aber Ungermann hat sie schädlich angewöhnt. Der ist nach keiner Richtung empfehlenswerth. Denn anstatt von meinem Karl einen größeren Posten zu kaufen, hat er eine Lappalie bestellt und unserem Konkurrenten alle verregnete Maare billig abgenommen und sonst noch viel dazu. So etwas gehört sich nicht. –

Braun's besuchten die Ausstellung nicht des Vergnügens wegen, sondern in wichtigster Absicht. Es galt, dem Sohn ein eigenes Heim einzurichten, und wo konnte das Zubehör besser ergründet und beschafft werden, als da, wo das Beste und Schönste nahe bei einander war?

Das höchste Ziel des heutigen Menschen ist eine eigene Villa. Ottilie hatte es erreicht. Die Pläne waren bereits entworfen, die Ausstattung stand fertig in den Hallen der Ausstellung, wir brauchten blos aussuchen. Brauns senior bezahlte.

Wie ganz anders doch die einzelnen Gegenstände erscheinen, wenn sie erworben werden sollen und nicht als gewerbliche Anstauungsleistungen ermüden. Und Möbel haben wir gewählt: propper! Die Villa wird kostbar. –

Auch die Hochzeitsreise ist bereits geographisch abgesteckt, mit Madrid als Endpunkt. Nun kommt Ottilie dahin, und kann die spanische Residenz mit ihrer Examensarbeit vergleichen. Rudolph sucht eben jeden ihrer Wünsche zu erfüllen, selbst den weitesten, wenn sie nur nicht verwöhnt wird. Aber Mama Brauns ist eine kluge Frau. Und Ottilie ordnet sich ihr unter aus freien Stücken. Sie hat ja eine Mutter in ihr wieder.

Als ich mit Ottilie allein war, am ersten Abend nach ihrer Rückkehr sagte ich: „Reich mir mal die Schweden und mach die Ofenthür auf."

Nachdem sie dies gethan, hielt ich ihr ein Päckchen Papiere hin und fragte: „Kennst Du diese?"

„Meine Briefe!" rief sie verlegen.

„Deine Jugend-Dummheit, von ihr soll nichts bleiben, als Staub und Asche, weg und aus!"

Wie der Ofen voller Flammen prasselte, sagte ich: „Schade, daß wir Deine Wissenschaften nicht mit eins verbrennen können, oder ergiebst Du Dich ihnen auch noch ferner?"

„Nein, nein!" erwiderte sie rasch.

„Du hast noch manches nachzuholen, wobei Dir die Wissenschaft im Wege ist. Du mußt Hausstand studiren und Nahrungsmittel lernen und Dienstmädchen regieren und ..."

„Meinen Rudolph glücklich machen."

„Kind, das ist das einfachste von der Welt: Liebe ihn mehr als Dich."

Sie faltete unwillkürlich die Hände und senkte schweigend das Haupt. Ich küßte sie.

Wenn ein Engel durch das Gemach flog, weiß ich wohin er ging mit dem stillen Gebet um Liebe. –

Die Verlobungsfeier fand in dem runden Thurmgemach im Hauptrestaurant statt. Auf der Ausstellung hatten die jungen Leute sich gefunden, dort wollte Rudolph uns alle an seinem Bräutigamsglück theilnehmen lassen. Wir kamen auch sämmtlich – Sanitätsraths hatten eigens nur dürftig zu Mittag gegessen – und Butsch und Frau hatte er gebeten, war sie doch sein Kompagnon. Das heißt Antheil wollte er nicht, das war Scherz gewesen, dagegen die Barometer -Idee der Butschen hatte er beim Patentamt gehißt. Zweitausend und hundertundfünfzig Mark hatte sie nach Abzug der Musterschutz-Auslagen bekommen und für später waren Procente in Aussicht.

Sie, die Butschen, strahlte, als ich ihr zu dem Erfolge gratulirte. „wer hätte das für möglich gedacht?“ sagte sie, „aber es ist so. Butsch will, daß ich noch ein Mädchen halte und blos noch sitze und erfinde.“

„Haben Sie denn schon wieder etwas?“

„Ach nee und wenn ich noch so blödsinnig nachdenke. Und Butsch thut es auch nicht gut. Der wird schon en ganzer Simulante.“

„Wie so?“

„Na ja, er simulirt in eins weg Barometer. Aber er bringt sie nicht zum Hacken.“

„Daß er nur sein Geschäft nicht darüber versäumt. Am Vorbei-Erfinden ist schon mancher zu Grunde gegangen.“

„Ach nee, da paßt er auf. Seine Weiße ist die Beste überall in der Gegend. Es kommt auch kein Tropfen Wasser mehr mang, als muß. Er will nicht an Ausstellungsfremden verdienen, wie viele thun. Butsch weiß, was er der Ehre Berlins schuldig ist.“

„Ja, ja,“ sagte ich. „Es hat so jeder seine Ehre.“

„Wie meinen Sie das?“

„Liebe Butschen, so ausgezeichnet Sie auch im Erfinden sind, die Fragen der socialen Gesellschaft zu lösen muthe ich Ihnen nicht zu und wenn Sie noch drei Mädchen nähmen. Auch ist hier nicht der Ort für dergleichen. Kommen Sie, es geht zu Tisch, wir werden vergnügt sein, so recht von Herzen vergnügt.“

„Buchholzen! Sie treffen doch immer die Gefühle Anderer mitten auf den Kopf. Wenn Eine vor Lust krieschen möchte, bin ich es. Blos ich habe Bange, daß Butsch zu viel kriegt. Dann singt er. passen Sie auf, er singt.“

Wir aßen und tranken und waren froh. Es war zu hübsch. Und so schön auch Gemach und Tafel waren, mit Blumen und kostbarem Gedeck, das schönste war doch das Brautpaar. Und wir Alle freuten uns an ihrem Glück.

Als es dunkelte, begann draußen die Illumination. Wir traten an die Fenster und blickten auf den lichtumrankten See, auf den Flammen-Springbrunnen und das Hauptgebäude, das wie ein Riesenschloß in feurigen Umrissen gegen den Nachthimmel stand. Und die Töne der Musik drangen herauf in jubelnden weisen.

„Ein Fest der Arbeit ist die Ausstellung," sagte der alte Herr Brauns. „Möge allzeit Segen ruhen auf redlicher Arbeit, sie ist die Kraft des Vaterlandes."

Rudolph winkte. Die Lohndiener brachten frisch gefüllte Gläser mit Dressel's bestem Rheinwein.

„Der Deutschen Arbeit in Deutschem Wein!" rief er. „Ihr gilt dieses Glas". Und dann noch eins:

„Auf das, was wir lieben!"

Und Herr Butsch stimmte an:

„Hoch soll'n sie leben. Dreimal hoch!"